УСТИНОВА

— первая среди лучших —

ТАТЬЯНА УСТИНОВА
— первая среди лучших —

Селфи с судьбой

ТАТЬЯНА УСТИНОВА
— первая среди лучших —

Земное притяжение

ТАТЬЯНА Устинова

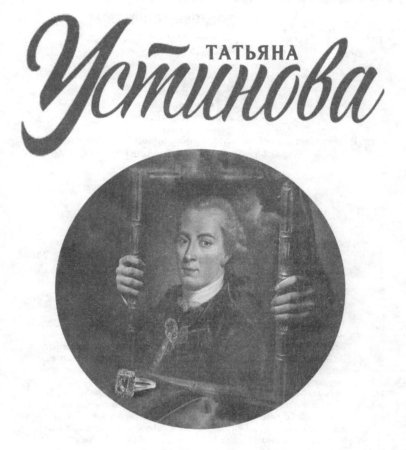

Призрак Канта

Москва

2018

УДК 821.161.1-312.4
ББК 84(2Рос=Рус)6-44
У80

Оформление серии *С. Груздева*

Под редакцией *О. Рубис*

В оформлении серии использован шрифт «Клементина»
© Студия Артемия Лебедева

Устинова, Татьяна Витальевна.

У80   Призрак Канта : [роман] / Татьяна Устинова. — Москва : Издательство «Э», 2018. — 320 с. — (Татьяна Устинова. Первая среди лучших).

ISBN 978-5-04-091624-5

Что может быть лучше отпуска... с приключениями! Однако инженер Василий Меркурьев, так мечтавший о холодном море и осеннем лесе, не желает никаких приключений!.. Но они начинаются, как только он приезжает в небольшой отель на взморье. Хозяин знакомит его с постояльцами, среди которых студентка, скучающий юноша, девица, явно вышедшая на охоту, и... молодая ведьма. Меркурьев, разумеется, ни в каких ведьм не верит. И тут, словно в насмешку, окружающая действительность начинает шутить с ним странные шутки: старинную книгу о жизни философа Канта словно кто-то читает, огонь в камине загорается сам собой, а на заброшенном маяке происходит... убийство. Василий Меркурьев точно знает, что не существует ни ведьм, ни призраков, ни духов — и все время натыкается на тайные или явные следы их присутствия. Даже любовь с молодой ведьмой — или не ведьмой?.. — ему словно напророчили потусторонние силы... Иногда на самом деле бывает трудно поверить. Еще труднее осознать и принять! Но если разрешить себе поверить — жизнь оказывается полна чудес, и не выдуманных, а самых настоящих!

УДК 821.161.1-312.4
ББК 84(2Рос=Рус)6-44

ISBN 978-5-04-091624-5

Разговаривали двое.

Голоса — тонкий и погуще — звучали взволнованно.

— Если дома не станет, — пищал один, — нас не станет тоже!.. Куда мы денемся? Мы не можем...

— Не можем, не можем! — передразнивал второй. — А что делать?! Что предпринять?..

— Раньше нужно было думать!

— О чём?! Ничего не должно было случиться! Триста лет и три года ничего не менялось, а тут такое!..

— Если бы пораньше, если бы сразу, — сокрушался писклявый, — мы бы подготовились! Что угодно можно отдать, лишь бы время вернуть!

— Пустая болтовня! Что отдать?! Да и что мы можем сделать, отравы ему подмешать?

— Да хоть бы отравы, — воинственно пищал первый. — За этот дом ничего не жалко.

Собеседники помолчали.

— А если не жалко, — осторожно начал второй, — то я тут кое-что измыслил.

— Что, что?..

— Погоди, расскажу. Нам же не просто так!.. Нам надо, чтобы никто, ни одна живая душа не заподозрила, что мы в этом... замешаны.

— Это да, это чистая правда.

— Так вот. Мы сделаем всё чужими руками.

— А как, как?..

— Да погоди ты!.. Надобно всё обставить так, словно нас нет и не было.

Первый тоненько захихикал:

— Так нас ведь и вправду нет. А были, нет ли... Какая уж теперь разница!

Василий Васильевич Меркурьев из окна машины смотрел, как ноябрьская Балтика катит тяжелые, ртутные, волны — до самого горизонта, до неба. Песчаные пляжи залиты серым дождём. Должно быть, летом этот песок бывает весёлым, солнечным, горячим!.. Должно быть, на нём приятно валяться и ходить, загребая его босыми ногами. Сейчас он был весь исхлёстан дождём и ветром, и трудно вообразить, что на этих берегах возможны лето и солнце.

Василий Васильевич вздохнул.

Дорога всё время шла по берегу моря, лишь иногда разросшиеся деревья скрывали его от глаз, но гул — тревожный, неумолчный гул осеннего моря — никуда не исчезал, заполнял собой весь мир, и в голове у Василия Васильевича тоже шумело море.

— В первый раз у нас? — спросил водитель, поглядывая на пассажира в зеркало заднего вида. — Время уж больно неподходящее для отпускников-то!..

— Не первый, — сказал Меркурьев. — Я каждый год тут.

— И всё в ноябре?.. — удивился водитель.

— Осенью, да, — подтвердил пассажир. — Я летом отпуск не беру.

— Чего это?!

Пассажир опять уставился в окно.

— Я работаю в Бухаре на газовой станции. Газопровод через пустыню тянем, — пояснил он. — Так от жары этой окочуриться можно, веришь, нет?.. Как в апреле начинается каждый день сорок градусов, так жарит до октября. И ни одного дождя! В октябре двадцать пять, это уже подарок судьбы! Поэтому я в отпуск только по осени и только на холодное море езжу, отдохнуть малость.

— Да, — сказал водитель с сочувствием, — тогда понятно. Ну, у нас тут дожди каждый день, наслаждайся!..

Бухарец кивнул.

— А чего в глухомань такую? Твоя гостиница — это ж дыра захолустная!.. Полтора часа едем, никак не доедем. Вроде нефтяники — народ не бедный, можно себе позволить!..

— Да какой я нефтяник? — возразил бухарец. — Я инженер на газопроводе!

— И чего? Нормальную гостиницу не мог снять, вон хоть в Светлогорске! Там по крайней мере культурно, есть где пивка попить, есть где пройтись с барышней под ручку. Чего тебя в самый глухой угол-то несёт?..

Василий Васильевич опять вздохнул. Оправдываться перед водителем ему не хотелось, но он чувствовал, что... должен.

— Я картинки в интернете посмотрел, мне понравилось, — сказал он. — И море прямо под окнами, и маяк, и буковая роща.

— Маяк не действует уже сто лет.

— Так ведь и я не пароход! Какая мне разница, действует, не действует!.. Главное — красиво.

— Красоту, значит, любишь, — заключил водитель.

— Люблю красоту, — покаялся Василий Васильевич. — И пустыня надоела. Хочу, чтоб море и лес. И дождь.

Водитель покрутил головой — чудно!

— Ну, получай свой лес и дождь. Вон гостиница твоя.

Трёхэтажный, узкий, как готический собор, старый немецкий дом с двумя круглыми башенками и черепичной крышей почти терялся на фоне буйных красок осеннего леса. К нему вела узкая дорожка, засыпанная красным гравием. Дорожка петляла по лугу, обходя ручей, и у самой решётки пересекала его по горбатому каменному мостику. Ворота стояли настежь, и похоже было, что они никогда не закрываются.

— Посёлок с той стороны, — продолжал водитель. — На тот случай, если в лесу сидеть надоест!.. Там и кафешка есть, и ресторан «Беккер» приличный, и продовольственный — водочки взять.

Василий Васильевич смотрел в окно и кивал.

— Остановка автобусная в километре, можно и до Калининграда доехать. А хочешь, меня вызывай, я тебе телефончик оставлю! Слышь, бурильщик?

— Оставь, — согласился Меркурьев.

Шурша шинами по красному гравию, машина подъехала к островерхому дому и остановилась. Водитель заглушил мотор, и сразу стало слышно, как дождь барабанит по крыше, как шумит лес, и гул моря тоже надвинулся, словно расширился.

Василий Васильевич вылез из салона, накинул капюшон и выудил из заднего кармана джинсов кошелёк. Водитель уже поставил под чугунный козырёк две его сумки.

— Ну, бывай, бурильщик! Соскучишься, звони, не стесняйся! Покатаю!..

Василию Васильевичу хотелось, чтоб он поскорее уехал.

— День добрый, — пробасили у него за спиной, и бабахнула тяжёлая дверь. — Мы вас ожидаем. Самолёт опоздал?

— Ехали долго, — Меркурьев повернулся.

Крепкий краснолицый старик в вельветовых брюках и твидовой куртке с кожаными заплатами на локтях протягивал руку, вид у него был приветливый.

— Виктор Захарович, хозяин гостиницы. Вы, стало быть, мой гость. Добро пожаловать.

— Меркурьев Василий Васильевич. — Гость тоже протянул руку. Твидовая куртка и вельветовые брюки его поразили — хозяин выглядел точь-в-точь как английский помещик. — Из Бухары.

— Живёте там?

— Работаю. Уже два года.

— Ну, расскажете, — неожиданно заключил хозяин. — Пойдёмте под крышу, холодно сегодня. Того гляди, снег пойдёт.

И взялся за сумки.

— Да я сам!..

Одну сумку Меркурьев отбил, а вторая осталась у старика, который всё повторял, что обслуживание у них на высоте.

Двойная тяжелая дверь открывалась в вестибюль, где было полутемно из-за деревянных стенных панелей и закопчённых балок на потолке. Возле единственного узкого и высокого окна с витражом помещались два кресла и столик, на столике лежали какие-то журналы и книжка страницами вниз. Широкая чугунная лестница с поворотом вела на второй этаж, под лестницей стояла цветочная подставка, в ней разноцветный лохматый букет — астры. По левой стене зияла огромная пасть камина с наборной полкой разноцветного мрамора. Василий Васильевич вновь удивился — как и твидовой куртке. Он никогда не видал каминов в прихожих!..

Лестница неожиданно загудела, вздрогнула, и по чугунным ступенькам скатилась девица. И гость, и хозяин, задрав головы, уставились на неё.

Красивая девушка, подумал Меркурьев.

— Виктор Захарович, — закричала девица. — Интернета опять нет! Что такое, а?

— Должен быть, Кристина.

— Должен, а нету!.. Где Стас?

Хозяин подтолкнул Меркурьева к лестнице.

— Познакомьтесь, молодые люди. Кристина, это Василий Меркурьев, приехал к нам погостить из Бухары.

Девица уставилась на гостя. Глаза у неё были тёмные и любопытные, как у мыши.

— А Кристиночка здесь, в Калининграде учится в университете. Будущий историк!..

— Фу, как вы скучно говорите, Виктор Захарович! — фыркнула девица и с лестницы протянула Меркурьеву руку, как для поцелуя. Он подошёл и осторожно её пожал, удивившись перстню. На безымянном пальце у девицы было диковинное кольцо с огромным зелёным камнем. — А что вы там делаете, в Бухаре? Работаете в медресе?

— На газопроводе, — сказал Меркурьев и отступил от лестницы на безопасное расстояние. Девица показалась ему очень бойкой.

— Все, кто работает на газопроводе, — провозгласила девица, — должны отдыхать в казино Монте-Карло! А интернета нету, Виктор Захарович! И Стаса тоже нет?

— Я точно не знаю, Кристиночка, но, по-моему, он катается на велосипеде.

— В такую дождину?! — ужаснулась Кристиночка. — Ну, бог ему судья. Тогда я сервер сама посмотрю. Может, его просто перезагрузить надо. А?..

— Сколько хотите, — разрешил хозяин. — Пойдёмте, Василий Васильевич, провожу вас в комнату.

Узкий коридор привёл их в просторную гостиную, окнами смотревшую на море. Стеклянные двери с чугунными запорами выходили на залитую дождём лужайку. Меркурьев подошёл и посмотрел. Слева был мокрый буковый лес, о котором он так мечтал в пустыне, справа, далеко на мысу, старый маяк. Волны подкатывали к самому его подножию, выхлёстывали вверх, почти до стен, отступали, собираясь с силами, и снова накатывали.

— Здесь можно выйти к морю, — сказал хозяин и подвигал чугунную задвижку. — Мы двери на зиму не запираем. Да вы не думайте! У нас тоже погодка бывает прекрасная, не то что сейчас.

— Сейчас как раз прекрасно, — пробормотал Меркурьев.

Створка распахнулась, ворвался солёный и плотный ветер, отбросил лёгкую занавеску, растрепал волосы.

— Шу-уф, — очень близко сказало море. — Шу-уф!..
Меркурьев зажмурился.

— По пляжу променад идёт, — продолжал Виктор Захарович, закрывая дверь. — Пять километров, для прогулок отличнейше!.. Мимо маяка и дальше, к посёлку. Вы непременно воспользуйтесь, Василий Васильевич. Ну, здесь у нас завтраки, — хозяин распахнул дверь в следующую комнату.

Меркурьев заглянул.

Тут стояли столы, четыре или пять, все разные и потому интересные, старинные кресла, лампы с фарфоровыми пастушками и охотничьими собаками, буфет, на нём тарелки, за резными стёклами бутылки и хрусталь. На отдельном столике — кофемашина, новенькая, сверкающая, самодовольная. Меркурьеву немедленно захотелось кофе.

— Это всегда пожалуйста, — проговорил хозяин. — В смысле кофейку попить!.. Приходите в любой момент, мы за это денег не берём. А завтрак каждый день с семи до одиннадцати часов. Обед с часу до трёх, а ужинаем с семи.

— То, что нужно, — одобрил Меркурьев.

— Там библиотека, вы сами заглянете. Это дело небыстрое — книги смотреть. Небольшая, но вполне приемлемая. Ещё отец мой в своё время начал собирать, а я продолжил. А вам сюда. По этой лестнице на второй этаж.

«Эта» лестница оказалась деревянной, со скрипом, как положено. Истоптанные ступени были широкими, пологими, перила отполированы, начищены медные завитки.

— Нинель Федоровна старается, — заметил Виктор Захарович, когда Меркурьев сказал, что дом у него превосходный. — Её усилиями и молитвами держимся. Она здесь всем хозяйством управляет, никому спуску не даёт!.. Если б не она, давно бы дом развалился.

Меркурьев не понял, всерьёз говорит хозяин или нет.

В коридоре на втором этаже было всего три или четыре двери. Виктор Захарович отпер ближайшую, пропустил Меркурьева вперёд, зашёл и поставил сумку.

Василий Васильевич тоже скинул с плеча надоевшую ношу, вошёл и огляделся.

Комната оказалась большой — ничего подобного гость не ожидал. Одним окном она смотрела на лес, а двумя другими — на море. На море выходила и балконная дверь. Пол был деревянный, ничем не застланный, только небольшой коврик перед камином.

— Если совсем похолодает, затопим, — сказал про камин Виктор Захарович. — Вот здесь рукоятка, видите? Это заслонка. На себя — открыть, от себя — закрыть. Если замёрзнете, закроете. Дует из него, из камина, сильно. Так раньше строили!..

Меркурьев кивнул.

— Ну, располагайтесь, располагайтесь!.. Народу у нас немного, живём мы дружно, я вас со всеми познакомлю.

Должно быть, Василий Васильевич слегка дрогнул лицом, потому что хозяин засмеялся и похлопал его по плечу.

— Живём, — повторил он, — но друг дружке стараемся не мешать! Вот только сейчас спиритические сеансы практикуем, а так...

— Что такое?..

Хозяин махнул рукой.

— Сами всё увидите. Велосипеды, если хотите кататься, в подвале. Скажете, я достану. Отдыхайте.

Вышел и аккуратно прикрыл за собой дверь.

Василий Васильевич прислушался.

Ничего не было слышно за толстыми стенами старого дома, да и море шумело прямо за окном — шу-уф! Шу-уф!..

Первым делом он в разные стороны отдёрнул шторы — сразу стало светлее, — открыл дверь на балкон и вышел.

Дождь перешёл в мелкую морось, и непонятно было, сыплется эта морось с небес или летит от волн. Ветер немного улёгся, и буковый лес шелестел спокойно, легко. Внизу по деревянным доскам настила кто-то шёл — в длинном плаще и островерхом капюшоне, Меркурьев подумал рассеянно: должно быть, монах из близлежащего монастыря отправился на пристань встречать рыбацкую лодку. Или таможенную!.. Может, настоятель велел передать письмо для епископа.

И засмеялся с удовольствием.

Монах, епископ, таможенная лодка под дождём, ныряющая носом в волну, — всё это так легко и приятно придумывать в старом немецком доме на взморье!

Какие же тут ещё гости, о которых Виктор Захарович сказал, что они — дружные?.. Кто ещё здесь наслаждается холодом и ненастьем?..

Островерхая тень исчезла из виду, и снова никого.

Нужно будет непременно сходить на маяк. И в лес!.. Наверняка в траве и опавших листьях ещё можно разыскать увесистые, крепкие осенние грибы!..

Обеими руками он стряхнул влагу с волос, зашел в комнату и плюхнулся в кресло. Дверь на балкон закрывать не стал, с наслаждением вытянул ноги, один о другой стащил кроссовки, повозился немного и закрыл глаза.

Перелёты всегда давались ему с трудом. Спать в самолётах он не мог, сильно уставал, мечтал побыстрее добраться.

На паспортном контроле в Бухаре он проторчал часа полтора — среди полосатых тюков, ящиков, замотанных плёнкой баулов и громогласных людей, обливающихся потом. Дети и женщины в отдельной очереди — как положено на Востоке — кричали и гомонили, мужчин из его очереди всех пропустили, а Меркурьев застрял. Он всегда застревал на этом проклятом контроле!.. Усатый пограничник сначала в одиночку, а потом, призвав на помощь сотоварищей, всё что-то искал в его ноутбуке, телефоне, паспорте.

— Запрэщённое вэзёшь? — спрашивал по очереди каждый из стражей, Меркурьев честно отвечал, что ничего запрещённого у него нет, но они не отвязались, пока не открыли и не просмотрели все папки, все файлы с фотографиями и даже книжку Богомолова «Момент истины», скачанную из интернета.

Почему-то книжку смотрели особенно тщательно, чуть не каждую страницу.

Меркурьев знал, что ищут они «порнографию» — сколько раз он летал, столько раз искали!..

От поисков «порнографии» Василий Васильевич совершенно изнемог, но на борту всё равно не спал. Попутчики, объединившись с женщинами и детьми, шумели и кричали по-узбекски, хохотали и переговаривались из одного конца салона в другой.

Потом переезд из Внукова в Шереметьево, снова самолёт, и вот, наконец, — можно открыть дверь в осень, вытянуть ноги, дремать, никуда не спешить и ни о чём не думать.

Ветер теребил штору, тихонько позвякивали деревянные кольца, море вздыхало, и время от времени шелестели деревья.

Хорошо бы накрыться. На диване лежало свёрнутое лоскутное одеяло, совершенно здесь неуместное, но Меркурьеву было лень вставать.

Кажется, он заснул и проснулся от того, что кто-то разговаривал совсем близко.

— ...чем меньше, тем лучше, — сердито говорил один. — А они всё прибывают!

— Никакой разницы, — возражал второй. — Наоборот, чем их больше, тем удобней! Нам удобней! Никто не должен догадаться.

— Кольцо нужно забрать сразу. Чтоб его не было, и всё тут.

— Кольцо заберём. Это я сам сделаю. Поручать никому не буду.

Меркурьев открыл глаза. Ему вдруг показалось, что разговаривают у него в комнате.

Что за ерунда? Никого здесь нет и быть не может.

Сумерки сгустились, окна и распахнутая балконная дверь светлели в предвечерней мгле, будто немного светились.

— Времени мало, — продолжал сердиться первый голос. — А тут и кольцо, и... всё остальное! А отсчёт уже начался.

— Успеем, — говорил второй. — Вот увидишь.

Меркурьев приподнялся и огляделся с изумлением.

Ну нет никого! Кто здесь может быть?!..

Он встал, нашарил кроссовки и вышел на балкон.

На улице было светлей, чем в комнате, и море почти успокоилось, на нём лежал ровный жемчужный свет. Лес, наоборот, потемнел и надвинулся. Меркурьеву показалось, что в глубине, за деревьями, возится и двигается что-то большое.

По брусчатке со стороны моря поднимался человек. Он вёл велосипед и, заметив на балконе Меркурьева, приостановился, поздоровался и прошёл дальше, к дому.

— Добрый вечер, — сказал с балкона Василий Васильевич.

А что ещё сказать-то?.. Это не вы тут сейчас разговаривали о делах?

Он постоял немного, вернулся в комнату, задёрнул штору, но дверь закрывать не стал — пусть пахнет дождём и морем!.. Сумки, набитые вещами, стояли одна под дверью, другая возле столика, но Василию Васильевичу скучно было думать о вещах.

Обустраиваться — раскладывать барахло, вытаскивать зарядники, рассовывать их по розеткам, выставлять к двери башмаки — он будет завтра.

Отпуск только начинается, сегодня даже не первый день. Отсчёт начнётся с завтрашнего!..

Кажется, те двое тоже говорили что-то про отсчёт.

Василий Васильевич с трудом выпростал из тугого брюха сумки чистую рубаху и безразмерные полотняные штаны с карманами на всевозможных местах — очень удобная штука! — босиком прошлёпал в ванную и долго стоял под душем, отогреваясь. Он и не подозревал, что сильно замёрз, пока не влез под горячую воду!..

Потом, пытаясь разглядеть себя в запотевшем зеркале, прикинул, бриться или не бриться. По-хорошему стоило бы, тем более... девушка Кристина, будущий историк из Калининграда, присутствует!.. Но лень страшно!..

С одной стороны — будущий историк, с другой — лень. И что делать?

Меркурьев решил ничего не делать.

Не буду бриться. Отсчёт начинается с завтрашнего дня.

Он сунул босые ноги в кроссовки — холодные и слегка влажные внутри, — и это доставило ему удовольствие.

В пустыне никто не ходит на босу ногу. В пустыне надевают длинные носки и ещё заправляют штаны в высокие ботинки, завязывают их и зашнуровывают!.. В пустыне в самую жару сидят в брезентовых куртках и панамах с жёсткими полями, непременно прикрывающими шею. Местные умеют наматывать платки и тряпки, и так защищаются от зноя, а приезжие европейцы изнемогают, истекают потом, безостановочно пьют воду, и всё равно ничего не помогает. Сохнет во рту, сохнут глаза, в уши и в нос набивается мелкий песок и потом долго, месяцами, не вымывается. Меркурьев пробовал принимать какие-то американские таблетки, которые продавали контрабандисты. Таблетки эти вроде бы выдавали морским пехотинцам, воюющим на Ближнем Востоке, для «восстановления водно-солевого баланса», но «баланс» и от таблеток не восстанавливался.

Э-эх, я же в отпуске!.. И мои окна выходят на море, в комнате темно и влажно, блестит под балконом в свете фонарей мокрая брусчатка, что может быть лучше!..

Василий Васильевич пригладил волосы, торчавшие в разные стороны и, прихорошившись таким образом, вышел в коридор.

Снизу слышалось звяканье посуды и тянуло запахом вкусной еды.

Оказывается, есть хочется!.. И уже давно хочется!.. Что там Виктор Захарович говорил про кофе? Может, выпить до ужина, чтобы с голоду не перекинуться?..

— Вы кто? — спросили из угла.

Меркурьев вздрогнул от неожиданности.

Темнота в углу коридора, куда не доставал свет торшеров, зашевелилась, и из нее выступила темная фигура.

— Вы не из наших, — продолжала фигура, не приближаясь. — Зачем вы приехали?

Василий Васильевич слегка откашлялся.

— Добрый вечер, — сказал он громко.

— Здесь скоро начнутся серьёзные события, — продолжала фигура. — Вы хотите был свидетелем?..

— Я поужинать хочу, — признался Василий Васильевич. — Разрешите представиться, Меркурьев. Инженер.

Фигура колыхнулась, тёмное пятно поплыло ему навстречу.

— Антипия, — произнесла фигура.

— Где? — не понял инженер Меркурьев.

— Перед вами. Антипия — это я. Заклинательница потусторонних сил. Духовная дочь учителя Сантаны, последовательница Пуришты.

— М-м-м, — промычал Василий Васильевич, не зная, как нужно приветствовать последовательниц Пуришты и духовных дочерей Сантаны. — Я рад...

Она выступила на свет и оказалась молодой женщиной, облачённой в яркие шелка. На лбу у неё, разумеется, была точка. Меркурьев посмотрел на точку, перевёл взгляд и опять посмотрел, не удержался.

— Вы приглашены на шабаш?

— Нет, — быстро сказал Меркурьев. — Я вообще-то в отпуске.

— Здесь?! — поразилась духовная дочь Сантаны. — Вот в этом месте?

— Я пойду? — полувопросительно сказал Василий Васильевич. — Поужинаю?

И не дожидаясь ответа, скатился по ступеням.

Может, она уедет, подумал он жалобно. Может, шабаш назначен на завтра, а послезавтра её уже здесь не будет?.. А завтра я гулять пойду — с самого утра и до самого вечера.

А вдруг их тут... много? Духовных дочерей и сынов самого Сантаны?! Вдруг у них тут гнездо? И шабаш будет происходить в гостиной? Тогда придётся искать, куда уехать и уезжать, а не хочется!.. Меркурьев здесь уже прижился — всего за несколько часов, и ему радостно было, что дом соответствует его настроению и желаниям!..

Из ярко освещённой гостиной слышались голоса, и Василий Васильевич, воровато оглянувшись на лестницу и убедившись, что погони нет, направился туда.

Как только он вошёл, все оглянулись, и хозяин воскликнул с излишним энтузиазмом:

— Ну наконец-то! Заждались, заждались. Разрешите представить, Василий Васильевич из Бухары. Сегодня приехал.

— Василий Васильевич — хорошее узбекское имя, — сказала молодая дама в обтягивающих джинсах и с распущенными чёрными волосами. — Главное, запомнить легко.

Меркурьев обвёл взглядом общество.

Кристина, разложив на старинном столе пластмассовые штуки, что-то делала с телефоном, то ли ломала, то ли чинила. Молодой человек с окладистой ухоженной бородой сидел в кресле нога на ногу и смотрел, как она чинит или ломает. Черноволосая и обтянутая пила из высокого бокала какой-то коктейль и усмехалась довольно язвительно. Меркурьев понял, что усмехается она на его счёт.

— Ну-с, с Кристиной вы знакомы!.. — бодро продолжал Виктор Захарович. Кристина мельком улыбнулась, не выпуская из рук пластмассок. — Софья, — он показал на брюнетку, — из Москвы, у нас впервые, как и вы, Василий Васильевич. Стас тоже из Москвы, занимается компьютерами, наш постоянный гость.

Бородатый весело пожал плечами, как будто сознаваясь в том, что это странно, конечно, но — да, он постоянный гость.

— Занимается компьютерами, а роутер то и дело висит, — пробормотала Кристина. — В сеть не выйдешь.

— Нужно вместо воздушки нормальную линию тянуть, — сказал бородатый. — Я Виктору Захаровичу уже десять раз говорил.

— И как оно там, в Бухаре? — спросила черноволосая Софья у Меркурьева. — Абрикосов много?

— Абрикосов много и жарко, — согласился Василий Васильевич. — А где дают то, что вы пьёте? Я тоже хочу.

— В буфете! — вскричал Виктор Захарович. — Вот я, голова садовая, даже не предложил!

Василий Васильевич был торжественно и со всяческими извинениями препровождён к буфету, где из множества бутылок можно было выбрать любую и налить из неё. Всевозможные бокалы, фужеры, стаканы и рюмки стояли тут же.

Меркурьев прикинул, чего ему хочется, и вышло, что хочется джина с тоником. В настольном холодильничке были наставлены всякие банки и бутылочки, и тоник среди них нашёлся. И лимон был приготовлен, и лёд в запотевшем ведёрке-термосе.

Таксист сказал про это место — дыра или глухомань, как-то так. Но на дыру вовсе не было похоже!..

Сейчас, когда горел свет и были задёрнуты шторы, гостиная казалась самым уютным местом на Земле. Цветы в старинных вазах, вышитые салфетки, диван с подушками — всё очень мило, но ничего лишнего. Ни нагромождения пыльных безделушек, бессовестно выдающих себя за украшение интерьера, ни полиэстеровых ковров, прикидывающихся натуральными, ни дерматиновых кресел «под кожу».

Меркурьеву здесь нравилось.

Ему даже стаканы в буфете нравились, и он с удовольствием думал о том, что не ошибся с выбором, что Виктор Захарович большой молодец и хорошо бы ещё заклинательница потусторонних сил побыстрее выехала на шабаш и больше не возвращалась.

— У нас тут скучновато, ничего не скажешь, — говорил в гостиной Виктор Захарович. Меркурьев, наливая джин, прислушивался. — Специфическое место. Но у каждого свой вкус.

— У меня дело, — объявила Кристина. — Я не просто так приехала. Мне летом диплом писать, а тут рядом форт и замок семнадцатого века! У меня тема как раз «Прусская культура семнадцатого-восемнадцатого веков». Я фотографий поднаберу. Может, с краеведами повстречаюсь. Тут муж и жена Туссен работают. Говорят, они ещё из тех немцев, ну, которые настоящие, после войны остались.

— А мне ничего не нужно, — сказал бородатый Стас. — Только на велосипеде кататься и на диване лежать. У меня в Москве работа ответственная, а здесь я отдыхать хочу!..

Меркурьев сделал глоток — вкусно! — и со стаканом в руке вернулся в гостиную.

— Если заскучаю, сразу уеду, — мельком оглянувшись на него, промолвила Софья. — Я никогда не бываю в таких местах!.. Вот первый вопрос, который нужно себе задать, когда в отпуск собираешься: что там делать? И если ответа нет, ехать не стоит. А у вас, дорогой Виктор Захарович, делать, прямо скажем, совсем нечего.

Хозяин картинно развёл руками.

— На вкус и цвет, как говорится! Летом у нас не протолкнуться, любители морских купаний и прогулок приезжают и живут подолгу. Море в двух шагах, вокруг ни души, лес и ручей. Тишина опять же!.. Кто веселье любит, а кто тишину, спокойствие.

— Вы что любите? — неожиданно перебила его Софья, обращаясь к Меркурьеву. — Тишину или веселье?

— Веселюсь я на работе, — сказал Меркурьев. — У нас совместный проект с китайцами. Сплошное веселье.

— А что? — заинтересовался Стас.

Василий Васильевич пожал плечами:

— Народ они... своеобразный. И язык у них своеобразный. Там, где разговаривают трое китайцев, находиться невозможно!.. А где десять, вообще!..

— Древняя раса, — заметила Кристина. — Язык тоже древний, тоновый. Нашему уху кажется, что они всё время общаются на повышенных тонах, а это совсем не так. Просто особенность такая.

— Нашему уху кажется, что они вот-вот подерутся, — подтвердил Меркурьев и подсел к ней. — Что это такое? Что вы делаете?

— Починяю Виктору Захаровичу телефон, — Кристина снова принялась за свои пластмасски. — У него всё время аккумулятор вываливается.

Она соединяла какие-то части, которые то и дело снова разваливались. На левой руке у неё был всё тот же перстень — огромный зелёный глаз. У Меркурьева он почему-то вызывал тревогу.

— Выбросить надо телефон вместе с аккумулятором, — высказался Стас. — Я Виктору Захаровичу сто раз говорил. Ты всё равно его не починишь, Крис.

— Если телефон произвели китайцы, — сказал Василий Васильевич и поставил стакан с джином на стол, — точно не почините.

— Почему это?!

— Можно я взгляну? Потому что у них всё одноразовое, у китайцев. Телефоны одноразовые, ботинки одноразовые, машины и то одноразовые. Починке не подлежат.

— В двадцать первом веке живём, — протянула Софья, пристраиваясь на диван, — и всё про какую-то починку разговоры ведём! Уж в новом тысячелетии, наверное, можно со старьём не возиться?! Выбросить его на помойку, а новое купить.

Меркурьев прикладывал друг к другу пластмасски и мельком взглянул на Софью.

— Проброса́емся, — сказал он, — если продолжим выбрасывать.

— В каком смысле?!

— Так ведь мир в тупик зашёл, — объяснил Василий Васильевич. Он много раз об этом думал. — Ничего не делается надолго, с гарантией. Всё, что приходит в негодность, немедленно выбрасывается! Где разместить свалки, чтобы они вмещали всё выброшенное? Где взять ресурсы на новое? Землю, воду, лес, железную руду?.. Мне на день рождения подарили дрель, — тут Меркурьев подумал и добавил, — китайского производства. При первой попытке просверлить дырку дрель сломалась. Я даже подумал, что она нужна, должно быть, не для того, чтобы дырки сверлить, а чтобы она была. Просто у меня есть дрель, а сверлить ею необязательно! Я попытался её починить, но она так устроена, что из-за пустяка — привод полетел — починить её нельзя, только выбросить. Весь механизм выбросить, с мотором, со всем металлом, из которого она сделана!..

— Чистую правду говорите, — поддержал его Виктор Захарович. — Как хозяин подтверждаю!

— Мы в наших установках целые секции вырезаем, потому что клапаны летят, но поменять их нельзя, и всё тут!.. Выбрасывай весь блок! И так везде. Это называется — стимуляция спроса. Чем больше выбрасывают, тем больше покупают, следовательно, больше производят.

— Скукота какая! — зевнула Софья.

— Есть клей? — спросил Меркурьев у хозяина. — Любой! Сейчас вот сюда капнем, и какое-то время продержится.

— Спасибо, Василий Васильевич!..

— А вы прям разбираетесь, да? Во всех этих штуках?

Меркурьев допил джин, посмотрел в стакан и подумал, что ещё хочет. Надо налить.

— Руками умеете работать? Гайки крутить? — Софья непонятно улыбалась.

— Умею, — признался Меркурьев. — И люблю.

— Я-ясненько, — протянула она. — Вы модель прошлого — человек ухватистый. Эта модель была в моде, когда считалось, что работать руками не только полезно, но и необходимо. Женщина должна была уметь шить и вязать, а мужчина ремонтировать машину и менять раковину!.. Сейчас это смешно!

Виктор Захарович сбоку взглянул на неё и спросил осторожно:

— Отчего же... смешно?

— Ну, глупо! — пожала плечами Софья. — Ну кому может понадобиться то, что сшито своими руками?! Или кому придёт в голову раковину менять?! Ну, сами-то подумайте! Для этого есть отдельные люди, специалисты, они всё за вас сделают.

— Где взять клей? — спросил Меркурьев, которому надоел этот разговор.

Виктор Захарович радостно сказал, что в мастерской, он сейчас принесёт, Меркурьев возразил, что лучше сам сходит, и они ушли вместе.

— Нет, вообще он прав, — задумчиво сказала Кристина. — Починить на самом деле ничего нельзя.

Софья махнула рукой.

— Ну и что?.. Это всё такая ерунда, подумаешь! Просто он хочет, чтоб его считали умным.

— Кто считал? Мы?! — удивилась Кристина, и Софья покровительственно ей улыбнулась.

— Вы ещё девчушка совсем, — и Софья сделала некое движение, словно намеревалась потрепать студентку по щёчке, но в последний момент передумала. — Многого не знаете. Особенно про мужчин. А мужчина от всех остальных разумных существ отличается тем, что должен постоянно производить впечатление!

— Это от каких же — остальных разумных? — осведомился Стас лениво. — Ну, женщины, допустим, тоже разумные! Заметьте, я сказал — допустим! А остальные кто?

Софья махнула на него рукой.

— Я недавно прочитала в интернете, что на десять женщин приходится девять мужчин, это научный факт! Из этих девяти трое вполне пригодные в жизни особи, трое страдают интимофобией и оставшиеся трое непременно алкоголики или ещё что... похуже. Так вот эти три особи, которые нормальные, имеют огромный выбор — аж из девяти женщин!

Кристина вздохнула. Ей не нравились рассуждения Софьи, а с Меркурьевым было интересно...

— И на всех нас, на всех они хотят произвести впечатление! Мы-то, девушки, все подходящие! Вот они и стараются кто во что горазд — кто умного из себя строит, как этот... инженер. Кто красоту наводит, — и она неожиданно подмигнула Стасу, — а некоторые на деньги упор делают. Когда у мужика денег много, он уверен, что может всё купить! Не то что гарем, планету Марс! Если ему охота, конечно.

— Планета Марс не продаётся, — проинформировал Стас, которого слегка задело замечание о наведении красоты.

— Да я не об этом.

Кристина посмотрела на дверь. Что это Виктор Захарович с инженером не возвращаются?..

Ей хорошо и весело жилось в доме на взморье, и все нравились — и старик-хозяин, и ухоженный Стас, и вновьприбывший гость понравился тоже. После Софьиных рассуждений она стала думать... в другую сторону, и эта сторона была ей... неприятна.

Бородатый компьютерщик — симпатичный, но — права столичная штучка — никого не замечает, занимается только собой. Со вчерашнего дня в третий раз меняет наряды и то и дело рассматривает в зеркале собственную бороду. Должно быть, борода была недавним приобретением, и Стас к ней ещё не привык — как к любой новой вещи!.. Впрочем, мужчины сейчас почти все такие.

Инженер не такой. Во-первых, без бороды. Во-вторых, одет так, что сразу ясно — в зеркало на себя он не смотрит никогда. В-третьих, не пацан, каких у неё на курсе полно, и не старик, лет около сорока, наверное. И приятный!.. Высокий, поджарый, словно на солнце подсушенный, руки красивые — Кристина смотрела на его руки, когда он ремонтировал телефон. И рассуждает интересно!.. И не похоже, что хвост распустил! Или... распустил, а Кристина просто не догадалась?.. Софья вот сразу догадалась, а она нет?...

— Не расстраивайся, — лукаво сказала Софья, наблюдавшая за девчонкой, — все мужики одним миром мазаны и все сволочи.

— Я думаю вовсе не о мужиках, — резко ответила Кристина. — А об ужине!

— Ну конечно, — окончательно развеселилась Софья.

Она внимательно наблюдала и запоминала каждую мелочь. У неё была тренированная память на мелочи и годами выработанная привычка. Впрочем, здесь, в прибалтийской осенней глуши, наблюдать было несложно — на неё никто не обращал внимания, и люди были простыми и понятными, вон как студентка! Испортить ей настроение ничего не стоит, и Софья даже немного раскаивалась, что испортила. Впрочем, она ещё не составила о студентке окончательного мнения, следовательно нужно продолжать наблюдение, не отвлекаясь на ненужные эмоции.

Не обращать внимания на эмоции, давить и душить их в себе Софья умела с детства.

Пожалуй, пока только хозяин был ей понятен, словно она знала его давным-давно. Знала и ненавидела. Душить эту ненависть не было необходимости, она была холодной и липкой, как забытый на балконе обойный клей. Если всё пойдет, как запланировано, она вышвырнет ненависть из сознания — поддаст ногой ведерко, и оно — тю! — улетит с балкона!

Вернулись хозяин с инженером, очень довольные друг другом. Меркурьев поискал глазами свой стакан, обрадовался, увидев его, и отправился за новой порцией джина.

Виктор Захарович рассматривал телефон, цокал языком и утверждал, что крышка держится как влитая.

— Вы пока подождите, — сказал Меркурьев, появляясь. — Минут двадцать его не трогайте.

Подошёл к двери, откинул штору и потянул чугунную рукоятку.

— Шу-уф, — сказало невидимое в темноте море, — шу-уф!..

Василий Васильевич вышел на каменную террасу, вдохнул полной грудью и посмотрел вверх. Тёмное небо проглядывало сквозь рваные облака, и даже звезду удалось разглядеть в облачном промельке. Василий Васильевич улыбнулся звезде.

Он был не сентиментален, но тут улыбнулся — соскучился. В Бухаре звёзды были яркие, крупные, близкие, будто нарисованные на театральной декорации, изображающей небо. А тут крохотные, едва заметные, дрожащие — свои.

— Вам здесь нравится?

Он оглянулся. Черноволосая Софья стояла справа, облокотившись о балюстраду террасы, и рассматривала его с каким-то, как ему показалось, практическим интересом.

— Нет, просто интересно, — продолжала она, потому что он медлил с ответом. — Здесь же ничего нет! Или у вас тут дама сердца? И вы явились на свидание?

— Я в отпуск.

— И прямо весь отпуск здесь просидите?! Выдержки хватит?

— Я закалённый, — признался Меркурьев. — Могу выдержать многое.

— В той стороне маяк. — Софья показала бокалом в темноту. — Такое романтичное место!

— Да?

Он должен пригласить её на романтическую прогулку к маяку, а не спрашивать «да» или «нет»! Почему не приглашает?

— К столу! — позвал из дома Виктор Захарович. — Семь часов, время ужина!..

— Пойдёмте? — предложил Меркурьев. — Очень есть хочется.

Софья рассердилась и сказала, что она ещё «подышит», а этот мужлан неотёсанный ушёл в дом!.. Перспектива кормёжки пересилила романтический интерес.

В столовой гостей встречала озабоченная женщина в тёмном платье и крохотном кружевном переднике. Василия Васильевича поразило, что на руках у неё были белые шёлковые перчатки.

— Наша белочка-хлопотунья, наша хозяйка, наш оберег, наш домашний гений Нинель Фёдоровна, — и Виктор Захарович поклонился женщине, очень церемонно.

Меркурьев решил, что у них, должно быть, так принято, и на всякий случай тоже поклонился.

— Будет тебе, Виктор Захарович. Проходите и занимайте любой стол, молодой человек. Только вот тот, большой, абонирован.

Виктор Захарович изменился в лице.

— Сегодня? — спросил он, и голос у него дрогнул.

Женщина горестно кивнула и заторопилась:

— Проходите, проходите!.. Мы готовим всего по две-три закуски и несколько горячих блюд, но у нас очень вкусно! Вот карточка, посмотрите, чего вам хочется!

Это действительно была карточка, а никакое не меню — вложенный в фигурного тиснения картон листок тонкой хрусткой бумаги. На листке каллиграфическим почерком выведены названия кушаний.

Меркурьев прочитал все названия и сглотнул голодную слюну.

Гости разместились в столовой следующим образом: к Кристине подсел Стас, Софья устроилась в одиночестве, а потом в дверях зашелестело, появились разноцветные блики, словно провернулся калейдоскоп с цветными стёклышками, и показалась Антипия.

— Приветствую вас, собравшиеся к трапезе, — провозгласила она грудным голосом.

Все смотрели, как она идёт к своему столу — разноцветные шелка развевались, высовывался острый носок персидской туфли, расшитой жемчугами и каменьями, летел шлейф. В столовой отчётливо запахло благовониями.

— Мне лапшу с утиной ножкой, — сказал Меркурьев домоправительнице, тоже провожавшей глазами вещунью. — И печень по-берлински с картошкой.

— С пюре, — поправила та, моментально отвлекаясь от сказочного видения. — А на закуску? Не отказывайтесь, попробуйте всего! У нас два повара, мальчик и девочка. Специально из Калининграда ездят по очереди, в училище обучаются, отличники!..

Василий Васильевич развеселился.

— Тогда салат с раковыми шейками, — решил он. — Раз уж отличники!..

— Сейчас всё, всё подадим!..

Из кухонной двери показался официант, тоже совсем мальчишка, и стал обходить гостей.

— Сегодня, — на всю комнату объявила вещунья, — нас посетит дух Иммануила Канта. Мне было видение.

— Вы не обращайте внимания, Василий Васильевич, — прошептал, усаживаясь рядом, хозяин. — Она смирная! Так, взбредает что-нибудь в голову! Но мы подыгрываем, чтоб уж она на нас не сердилась.

— Вы?

Хозяин вздохнул:

— Я и... все гости. И потом — это забавно! Я вот раньше никогда с духами не общался.

Меркурьев взглянул на хозяина.

— Да не подумайте ничего такого, Боже сохрани!.. Это же сейчас модно — гадания разные, духи, экстрасенсы. Вон у них, у магов, даже специальная конференция проходит в Светлогорске. Телевидение приехало, журналисты со всей России. И наша... — Виктор Захарович кивнул в сторону Антипии, — тоже участвует. Она признанный маг и... как бишь... забыл...

— Колдун, — подсказал Меркурьев.

— Да не-ет!..

— Вампир.

— Да ну-у-у!..

— Ведьмак.

— Медиум! — выговорил Виктор Захарович. — Что вы меня сбиваете?! Она маг и медиум! Разговаривает с духами.

— О чём? — поинтересовался инженер.

— Да вы сами всё сможете увидеть! — пообещал хозяин с энтузиазмом. — Прямо сегодня! Сеансы у нас в гостиной проходят. Мы там свет гасим, шторы закрываем, достигаем необходимой обстановки.

— Ну, за вас и за духов, — сказал Меркурьев и одним глотком допил оставшийся в стакане джин.

Он как раз доедал салат с раковыми шейками, оказавшийся превосходным, когда произошло неожиданное событие.

Антипия вдруг уронила ложку, которой ковыряла в стакане с чем-то зелёным, вскинула голову, замерла, а потом медленно подняла обе руки к вискам и сдавила голову.

— Он уже здесь, — выговорила она громко.

Меркурьев, заинтересовавшись, перестал жевать и посмотрел на Виктора Захаровича.

— Кто это здесь? — спросил он одними губами. — Дух Канта явился раньше времени?

— Нет, нет, — озабоченно ответил хозяин. — Тут что-то другое.

И поспешно поднялся.

— Он грядёт, — продолжала Антипия. — Я слышу шаги. Я вижу тени. Голоса! Сейчас грянут голоса!..

В полной тишине прошла секунда, другая...

— Ну, доброго всем вечера, — грянуло в дверях так, что Василий Васильевич вздрогнул. — А я думаю, чего это нас никто не встречает?! А в тюряге ужин по расписанию!..

Два мужика, поразительно похожие друг на друга, в абсолютно одинаковых костюмах и галстуках, ввалились в столовую, где моментально стало тесно и нечем дышать.

— А где хозяин-то?

— Приветствую! — Виктор Захарович пошёл им навстречу, вид у него был растерянный. — Как раз к столу.

— Постоловаться мы всегда рады, — прохрюкал один из мужиков.

Они и впрямь были похожи на свиней — откормленные, гладкие, слегка щетинистые. Выразительные пятачки и закрученные хвосты.

— Добро пожаловать, Александр Фёдорович!

— Да ладно тебе, отец, — окончательно развеселился свин. — Очки протри! Фёдорыч — это он, а я Николаевич!.. Иван Николаич я!

— Проходите, мы гостям всегда рады!..

— Да какие же мы гости, отец! Мы, считай, уже хозяева, а?! — И свины вновь радостно захрюкали.

Меркурьев принялся хлебать лапшу. Она была огненная, золотистая, из прозрачного бульона в звёздочках навара выглядывала бодрая утиная нога.

Его решительно уж точно, уж никак не могло касаться происходящее, но любопытство, отчего-то смешанное с беспокойством, разбирало. Против воли он то и дело оглядывался на высокие двери, за которые Виктор Захарович увлёк вновь прибывших. Оттуда раздавались непривычно громкие голоса — куда там китайцам!..

— ...Поужинаем, пока всё горячее, а завтра за дела.

— ...Нам рассиживаться некогда, отец, чего тянуть, когда дело, считай, сделано!.. Да не дрейфь, Захарыч, держи хвост пистолетом! Мы тебя не обидим!

— Нет, нет, поужинаем сначала.

— Да чё ты заладил-то? Мы уже в приличном месте поужинали!..

— Пришла беда, — сказала, принимая у Меркурьева тарелку, Нинель Фёдоровна. Лицо у неё потемнело, постарело. — Я всё не верила...

— Что такое?

— Продаёт дом наш Виктор Захарович, — выговорила домоправительница и вся перекосилась. Видно, сдерживаться ей было нелегко. — Совсем продаёт, окончательно.

— Зачем?

Глаза у Нинели налились слезами, и одна всё же пролилась, капнула в тарелку.

— Не справляется, — с сердцем сказала она. — Никак не справляется. Говорит, стар стал, сил нет. Мы все ему помогаем, как можем, а он... Видите? Продаёт. И кому! Этим!..

В тарелку капнула ещё одна слеза.

Меркурьев молчал, не зная, что сказать.

— Вы меня извините, — спохватилась Нинель Фёдоровна. — Что-то я... раскисла. Вы тут ни при чём, вы отдыхать приехали!.. Сейчас горячее подам.

Василий Васильевич проводил её глазами.

Вот тебе на!.. Похожий на английского помещика хозяин продаёт такой славный, так хорошо устроенный дом на взморье! А Василий Васильевич уже надумал, как через год приедет вновь — в таком же дождливом ноябре, и встретится с домом и с хозяином, как со старыми знакомыми!..

Нельзя ни на что рассчитывать всерьёз, когда-то учила его бабушка. Ко всем своим планам и мечтаниям нужно прибавлять — как бог даст.

Не даст, и ничего не будет.

— Случится страшное, — возвестила Антипия. — Очень скоро.

— Да бросьте вы дурака валять, — сказал Стас с досадой.

— И так аппетит испортили, — поддержала его Софья. — А кухня тут почти как в Москве!.. Вызовите лучше дух этого вашего и спросите, когда их чёрт унесёт! Так орут, аж голова заболела.

— Канта, — подсказал Стас.

— Да хоть кого! — возмутилась Софья. — Лишь бы эти убрались.

— А я и не знала, что дом продаётся, — сказала Кристина. — Мне Виктор Захарович ничего не говорил.

— Да мы-то все тут при чём? — удивился Стас. — Мы приехали и уехали, какое наше дело?!

Он прошагал к буфету, нажал кнопку на кофемашине, которая сразу ожила, замигала, заворчала, настраиваясь на работу.

— Мы спросим, — пообещала вещунья так же громко. — Мы спросим, что нас ждёт. И может быть, нам расскажут...

По комнате поплыл острый и свежий запах кофе.

Василий Васильевич расправился с печенью по-берлински, подумал и попросил ещё малиновый мильфёй.

Не может быть ничего лучше холодного малинового торта с горячим кофе. Особенно вечером в ноябре, когда на улице идет дождь.

Но почему-то мысль про дождь, ноябрь и кофе показалась ему не такой радужной, как всего час назад.

Собственно, за этот час ничего не изменилось!.. До того, как Виктор Захарович продаст дом, Меркурьев успеет десять раз уехать в Бухару.

Тогда в чём дело?..

Громкие голоса заговорили ещё громче, и нужно было делать над собой усилие, чтобы не слушать каждое слово.

— Пойдёмте в гостиную, — предложила Софья и поднялась. — Если все поужинали. Так невозможно!..

Меркурьев в гостиную не пошёл.

Он забрал свой мильфёй и кофе, тёмным коридором вышел к чугунной лестнице и устроился в кресле возле круглого столика с книгой, так и лежавшей страницами вниз.

Здесь было тихо, темно и пахло дождём, цветами и немного углем, должно быть, из пасти камина.

Василий Васильевич сделал глоток, зажмурился и откинулся на спинку кресла.

Если бы у него был такой дом, он ни за что бы его не продал. Так и жил бы здесь постоянно. Нет, постоянно не выйдет, на такой дом нужно зарабатывать. Он зарабатывал бы, а дом его ждал. А потом он приезжал бы и жил.

— Да ладно тебе, — сказали в темноте, очень близко. Меркурьев сел прямо и оглянулся. — Всё уже готово.

— Готово, не готово, — раздражённо отозвался второй голос. — А если всё пойдёт не так?!

— Что тут может не так пойти?!

— Да что угодно. Вдруг старик не справится?.. А если он упустит?

— Ничего он не упустит.

Голосов Меркурьев не узнавал. Впрочем, он был уверен, что говорят жизнерадостные покупатели дома. Только... где они?.. За поворотом коридора? Или забрались в камин?!

— Давай, давай, — поторопил один из говоривших. — Времени мало!

Василий Васильевич вспомнил разговор, который он слышал из своей комнаты. Тогда речь тоже шла о времени, о том, что его мало! Но в тот момент в доме ещё не было ни Александра Фёдоровича, ни Ивана Николаевича!..

У Меркурьева была прекрасная память на имена.

Одним глотком он допил кофе, встал и огляделся по сторонам. Никого и ничего. В глубине длинного коридора теплится жёлтый свет из гостиной, по всей видимости, там готовятся к спиритическому сеансу и визиту духа Иммануила Канта. В высокое и узкое готическое окно заглядывает луна — небо поднялось и очистилось, видно, идут холода.

Василий Васильевич, осторожно ступая, подошёл к входной двери и потянул. Она отворилась — неожиданно легко.

Он вдохнул холодный воздух, прикрыл дверь и немного постоял, прислушиваясь.

Никого.

Где могли прятаться те двое, голоса которых он слышал так отчётливо? Не в камине же на самом деле!..

Он взялся за перила чугунной лестницы, задрал голову и посмотрел вверх. Ничего не было видно, только терялись во мраке затейливые литые перила. Должно быть, на втором этаже тоже горит свет, но отсюда, снизу, его не видно.

Василий Васильевич двинулся по коридору к гостиной.

Позади него что-то звякнуло, и тихий звук разорвался у него в ушах как удар грома. Он замер. Потом молниеносно оглянулся.

Никого.

Меркурьев немного постоял, не шевелясь и прислушиваясь, потом вернулся к столику с оставленной кофейной чашкой.

Луна по-прежнему лила в узкое окно дрожащий синий свет, и море вздыхало за толстыми стенами: шу-уф, шу-уф!..

Василий Васильевич потрогал чашку — чуть тёплая. Кофе из неё он допил совсем недавно. Ложка брякнула о блюдце, и он узнал звук. Именно этот звук остановил его!

Но кто мог переставить чашку у него за спиной в пустом вестибюле?!

Что-то ещё тревожило его, и он никак не мог понять, что именно. Неверный лунный свет? Звуки осеннего моря?..

Внезапно ему стало страшно — одному в темноте, — так страшно, что он едва справился с собой. Больше всего ему хотелось помчаться со всех ног туда, где светло и люди, но Василий Васильевич удержался.

Громко топая — на этот раз специально! — он вернулся к входной двери и запер её на задвижку. Чугунный штырёк отчётливо клацнул.

Меркурьев решительно пошёл в сторону коридора и вдруг остановился и замер.

Книга. На столе лежала книга.

Когда он впервые вошёл в этот дом, сразу увидел книгу на резном старинном столике, лежавшую страницами вниз.

Только что он пил кофе и время от времени посматривал на неё!..

Василий Васильевич подошёл и посмотрел ещё раз.

Книга по-прежнему была на столе, но лежала страницами вверх.

— Я не брал её в руки, — сказал Меркурьев вслух. — Точно не брал!.. И здесь никого не было!..

Голос его потерялся, пропал в дубовых панелях стен, в вышине чугунной лестницы, в провале гигантского камина.

Он ещё помедлил, а потом взял книгу в руки.

Она называлась «Философия Канта» и была открыта на пятьдесят седьмой странице.

Меркурьев поднёс её к окну и с трудом разобрал:

«Итак, философ не испытал в жизни ни сильных радостей, ни сильных страданий, которые приносят с собой страсти. Его внутренняя жизнь всегда находилась в состоянии равновесия. Сам Кант полагал, что в такой спокойной, правильной жизни, проникнутой нравственным началом, и заключается счастье человеческое, и действительно, Кант был счастлив. В глазах современников Кант представлял образец мудреца, и таким же он будет в глазах грядущих поколений, вознесённый на эту высоту своими заслугами и чистотой своей жизни».

— И чистотой своей жизни, — дочитал Василий Васильевич последнюю на странице фразу.

Что получается? Как только он повернулся спиной, некто, в данную минуту невидимый, неслышимый и неизвестно куда скрывшийся, подкрался к резному столику, зачем-то взял книгу, перевернул её и задел при этом чашку.

Чашка звякнула, Меркурьев оглянулся, человек исчез, растворился во тьме.

Какая-то ерунда получается, и больше ничего!..

Интересно, где здесь включается свет? Нужно будет спросить у Виктора Захаровича!..

Решительно захлопнув «Философию Канта», Василий Васильевич вернул её на столик и пошёл по коридору на свет.

Из гостиной выглянула студентка и, увидев его, помахала рукой:

— Идите к нам! На улице холодно, в столовой банкет, а у нас интересно!.. Идите!

Меркурьев махнул рукой в ответ и, повинуясь духу старинного романа о привидениях, охватившего его в вестибюле, приоткрыл дверь в столовую.

Там пировали.

Двое одинаковых свинов, скинув с плеч одинаковые пиджаки, одинаково чокались стаканами. Виктор Захарович притулился рядом на краешке стула, как воробей рядом с орлами-стервятниками, терзающими добычу. Казалось, стервятники вот-вот перекинутся на воробья, только доедят павшую лань!

Вместо лани на столе были наставлены бутылки, тарелки, судки, салатники, миски, чашки. Особенно поразило Василия Васильевича заливное — огромная рыбина с пучком петрушки в зубастой пасти, словно карикатура! Из середины рыбины было уже порядочно выедено.

— Давай, Захарыч, — говорил один из пирующих, — тяпнем за наши успехи! Что бы ты без нас делал, Захарыч?! Кому твоя развалюха нужна! А я ее покупаю!

— Пс-ст, пс-ст! — перебивал его второй. — Не ты один покупаешь, мы обое! Чего такое!

— Обое, да! Я ж и говорю!

— Какая разница, кто покупает, — Виктор Захарович махом опрокинул в себя стопку водки. — Главное, что я продаю.

— Ещё бы ты не продал, голуба! Времена сейчас тяжелые, денежки-то все тю-тю, в трубу улетели! А я покупаю, наликом плачу, без дураков, без налоговиков!

— Обое мы покупаем, сказано!

— Да ладно, спокуха! Слышь, Захарыч, не дрейфь, мы тут нормальный комплексок забубеним, с банями, с номерочками на почасовой оплате, с девчонками-поскакушками!.. Поедет к нам народ, чего не поехать! Море — вот оно! В леске беседок под шашлыки наставим, пожарники все свои, не прицепится никто!

— Не, не, — вступил второй. — Ну, правда, отец, чего место пропадает! Оно, может, и не нужно никому, но у тебя тут вода подведена, газ, трубы проложены, все дела! Чем сначала начинать, лучше вообще не начинать.

И гости рассмеялись.

Из кухонной двери вышла Нинель Фёдоровна с огромным подносом, за края которого торчали острые пики шампуров.

За столом завыли от радости и снова столкнулись стаканами.

Заметив Меркурьева, Нинель Фёдоровна кивнула и тихонько к нему подошла, как только утвердила шашлыки в центре пиршественного стола. Она слегка подтолкнула Меркурьева в коридор, вышла следом и плотно прикрыла за собой дверь.

— Давно они закусывают? — спросил он.

Домоправительница вздохнула:

— Минут двадцать. Да как вы ушли, так они сразу и сели. Двадцать минут, а водки уже как не было. Сейчас велю ещё одну в морозилку положить, там всего две осталось...

— После ещё двух бутылок им будет наплевать, холодная водка или кипяток!..

Нинель Фёдоровна улыбнулась.

— Может, ещё десерта хотите, Василий Васильевич? Есть шоколадный торт с вишней, «Чёрный лес». Не желаете? Дурной сон, — добавила она и вздохнула. — Куда нам всем деваться? Где работу искать? Да не в том дело! Я в этом доме всю жизнь провела, вот с таких лет!

Она показала рукой с каких именно лет.

— А... остальные гости? — спросил Василий Васильевич. Он точно знал, что в тёмном коридоре за ним кто-то следил, но кто?.. — За ужином были все или в доме ещё кто-то есть?

Нинель Фёдоровна покачала головой:

— Все. У нас места мало, да и не сезон. Ещё одна особа должна пожаловать, но предупредила, что будет поздно. А почему вы спрашиваете?..

Меркурьев сказал, что интересуется спиритическими сеансами, а по его сведениям, на таком сеансе должно присутствовать как можно больше людей.

— Да какие там сеансы!.. Всё глупости, дамские штучки! Или вы тоже... в духов верите?

Меркурьев пожал плечами.

— Хозяйка, — заревели из столовой. — Хозяйка, водку неси!

— Извините меня, — шепнула Нинель Фёдоровна. — Я должна подать.

Странное дело. Выходит, в вестибюле никого быть не могло. Но ведь кто-то переложил книгу и задел при этом чашку!

Василий Васильевич вошёл в гостиную, где всё было приготовлено для спиритизма — круглый стол в центре под лампой, какие-то бумаги с нарисованными символами, тарелка со стрелкой, похожая на часы.

Меркурьев взглянул на тарелку.

— Любопытство одолело? — спросила Софья. — Или скука? Заняться нечем? Пойдёмте гулять! Дождя нет, сейчас на море так романтично и страшно! Вы любите, когда страшно?

— Вы всё время были здесь?

— То есть?!

— После ужина вы перешли в гостиную все вместе?

Софья взглянула на него — иронически.

— А что такое?

— Да, да, мы все пришли сюда, — нетерпеливо сказала Кристина. — Только вас ждём! Без вас наша колдунья вызывать Канта отказывается. Мы ее уговаривали, уговаривали, а она ни в какую!..

— Я не колдунья, — возразила Антипия. — Я посредник между мирами. Так научил меня великий Сантана. Слишком тонка междувселенная ткань, но зато как прочна! Преодолеть её могут единицы. И я преодолеваю, когда мне позволяют высшие силы.

Меркурьев прошёл к буфету, подумал и налил себе джина и тоника. Лёд приятно клацал и шипел в газированной воде.

— Странная штука, — сказал он. — А мне показалось, кто-то разговаривал в коридоре. В том, что ведёт к чугунной лестнице.

— Правда, классная лестница?! — спросила Кристина. — Между прочим, подлинный модерн, железоделательный завод во Франкфурте, там клеймо стоит. Начало двадцатого. Века, я имею в виду! Я потом непременно её сфотографирую.

— Да этого модерна по всей России сколько угодно. — Стас пожал плечами. — Кругом один модерн!

— Да ладно. И потом, тут немецкий модерн!

— Он везде одинаковый.

Софья, которой надоели дети с их препирательствами и Василий Васильевич с его тугоумием, взяла его под руку и спросила, когда они пойдут на маяк.

— Прямо завтра, — немедленно согласился Меркурьев. — С утра.

Софья тонко улыбнулась.

Выходит, обстановку она оценила правильно, и её ожидает осенний прибалтийский лёгкий роман с привкусом тумана и кофе, с запахом опавших буковых листьев. Осталось только придумать, как утром нарядиться, чтобы поразить инженера. Софья была уверена, что поразить его ничего не стоит.

— Давайте свет гасить, — сказала Кристина. — Антипия, мы же должны выключить свет?

— Духи приемлют только тьму. Из тьмы выходят, во тьме существуют и во тьму возвращаются. Свет для них слишком беспощаден.

Стас выключил электричество, а Кристина поплотнее задёрнула шторы. Последовательница великого

Сантаны и посредник между мирами затеплила свечу в бронзовом канделябре. Василий Васильевич наблюдал с большим интересом и заметил, что свечу она зажгла обыкновенной пластмассовой зажигалкой, очень делови́то, и так же делови́то спрятала зажигалку в недра своих шелков.

— Садитесь вокруг стола, — произнесла Антипия особенным голосом. — Беритесь за руки и думайте о том, что хотите узнать. Ни один из вас не должен сомневаться, иначе дух не явится.

— Никто ни в чём не сомневается, — пробормотал Василий Васильевич.

Справа от него оказалась Софья, сразу же вложившая в его ладонь пальцы, а слева Стас. У него рука была большая и до того влажная, что Меркурьеву немедленно захотелось вытереть свою о брюки.

Светом свечи были озарены только середина стола и лица сидящих. Антипия закрыла глаза.

— Мир теней и снов, мир тонких иллюзий, откройся перед нами, яви нам обитателей своих, — начала она, закрыв глаза. — Мы, находящиеся по эту сторону стены, смиренно просим отправить к нам посланника, дух великого Иммануила Канта. Пусть явится он на короткое время, ответит на наши вопросы, поможет разрешить неразрешимое, увидеть невидимое. Слышно ли меня там, по ту сторону?

Свеча потрескивала, и отдалённо шумело море: шу-уф, шу-уф.

— Слышит ли меня повелитель теней и снов?

Меркурьев вздохнул. И тотчас же его правую руку легонько сжали тонкие пальцы Софьи.

Неужели это я сижу тут в темноте и жду, когда мне явится дух Канта, подумал Василий Васильевич. Что со мной такое?!

Свеча затрепетала, пламя заметалось из стороны в сторону.

— Понимаю, — нараспев произнесла Антипия. — Ты близко. Я жду тебя.

Она покачивалась из стороны в сторону, как заведённая. Слабый отсвет пламени то ложился на её лицо, то оно совсем исчезало во мраке.

«Что я знаю про Канта? — продолжал думать Василий Васильевич, которому совсем нечем было заняться и стало неинтересно. — Знаю, что он философ, написал «Критику чистого разума», жил в Кёнигсберге, и горожане сверяли по нему часы — он всегда в одно и то же время проходил по одним и тем же мостам и улицам. Больше ничего не знаю. Философию в университете нам читали плохо, без огонька. Да мне было не до философии!..»

Свеча неожиданно погасла, словно её задули. Стало совсем темно, и нежные пальчики Софьи впились в его ладонь. Василий Васильевич осторожно пожал их в ответ — мало ли, может, на самом деле боится!..

— Я жду, — раздался голос Антипии. — Ты здесь, дух? Если здесь, подай знак.

Стол под локтями Василия Васильевича вздрогнул, приподнялся и опустился со стуком. Видимо, Кант подал знак.

— Мы ждали тебя! — провозгласила вещунья ликующе. — Скажи, что нас ждёт завтра? Добро?

Ничего не происходило. По всей видимости, дух Канта раздумывал, что ждёт завтра столь разношёрстную компанию.

— Нас ждёт зло? Ответь! Зло рядом с нами?

На этот раз Кант собрался с мыслями, потому что стол подпрыгнул и стукнул.

— Зло придёт от нас? — продолжала вопрошать Антипия.

Стол подпрыгнул дважды.

— Зло придёт не от нас, — констатировала ведунья. — Оно постучит в двери?

Канта, по всей видимости, забавляло происходящее, потому что стол опять ощутимо подпрыгнул!..

Вот как она это делает, думал Василий Васильевич. Никаких ее движений не заметно, хотя темно, конечно, но глаза уже более или менее привыкли. И стол довольно тяжёлый, плотного старого дерева, на монолитной слоновьей ноге. Или в мистификации участвует хозяин дома, и к столу подведён некий механизм?..

За стеной вдруг что-то упало с приглушённым грохотом. Упало, покатилось, следом заревели медвежьи голоса:

— Ах, какая женщина, какая женщина, мне б такую!..

Василий Васильевич замер. Как-то старик Иммануил выйдет из создавшегося неловкого положения?..

Свеча зажглась словно сама собой.

Антипия выдернула свои ладони из рук соседей, закрыла лицо.

— Он ушёл, — выговорила она из-за ладоней. — Он нас покинул. Он не вернётся.

— Жалость какая! — пробормотал Василий Васильевич, поднимаясь.

Кристина вскочила, побежала и включила свет. Все зажмурились.

Нужно будет потом слазить под стол, провести обследование на предмет механизмов. Разумеется, разоблачение Антипии в планы Меркурьева не входило, но ведь интересно!..

— Не моя ты, не моя, — продолжали завывать за стеной, — отчего же я тоскую?..

Кристина собрала со стола бумажки с неведомыми знаками и положила перед вещуньей.

— Вчера дух надолго приходил, — сказала она Меркурьеву. — На все вопросы отвечал.

— Вчера тоже Кант являлся?

— Нет, вчера была королева Брунгильда. Она мне сказала, что я в этом году выйду замуж по любви и по расчёту. — Кристина засмеялась, спохватилась и посмотрела на Антипию. — Только я не поняла, как это — и по любви, и по расчёту.

— Мало ли как бывает, — сказал Василий Васильевич. — Что у вас за кольцо? Такое гигантское?!

Кристина посмотрела на свою руку и спросила:

— Это? — словно на каждом пальце у неё было по кольцу.

Меркурьев кивнул.

— Это изумруд, — сказала Кристина. — Хотите посмотреть?

И она сняла кольцо и сунула Василию Васильевичу.

— Нет! — вскрикнула вещунья и поднялась в ужасе. Меркурьев от неожиданности чуть не уронил драгоценность. — Положите! Положите его на стол!

Меркурьев ничего не понял.

Антипия, обмотав руку шелками, вырвала у него кольцо и опустила на стол так осторожно, словно оно могло взорваться.

— Никогда, — сказала она Кристине. — Никогда не передавайте это кольцо из рук в руки! И никакое не передавайте! Вместе с кольцом вы отдаёте весь цикл вашего бытия! Поле может замкнуться. Кольцо можно только положить, лучше всего на деревянную поверхность. Дерево немного нейтрализует течение силы.

— Можно посмотреть? — перебил ее Василий Васильевич, который и про кольцо-то спросил просто так, потому что ему нравилась Кристина.

Изумруд — если настоящий, конечно, — был каких-то невиданных размеров. На самом деле Меркурьев никогда не видел таких камней! Может, только на экскурсии в Грановитую палату в далёком детстве.

Стас подошел и тоже стал рассматривать.

Изумруд был огранён особым образом, в мельчайших гранях плескался и переливался свет, и от этого казалось, что камень светится сам по себе.

При такой огранке, подумал Василий Васильевич, достаточно малейшего источника света, и камень будет загораться, как будто внутри у него лампочка.

— Ничего не понимаю в женских штучках, — сказал Стас. — Но эта красивая. Дайте я гляну.

— Только через стол! — вновь вскричала Антипия, и Василий Васильевич чуть было не уронил «штучку».

— Где оно сделано? — спросила Софья с интересом. — Италия, что ли?

— Изумруд индийский, — ответила Кристина беззаботно. — А где кольцо сделано, понятия не имею.

— Он что, настоящий?!

— Ну да.

— Не может быть, — произнесла Софья почти с ужасом. — Не бывает таких настоящих! Сколько в нём карат?

— Не знаю. Что-то около двенадцати, кажется.

Оправлен камень был очень просто — двойная полоска тёмного золота и больше ничего. Василий Васильевич смекнул, что две полоски придуманы неспроста, на одной такой камень просто не удержался бы.

— Оно очень старое, — сказала Кристина. — Прямо очень!.. Сейчас все говорят — фамильные драгоценности, фамильные драгоценности! Раз от бабушки досталось, значит, фамильное. Этот изумруд бабушка получила от прабабушки, а та от её бабушки и так далее. Верните мне его, пожалуйста.

Меркурьев отдал ей кольцо. Она водрузила его на палец и полюбовалась немного.

— И что? — спросила Софья. — Бабушке от прабабушки, а дальше?

— Дальше мы не знаем, — ответила Кристина. — Мы не разбирались.

— Почему?!

— Нельзя, — сказала студентка. — Запрещено.

— Кем?!

Крис пожала плечами и сказала, что, пожалуй, пойдёт спать. У неё есть книжка «Старый Кёнигсберг», она за неё еще не принималась, а ей к диплому нужно готовиться.

Василий Васильевич проводил её до чугунной лестницы.

— Где здесь свет зажигается, не знаете?

— Знаю, с той стороны. Там такая медная пупочка, потяните ее вверх.

Василий Васильевич нашарил «пупочку» и потянул. В вышине затеплилась слабая люстра.

Кофейная чашка и книга «Философия Канта» по-прежнему были на столе. Только «Философия» лежала страницами вниз.

Меркурьев вздохнул, подошёл и посмотрел. Книга была открыта на пятьдесят седьмой странице.

«Философ не испытал в жизни ни сильных радостей, ни сильных страданий, которые приносят с собой страсти. Его внутренняя жизнь всегда находилась в состоянии равновесия. Кант представлял образец мудреца, и таким же он будет в глазах грядущих поколений, вознесённый на эту высоту своими заслугами в области философии и чистотой своей жизни».

— Кто здесь читает Канта, не знаете, Кристина?

Студентка пожала плечами. Она стояла на лестнице, облокотившись о чугунные перила.

— Зовите меня Крис, — предложила она. — А лучше Мышь.

— Мышь, — задумчиво проговорил Василий Васильевич, — прекрасное имя для девушки. Крис — Крыс — Мышь, правильно я понимаю последовательность?

— Правильно! — отозвалась новоявленная Мышь. — А я вас буду звать Васей.

— Логично.

— Моё имя мне совсем не нравится, — продолжала Мышь. — Когда я родилась, в моде были Кристины, Анжелы, Камиллы, Перпетуи.

— Не знаю ни одной Перпетуи.

— Лучше б я была Перпетуей.

— И всё же кто читает эту книгу?

— Никто, — заявила Мышь. — Она лежит здесь просто так, для красоты. В окрестностях Кёнигсберга обязательно должно быть нечто, связанное с Кантом! Спокойной ночи!

И большими прыжками Крис-Мышь понеслась вверх. Лестница одобрительно загудела.

Василий Васильевич закрыл книгу, вернул её на стол и отправился к себе.

Из столовой тянуло сигаретным дымом и доносились гогот и голоса:

— Слышь, Санёк, а он мне и говорит, значит, чтоб я отваливал, а я ему на это: чё ты быкуешь, блин!.. Ты кто есть такой! А я ему — ты с кем базаришь, мелюзга немытая, когда я есть правая рука самого Санька Морозова, Алексан Фёдорыча, дорогого нашего!

— А он чё тебе на это?

— Погоди, давай накатим за дружбу! За тебя, Санёк! Где бы мы были, если бы не ты и не умище твой!

Василий Васильевич миновал столовую, поднялся на второй этаж, закрыл за собой дверь на лестницу. В коридоре было тихо и темно. Он вошёл в свою комнату и с удовольствием потянулся.

Здесь не было слышно ничего, кроме шума моря и шелеста листьев.

Не зажигая света, он стянул одежду, пошвырял как попало и бухнулся в прохладную постель. Тотчас в голове всё сдвинулось и поплыло: шумные бухарцы, ковровые тюки, дорога, дом с черепичной крышей, вещунья в разноцветных шелках, перстень со странным горящим камнем, готическое окно, трепет свечи, громыхание стола, «Ой, мороз, мороз», который слёзно выводили свины.

До чего хорошо, успел ещё подумать Василий Васильевич, и уснул.

Он добежал до конца «променада» — вдоль пляжа под откосом была проложена деревянная широкая дорожка на сваях, — и не встретил ни одного человека. Море плескалось в двух шагах, тихое, ласковое, совсем не такое, как вчера, и солнце казалось почти летним. «Променад» заканчивался лестницей на косогор. Меркурьев, тяжело дыша, оценил лестницу и понял, что ему её не одолеть.

— Слаб стал, — сказал он себе и откашлялся.

Ещё в Бухаре решено было бегать каждый день, не слишком много, десяточку, а если десяточку сразу тяжело, начать километров с семи. Хитроумные часы, считавшие маршрут, показывали, что пробежал он всего пять, но сил не осталось.

Он приказал себе собраться и двинулся в обратный путь. Ноги несли его с трудом.

Меркурьев знал, что перебирает, что бежать сейчас не нужно, а нужно перейти на шаг и спокойненько вернуться в гостиницу, но он должен себя заставить! В этом весь смысл!.. Вымотать себя до предела, до рвоты, до кругов в глазах — вот тогда это можно считать победой!

А так... бегать в своё удовольствие — это упражнение для пенсионеров и худеющих барышень.

На горку к белой балюстраде, окружавшей каменную террасу, Василий Васильевич почти что вползал на четвереньках.

Здесь стояло несколько плетёных кресел, видимо, оставшихся с лета, Меркурьев повалился в одно из них и закрыл глаза. Ему было плохо.

Он сидел довольно долго, пытаясь прийти в себя и справиться с подкатывающей тошнотой. При этом он необыкновенно гордился собой — часы-компьютер показывали десять триста!.. Первый день отпуска начался отлично.

Пить хотелось так, что слюна казалась сухой, как папиросная бумага, но идти за водой не было сил.

Василий Васильевич встал, добрёл до фонтанчика, попил из чаши немного дождевой воды и умылся.

Вода привела его в чувство, но идти он всё ещё не мог.

Он вернулся в кресло и сидел, слушая, как шумит море — шу-уф, шу-уф! — до тех пор, пока не начал замерзать. Тогда он ещё немного попил из фонтана, утёрся полой майки, вошел в гостиную, закрыл за собой дверь и опустил чугунный штырёк.

Здесь никого не было, из столовой не доносилось ни звука. Должно быть, в кухне шли приготовления к завтраку, но весь остальной дом словно вымер. Или ещё спал?..

Василий Васильевич, держась за перила то одной рукой, то другой, то сразу обеими, взгромоздился на второй этаж, немного полежал на диване, потом полежал в кресле, потом нашёл в себе силы пустить воду и залезть под душ.

Его уже не тошнило и не качало из стороны в сторону.

К концу отпуска он будет пробегать эту десятку легко! Туда по пляжу, а обратно по шоссе. И лестницу одолеет!..

Сумки так и стояли посреди комнаты, Василий Васильевич, вытирая голову, посмотрел на них скептически — разбирать, не разбирать?

И решил не разбирать. Ну их к лешему.

Штаны и рубаха у него есть — надевал только один раз, можно не менять, — а на остальное наплевать, потом как-нибудь разберём.

Пятернёй он пригладил волосы — они всегда завивались после душа и торчали в разные стороны, как у поэта Есенина, отчего Василий Васильевич их терпеть не мог и старался стричь как можно короче.

Кстати, нужно будет подстричься. Спрошу у Виктора Захаровича, где парикмахерская.

Спустившись вниз, он заглянул в гостиную — никого, потом в столовую, где тоже не было ни одной живой души.

Меркурьев прошёл к буфету, включил кофемашину и подождал, пока она проснётся, встрепенётся и приготовится к работе. Пока машина фыркала и мигала, он подошёл к окну.

Неяркое жёлтое солнце сделало буковый лес золотым и бронзовым в глубине. Могучие стволы, освещённые с одной стороны, казались ненастоящими, нарисованными. Трава под деревьями была совсем зелёной, свежей, будто только что вылезшей. Меркурьева всегда поражала эта зелёная калининградская трава — в ноябре!.. На широком кусте с разноцветными листьями качалась сорока. Как только ветка замирала, сорока подскакивала и снова начинала качаться. С ветки время от времени слетал жёлтый лист.

Василий Васильевич чувствовал себя так, словно всю жизнь прожил в этом доме, по утрам смотрел в окно, и сорока была его подругой. Ничего не могло быть лучше холодного воздуха, разноцветных листьев, на которых кое-где дрожали бриллиантовые капли вчерашнего дождя, осени, вздыхающего моря и сороки на ветке.

Он сделал себе кофе — крепкий и с сахаром, — и пошёл проверить, как там «Философия Канта».

Игры с Кантом его забавляли.

Вчерашняя чашка исчезла, а книга лежала на прежнем месте страницами вверх.

Василий Васильевич засмеялся, прихлёбывая кофе. Он совершенно точно помнил, что вчера ночью закрыл её! Ну-ка посмотрим, какая страница.

Страница пятьдесят семь, всё верно.

«Философ не испытал в жизни ни сильных радостей, ни сильных страданий, которые приносят с собой страсти».

Это мы уже сто раз читали!..

Интересно, кто с ним играет? Хорошо бы, конечно, Кристина по прозвищу Мышь, но отчего-то Василий Васильевич в это не верил. Нет, было бы прекрасно, если б она, но...

Высокие двери у него за спиной вздрогнули, будто снаружи потянули за ручку. Василий Васильевич оглянулся.

Ничего не происходило, потом двери вздрогнули вновь и тут же донеслось дребезжание колокольчика. А потом ещё раз.

Меркурьев поставил чашку на стол рядом с «Философией Канта», подошёл, повернул в замке ключ и распахнул створку.

В солнечном воздухе он увидел только силуэт. Силуэт колыхался и подрагивал, извивался, и Меркурьев на секунду зажмурился.

— Моё почтение, — вежливо проговорил посетитель и на старинный манер приподнял шляпу.

Он уже не извивался и не двоился, и оказался сухим человечком с мелким, но выразительным лицом. Он был облачён в долгополое пальто, а в руке держал дорожный ковровый саквояж.

— Доброе утро, — поздоровался Меркурьев.

Позади человечка на стоянке дремал длинный белый «Кадиллак» — вчера его здесь не было, — Меркурьев почему-то очень удивился, что старомодный и вежливый человечек прибыл на такой длинной, самодовольной машине.

— Приглашён погостить, — сказал новый гость. — Если вы ничего не имеете против.

— Я?! — воскликнул Меркурьев.

— С вашего разрешения, — заключил невиданный посетитель твёрдо.

— Проходите, — пригласил Василий Васильевич несколько растерянно. — Я сейчас найду хозяина или управляющую...

И посторонился, пропуская гостя.

Человечек воскликнул:

— Ни в коем случае! Не нужно никого обременять! Придёт время, и всё разрешится само собой.

В «Кадиллаке» нет водителя, мельком подумал Меркурьев. На водительском месте никого. Выходит, человечек сам сидел за рулём. Чудеса.

— Я подожду вот здесь. Если позволите.

Утренний гость прошагал к креслу возле готического окна, уселся, утвердил на острых коленях саквояж, а сверху пристроил свою шляпу.

— Хотите кофе? — спросил Меркурьев.

Гость подумал секунду.

— Лучше чаю и к нему каплю молока, — сказал он. — Если это вас не очень затруднит. Дело в том, что я не употребляю кофе. Это нездорово.

Он покосился на книгу, отчего-то покачал головой и уселся поудобнее.

— Сейчас попробую, — пробормотал Василий Васильевич. — Чаю с молоком, понятно. Одну минуточку.

— Не спешите, — любезно разрешил прибывший. — Из-за меня не стоит суетиться.

Меркурьев пошёл на кухню, спросил, где найти Нинель Фёдоровну или Виктора Захаровича, а также чаю.

— С каплей молока! — добавил он, вспомнив.

Оказалось, что для чая всё приготовлено там же, на буфете, Нинель Фёдоровну сейчас поищут, а Виктор Захарович ещё не вставал. Просидел с гостями почти до утра, как видно, не проснулся пока.

Возле буфета Василий Васильевич топтался довольно долго, раздумывая, как ему быть. В конце концов достал большую чашку с блюдцем, сунул в нее пакетик, подождал, пока заварится, и пакетик выбросил. Незнакомец в шляпе и с саквояжем, решил Меркурьев, ни за что не станет пить чай, из которого торчит хвост! Два кусочка сахару он пристроил на блюдце рядом с серебряной ложечкой, а сливки из круглых пластмассовых штуковин решительно некуда было перелить и пришлось нести так, в штуковинах.

Василий Васильевич не удивился бы, если б человечек исчез из вестибюля, но он был на месте. Он сидел в прежней позе, словно ни разу не пошевелился.

— Ваш чай, — по-официантски галантно сказал Меркурьев. — А управляющую ищут.

— Ах, не стоило беспокоиться! — досадливо вскричал человечек. — Не примете ли?

И он сунул Меркурьеву саквояж и шляпу.

Василий Васильевич принял их и неловко прижал к груди.

Человечек сделал глоток, зажмурился, оценивая, и заключил:

— Недурён. Шри-Ланка?

Василий Васильевич счёл нужным кивнуть — на всякий случай. Он был растерян и не понимал, что происходит.

— Всё же капля молока была бы не лишней.

— Молоко... рядом. То есть сливки. Сливки и сахар.

Человечек поднял на него глаза и вдруг ужаснулся.

— Непростительная ошибка! — воскликнул он и поднялся в волнении. — Я опять совершил ужасную ошибку! Всякий раз забываю! Вы ведь не привратник?

Инженер Меркурьев отрицательно покачал головой.

— И не лакей?

Василий опять покачал — нет, он не лакей.

— Прошу меня извинить, покорнейше прошу извинить! Забываю! Позвольте!

Гость вскочил и вырвал у Меркурьева поклажу.

— Непростительная ошибка! Я стал рассеян. Нужно было сразу дать понять, что мои указания неуместны. Ах, как неловко.

— Да ничего страшного, — промямлил Василий Васильевич.

— Нет, нет, не утешайте меня, — продолжал сокрушаться гость. — И ещё чай! Право, ужасная неловкость!

Он пристроил саквояж себе в ноги, шляпу угнездил сверху.

— Вы здесь в гостях, — резюмировал человечек, разглядывая Меркурьева. — Приглашены, так же, как и я.

— Нет, я в отпуске, — признался Меркурьев. — Приехал отдохнуть.

— Вы тяжело трудитесь? Труд вас изматывает?

Василий Васильевич никогда не задавал себе таких вопросов!

— Жара изматывает, — сказал он наконец. — Я работаю в пустыне, на газопроводе.

— Как интересно, — восхитился человечек, — и, должно быть, увлекательно!..

— На самом деле, не очень. Нет, то есть интересно, — спохватился Меркурьев. — Но не всегда. В основном это просто тяжелая работа.

— Может быть, присядем?..

Меркурьеву хотелось удрать — лучше всего на кухню или в столовую, где пахнет свежей утренней булкой, где все свои, где можно не вести странных разговоров и где никто уж точно не примет его за лакея или привратника!..

Тем не менее он зачем-то сел в соседнее кресло и сделал любезное, слушающее лицо.

Гость ещё пригубил чаю, вновь похвалил его и спросил, в чём заключается тяжесть работы Василия Васильевича.

Тот пожал плечами.

— Приходится за всё отвечать, — сказал он. — За технику, а главное — за людей. На ходу корректировать проект, потому что на бумаге одно, а в поле получается совсем другое. И условия, в общем, не сахар.

— Ваш труд скорее умственный или физический?

— И то, и другое. Но, пожалуй, головой я работаю больше, чем руками.

— Если у человека есть возможность думать, он счастливец. Большинство людей такой возможности не имеет, — заметил гость. — Они вынуждены в поте лица зарабатывать на хлеб насущный для себя и своих семей. Вы обременены семейством?

— Нет, — развеселился Меркурьев.

— Мой вам совет, — сказал человечек, наклоняясь к нему через стол и понизив голос, — женитесь на особе, имеющей приданое, чтобы таким образом обеспечить себе материальную независимость и возможность на свободе заниматься умственными упражнениями.

— Хороший совет, — кивнул Меркурьев. — Спасибо.

— Совет истинно практический.

Человечек принялся пить чай, а Василий Васильевич сбоку рассматривал его с любопытством двухлетнего карапуза, изучающего соседскую кошку.

— Я задержал вас, — спохватился гость, — а время завтрака. Ещё одна непростительная ошибка!.. Ступайте и не заботьтесь обо мне.

Словно отпущенный на свободу, Василий Васильевич вскочил, отвесил поклон — как мог, так и отвесил, — и ринулся в столовую.

— Ты чего?!

Он чуть не сбил с ног Стаса, который вышел из-за угла прямо на него.

— Где Захарыч?

— Не знаю, не видел. Чего ты несёшься? Пожар?

— А эта? Нинель?

Стас потёр плечо, в которое на полном ходу врезался Меркурьев.

— Её тоже не видел. Что случилось?

— Новый гость приехал, — проинформировал Василий Васильевич на ходу.

— Ну и что?!

Нинель Фёдоровна в шёлковых перчатках, на этот раз розовых, раздавала из корзины хлеб — овальные куски чёрного, длинные ломти багета и золотые, чуть присыпанные мукой рогалики.

Увидев запыхавшегося Меркурьева, она остановилась и воззрилась на него.

— Нинель Фёдоровна, — выговорил он, — доброе утро. Там... в фойе, или как это называется... где чугунная лестница и камин...

— В прихожей?

— Да, наверное, да! Приехал новый гость и ждёт, а Виктора Захаровича я не нашёл. Может, вы встретите?

— Господи, ну, конечно! Виктор Захарович сейчас выйдет, он... полночи не спал, — она понизила голос. — Промаялся с этими... новыми хозяевами. Вас они не беспокоили? Не слишком шумели?

Она пристроила корзину на угол буфета и принялась стягивать перчатки.

— У вас такой дом, — сказал Меркурьев. — Ничего не слышно. Только дверь закроешь, и сразу тихо.

— Раньше так строили, — кивнула Нинель Фёдоровна и с грустной любовью оглядела гостиную. — Им казалось, на века.

— Кому казалось?

— Предкам. Я побегу, а вы позавтракайте непременно! У нас очень хороша овсяная каша, вы такой нигде больше не попробуете.

И она заспешила к выходу. Меркурьев проводил её взглядом.

— Вася!

От неожиданности Меркурьев несколько подскочил.

Никто тут не мог называть его Васей!..

Кристина, Крис-Крыс-Мышь, махала ему рукой. Она сидела не там, где ужинала, а за столом возле окна. Стол помещался в небольшом эркере с тремя длинными узкими окнами на все стороны.

Василий Васильевич подошёл и поздоровался.

— Садись и давай завтракать, — предложила Кристина-Мышь. — Я ем кабачковые оладьи со сметаной. Здесь рядом хутор, там коровы, овцы. Виктор Захарович советовал мне туда сходить, потому что по доро́ге есть кирха, совсем ветхая, но архитектурный шедевр.

— А куры и коровы при чём? — спросил он, усаживаясь.

— Так я же рассказываю! Так вот, значит, хутор, наши там берут молоко, сметану, всякое такое. То есть, Виктор Захарович и Нинель Фёдоровна. О-очень вкусно! Попробуй.

Василий Васильевич заказал стакан холодного молока — от хуторской коровы, — творог со сметаной, от неё же, и порцию кабачковых оладий.

— Ты их тоже ешь со сметаной, — посоветовала Мышь. — Они солёненькие, поджаристые, хрустят! Со сметаной в самый раз.

— Приехал новый гость, — проинформировал ее Василий Васильевич, намазывая на багет сливочное масло. Оно было холодное, со слезой, и мазалось плохо, скорее ложилось на свежий хлеб толстыми, прозрачными сливочными ломтями.

— Ну и что?

— Странный типус, — проговорил Меркурьев, откусывая хлеб. — Очень странно выглядит и странно говорит. Он принял меня за привратника. Ты можешь себе представить человека, который может принять меня за привратника?

Мышь оглядела Василия Васильевича с головы до ног. Он перестал жевать.

— Что?

— Ты, конечно, больше похож на автослесаря, — сказала она после некоторого раздумья. — Ну, на садовника. Хотя! — Она махнула рукой. — Привратник тоже сойдёт.

Василий Васильевич засмеялся.

— Он приехал на «Кадиллаке». Последней модели, такая... недешёвая машина.

— Может, он богач?

— У него шляпа и ковровый саквояж.

— Ну и что?

Василий Васильевич дожевал багет:

— Смотри. Шляпа, саквояж и «Кадиллак» последней модели никак не монтируются. Это я тебе говорю как инженер.

Мышь неопределённо повела рукой. Её перстень светился необыкновенным, неземным светом.

— Вот ты лучше скажи мне, как Антипия вызывает духов, а?..

— Никак не вызывает. Это просто представление, — ответил он.

— Вася, — сказала Мышь проникновенно, — я это всё и без тебя знаю! Никаких духов нет, привидений не существует, гоблины и гномы — выдумки, ведьмы и колдуны — плод больного воображения.

Василий Васильевич одобрительно кивал. Так и есть, так и есть!..

— Но как-то это всё сделано! Свеча гаснет, блюдце вращается, стол стучит. Ты что-нибудь заметил?

Василий Васильевич сказал, что ничего не заметил, просто он слишком далеко сидел. Сегодня вечером он сядет поближе, всё поймёт и потом расскажет ей.

— У вас ведь эти вызовы духов происходят каждый вечер?

— Я здесь третий день, — сказала Мышь, — и два раза мы их вызывали. Один раз Брунгильду, другой раз Канта. Вчера. Ты с нами вызывал.

— Два раза из трёх — это уже статистика, — изрёк Василий Васильевич.

Распахнулась дверь, и в столовую ввалился один из свинов. Он был бледен нездоровой бледностью, лоб блестел, как восковой, под глазами коричневое с зелёным. Мятая рубаха, застёгнутая через одну пуговицу на третью, кое-как засунута в брюки. Штанина подвернулась, застряв в носке.

Мышь неприязненно потянула носом — ей показалось, что в столовой отчётливо завоняло перегаром.

Свин устроился в самом тёмном углу и, когда подошёл официант, простонал, чтобы принесли пива холодного и супа горячего, всего побольше. После чего уронил голову на руки и замер.

— Перестарались, — констатировал Василий Васильевич.

— Да ну, — сказала Мышь с отвращением. — И они покупают этот дом!.. Почему всё так несправедливо устроено? Прямо мерзко!

— Может, они хорошие люди, — предположил Меркурьев просто из духа противоречия.

— Кто?! Эти?! Да они вообще не люди!.. Они биомасса, пластилин, исходное сырьё. Из сырья ещё только должен выработаться человек. Лет через пятьсот-шестьсот потомство этого типа обретёт человеческие черты.

— Какая-то фашистская теория, — заметил Василий Васильевич.

— Ничего подобного, — энергично возразила Мышь. — Просто я говорю то, что думаю, а вы, старшее поколение, все ханжи. Потому что родились при советской власти и она вас испортила. — Тут она вдруг толкнула Меркурьева под бок. — Смотри, смотри!..

В столовую вплыла красавица с ярко накрашенным ртом и не по утреннему времени искусно уложенной причёской — волосок к волоску. Так выкладывали причёски в двадцатых годах прошлого века, Василий Васильевич видел на фотографиях. Красавица была облачена в длинное, до пола, светло-розовое шёлковое платье с короткими рукавами, и норковое манто, наброшенное поверх шёлка.

Она вышла на середину столовой, остановилась и неторопливо огляделась.

Антипия — на этот раз все её одежды были бирюзового и зелёного оттенка, — не обратила на красавицу никакого внимания. Она продолжала пить из высокого стакана нечто оранжевое, изредка запивая оранжевое коричневым и густым из другого стакана.

Стас некоторое время пялил глаза, потом подскочил и предложил красавице сесть.

Она кивнула, улыбнулась и прошествовала к полосатому дивану по соседству с обездвиженным свином.

— Может быть, лучше к окну? — предложил растерянный Стас.

— Из окон вечно дует, — отозвалась красавица. Голос у неё был под стать общему облику — низкий, тягучий, выразительный. — Меня зовут Лючия, — объявила она как будто Стасу, но на самом деле всем присутствующим. — Я приехала вчера вечером и несколько дней поживу здесь.

Она посмотрела по сторонам, а потом на компьютерщика.

— Представьте мне остальных, — потребовала она. — Наверняка вы все знакомы!

Мышь фыркнула.

Василий Васильевич улыбнулся.

Антипия перешла к чему-то зелёному.

— Меня зовут Стас, я из Москвы, — начал компьютерщик с самого простого. — Я в отпуске. Люблю Прибалтику.

Больше сказать ему было нечего, а инициативу в плане знакомства больше никто не проявлял. Стас оглянулся по сторонам и простёр руку в сторону Меркурьева и Мыши.

— Василий Васильевич, инженер, — громко сказал он. — Из Бухары. Тоже в отпуске. — Меркурьев привстал и слегка поклонился. — А Кристина — рядом с ним, — пишет диплом.

— Понятно, — уронила красавица. — Ну, что ж, бывает.

— В каком смысле? — не понял Стас.

Та вздохнула.

— И диплом бывает, и Бухара тоже. А эта дама? — Она кивнула на вещунью, которая не обращала на них никакого внимания.

— А, это наша колдунья, она приехала на слёт магов, — зачастил Стас.

— Я не колдунья, — с досадой перебила Антипия, по-прежнему не взглянув в сторону красавицы и компьютерщика. — Сколько раз повторять! Я проводник. Между двух миров! Духовная дочь учителя Сантаны и последовательница великого Пуришты.

— А человека в углу я не знаю, — продолжал Стас. — Они с другом только вчера приехали и сразу набрались.

— Бог с ним, — сказала красавица. — Выпейте со мной кофе.

Стас немедленно плюхнулся напротив неё. Мышь следила за происходящим сердитыми глазами.

— До чего не люблю, когда выпендриваются, — сказала она наконец. — Истерик не люблю и когда выпендриваются не люблю.

— Сколько тебе лет? — спросил Меркурьев.

— Двадцать три, а что?

— Да нет, я просто так спросил. Интересно, где тот, мой? В шляпе и с саквояжем? Он будет завтракать?

— Зачем он тебе?

Меркурьев помолчал.

— Я бы с ним поговорил подольше, — сказал он, наконец. — Он занятный.

Краем глаза он посматривал на красавицу, которая пила кофе и негромко беседовала со Стасом.

А она на чём приехала? На такси? Непохоже! К такой даме должны прилагаться не только платье до пола и норковое манто, но ещё несколько специальных «дорожных костюмов» и шофёр в фуражке. И куда делась машина, которая привезла свинов? Или даже две, если у них было по машине на каждого!

На брусчатке перед парадным входом стоял только белый «Кадиллак»...

Мышь потянулась так, что в животе у неё что-то пискнуло. Она смутилась и даже слегка покраснела.

— Тянуться за столом нельзя, неприлично, — выпалила она. — Я знаю, не смотри на меня так!

— Как?

Она опять покрутила рукой, изображая нечто.

— Как взрослый на младенца! А где Софья? Ты же с ней собирался на прогулку!

Василий Васильевич вздохнул. С гораздо большим удовольствием он пригласил бы на прогулку Мышь, но Софья уже пригласила его самого, ничего не поделаешь.

— Сходи на маяк, правда, — сказала Мышь серьёзно. — Я ещё ни разу там не была, а говорят, оттуда вид красивый, прям открыточный. Я утром из окна видела, как ты бежал по пляжу.

Василий Васильевич посмотрел на неё. Он всё никак не мог привыкнуть к её манере разговора, когда она — оп-ля! — и поворачивала совсем в другую сторону.

— Мне показалось, что тебя вот-вот хватит инфаркт. Ты еле шевелился, и ноги у тебя заплетались.

Василий Васильевич оскорбился. Во-первых, он был уверен, что бег у него атлетический, лёгкий. Во-вторых, для первого раза результат был великолепный! В-третьих, ничего у него не заплеталось!

— Я просто давно не бегал, — сказал он, поднимаясь из-за стола. — Мне нужно потренироваться.

В коридоре он столкнулся с Виктором Захаровичем. Вид у того был болезненный, он раскладывал на наборном столике свежие газеты и морщился.

— Не спал ни минуты, — пожаловался старик. — Загонят они меня в могилу, право слово!.. Уж купили бы, и дело с концом.

— А что? — поинтересовался Меркурьев. — Раздумали?

— Да ничего не раздумали! Сегодня договор будем подписывать, в два часа нотариус подъедет. Перепились они вчера, вот и вся история. Теперь до вечера не очухаются, я это уж однажды наблюдал!.. Когда мы только познакомились.

— Один очухался, — сказал Василий Васильевич. — По крайней мере, принял сидячее положение. В столовой он его принял.

— Да? — поразился Виктор Захарович. — Удивительное дело! Лишь бы опять не начал.

— Утром приехал ещё один гость, я ему двери отпирал, — продолжал Меркурьев. — Вы его видели? В шляпе и длинном пальто.

— Его Нинель Фёдоровна поселила.

— Как его имя?

Виктор Захарович посмотрел на Меркурьева в явном затруднении.

— Вот... не скажу. Забыл!.. Я потом в компьютере посмотрю! Это надо же такому быть — забыл! Совсем старый стал.

— А вещунью как зовут? Антипию?

— Эту помню, — сказал Виктор Захарович. — Марьяна Витальевна Антипова она у нас.

— Столы вертеть и свечи гасить вы Марьяне Витальевне помогаете?

— Я?! — ненатурально удивился Виктор Захарович. — Что вы, Василий Васильевич! Даже близко нет! Я от неё и сеансов этих как чёрт от ладана бегаю!..

— Стало быть, дух Канта помогает, больше некому, — заключил Василий Васильевич. — Если вы ни при чём!.

Хозяин осторожно пожал плечами и сказал:

— Всё возможно.

Через вестибюль со стрельчатым окном и камином Василий Васильевич вышел на улицу, по пути проверив книгу на столике. «Философия Канта» была закрыта — как он её и оставил.

Меркурьев обошёл вокруг дома — дорожка, вымощенная брусчаткой, вела вдоль красной кирпичной стены к террасе с балюстрадой. Старые липы, ещё не до конца облетевшие, роняли на брусчатку листья. Ещё одна дорожка, тоже обсаженная липами, вела к буковой роще, и Меркурьев решил, что непременно пройдётся по ней.

Он немного постоял на террасе, глядя на море, сверкавшее за кустами, и послушал, как оно шумит: шу-уф, шу-уф!..

Может, завтра после пробежки искупаться? Для окончательного перехода в атлеты? Всё же он явно не в форме, раз Кристина сказала, что ноги у него заплетались и вид был неважный!..

— Прекрасное утро, правда?

Голос был потрясающий — низкий, глубокий. Василия Васильевича приводили в трепет низкие женские голоса. В прямом смысле слова — в спине что-то вздрагивало, и руки покрывались «гусиной кожей».

Он повернулся и посмотрел.

Вновь прибывшая красавица по имени Лючия сидела в плетёном кресле, где после кросса сидел он сам, положив ногу на ногу и глядя на море. Розовый шёлк струился по округлому колену, открывал узкую щиколотку, обтянутую тугим чулком. Подбородок утопал в коротком блестящем мехе, уложенная причёска была как у камеи.

— Утро... да, — промямлил Василий Васильевич. — Ничего.

— Вам здесь нравится?

— Очень, — быстро сказал Василий Васильевич, и Лючия кивнула.

— Мне тоже. Я отлично выспалась! Такая тишина, такой покой. Хотя утром мне показалось, что под дверью кто-то разговаривает. Я даже вышла посмотреть, но никого не увидела.

Меркурьев помедлил в нерешительности, потом подсел к ней.

— О чём был разговор?

Красавица чуть повернула голову и улыбнулась. Нижнюю половину ее лица скрывал мех, но всё равно было понятно, что она улыбается.

Василий Васильевич словно слегка ослабел.

— Разговор? — переспросила она сквозь мех. — Что вы! Я не слушала, конечно. А почему это вас интересует?

— Я тоже пару раз слышал, как кто-то разговаривает. У себя в комнате и в вестибюле.

— Но здесь живут люди! И наверняка разговаривают друг с другом.

— Да, — с излишним жаром воскликнул Василий Васильевич, которому хотелось всё ей объяснять, растолковывать и при этом выглядеть очень умным, — но я так и не понял кто!.. И рядом совершенно точно никого не было. Только Стас с велосипедом прошёл, но он не мог разговаривать сам с собой.

— Стас очень милый, — заметила Лючия. — Пригласил меня на прогулку.

— Понятное дело.

Она сбоку посмотрела на него.

— Вы правда из Бухары?

— Я работаю в Бухаре, — досадуя на себя, на «гусиную кожу», на излишний жар и явно глупый вид, возразил Меркурьев и встал. — Прошу прощения, мне нужно идти.

Она кивнула.

Большими шагами он вернулся в дом — в обход, не через гостиную, — и возле своей лестницы столкнулся с Софьей.

— Привет, — сказала она весело. — Ну что? Мы идём на маяк?

— Да, — ответил Василий Васильевич грубо — следствие досады, — я только возьму куртку.

— Я подожду вас на террасе! — И Софья пропорхала на улицу.

Там тебя ждёт сюрприз, подумал Меркурьев с некоторым злорадством. Конкуренция возрастает!..

Куртка, утрамбованная в одну из сумок, имела такой вид, словно её долго и с удовольствием жевала та самая корова, которая поставляла Захарычу молоко и сметану. Василий Васильевич несколько раз встряхнул её в напрасной надежде, что она станет несколько более похожей на человеческую одежду. Ничего не изменилось.

Ну и ладно.

Когда он вновь оказался на террасе, диспозиция выглядела следующим образом: красавица в шелках и мехах по-прежнему сидела к плетёном кресле и безмятежно смотрела вдаль, Софья с джинсах и кургузой курточке стояла, облокотившись о балюстраду, и спина у неё была рассерженной.

Как только Василий Васильевич с ней поравнялся, она немедленно крепко взяла его под руку.

— Как хорошо! — заговорила она громко. — И солнышко вышло! Я так мечтала сходить на маяк, никогда в жизни там не была. Он ведь заброшен?

— По всей видимости.

— Очень романтично.

По брусчатке они спустились к пляжу. По кромке песка росла жесткая зелёная трава, кое-где пробиваясь сквозь доски «променада». Море — до самого горизонта — было ласковым, изумрудным, тихим. Редкие облака стояли над ним, снизу подсвеченные синим. Солнце иногда заходило за синее облако, и сразу становилось холодно, налетал стремительный ледяной ветер.

Василию Васильевичу нравились трава в песке и ветер.

— Вы правда из Бухары? — спросила Софья, прижимаясь к нему округлым плечом.

Меркурьев вздохнул:

— Я работаю в Бухаре.

— Зачем вы там работаете?

Он опять вздохнул.

— Затем, что мне предложили там работу.

— А в Москве не предлагали?

— В Москве не строят газопроводов.

— Ну, — сказала Софья покровительственно, — какие глупости. В Москве можно найти любую работу.

— По моей специальности вряд ли.

— Я бы ни за что не уехала из Москвы, — промурлыкала Софья. — Вот, знаете, даже в Испанию не уехала бы! У нас многие девчонки вышли замуж и сейчас живут в Европе. А я не хочу! Что там делать, в Европе? Москва — это жизнь, ритм, скорость!..

— Возможно, — согласился Василий Васильевич, рассматривая пики травы у себя под ногами и слушая крики чаек. — Я давно там не был, точно сказать не могу.

— Нет, только в Москве, — настаивала Софья. — Только там можно реализовать себя. И не скучно! Развлекайся с утра до ночи. Всё к твоим услугам.

— Тут уж одно из двух, — сказал Василий Васильевич. — Или реализовывать себя, или развлекаться. Совместить это никак невозможно.

— Почему?

Вести с ней умные беседы ему не хотелось. С той, в шелках и мехах, хотелось, а с этой нет. И он сказал, что для того, чтоб реализовать себя, нужно много и упорно трудиться, а когда много и упорно работаешь, развлекаться некогда.

— Какой вы зануда, — резюмировала Софья. — Вы самый настоящий зануда, но милый.

— Милый, чо? Милый, чо навалился на плечо? — пропел Меркурьев и спохватился. — Это я просто так. Это шутка.

Софья выдернула у него руку, присела, сорвала некое подобие ромашки и воткнула себе за ухо.

— Мне идёт?

Меркурьев смотрел вдоль пляжа, а на Софью не смотрел.

— Во-он там, — он показал рукой. — Там, кажется, наша Антипия, да?

— Посмотрите на меня, — потребовала его спутница. — И скажите, мне идёт?

— Что? — Меркурьев посмотрел, ничего не заметил и на всякий случай сказал, что это исключительно красиво. — Она, должно быть, тоже гуляет.

Заклинательница духов шла вдоль моря по самой линии прибоя. Развевались её бирюзовые и зелёные одежды, подсвеченные солнцем, как будто вдоль моря катился громадный сверкающий изумруд из кольца Кристины.

— Марьяна Витальевна! — закричал Меркурьев, когда они поравнялись. — Ноги не промочили?!

Антипия издалека помахала им рукой и пошла дальше.

— Почему вы так её называете?

— Потому что так её зовут.

— Марьяна?! — переспросила Софья и фыркнула. — Всего-то?! А эту, которая сегодня приехала? Ну, которая сидела на террасе, вся такая сделанная и с красными губами? Неужели не заметили?

— Заметил.

— Как её зовут?

— Лючия! — провозгласил Василий Васильевич. — Так она себя называет.

— Час от часу не легче, — пробормотала Софья. — Та Марьяна, эта Лючия...

— Ничего не поделаешь, — сказал Василий Васильевич, его Софья раздражала. — Здесь вам не Москва.

— При чём тут это?

Василий Васильевич и сам не знал.

— Вы не читаете труды Канта? — спросил он.

— Зачем? — удивилась Софья.

Этого Василий Васильевич тоже не знал.

— На столе в вестибюле лежит книга «Философия Канта». Интересно, кто её читает?..

— Не я, — и Софья вновь взяла его под руку. — Знаете, я не люблю старьё. Стариков терпеть не могу! Старые фильмы никогда не смотрю, старых книг не читаю. Только новые!..

— Новые книги — это какие?

— Вы отстали от жизни в этой вашей Бухаре, — засмеялась Софья. — Сейчас выходит масса новинок! По развитию личности, всякие тренинги, эзотерика, по истории тоже! Вот вы, например, знаете, что всего цивилизаций на нашей планете будет семь? Атланты — одна из прошлых, и она же возродится в будущем. Атланты по счёту третья. А у нас сейчас пятая. — Тут она охнула, как отличница, допустившая на экзамене ужасный промах в элементарном вопросе. — Боже, что я сказала! Сейчас четвёртая, а не пятая! Мы живём в четвёртой цивилизации, а всего будет семь.

— Семью семь, — сказал Василий Васильевич, — сорок девять.

— И те, прошлые, были гораздо, гораздо цивилизованнее нас! Они умели летать без всяких самолётов, проходить сквозь стены, лечить любые болезни. Нам до них ещё далеко. Они и в космос летали, и с инопланетными пришельцами общались. Правда-правда! Сохранились разные свидетельства. Этим свидетельствам шестьдесят миллионов лет, их от нас специально скрывают правительство и спецслужбы.

Василий Васильевич на всякий случай уточнил:

— Всё это пишут в новых книгах?

— Конечно! — с энтузиазмом согласилась образованная Софья. — Это очень интересно читать! В интернете есть специальные сайты для любителей альтернативной истории, я на всех бываю и на всех авторов подписана.

— Такое чтение, — изрёк Василий Васильевич, — должно быть очень расширяет кругозор.

— Вот вы говорите как старик! Как будто брюзжите! Но вы же ещё молодой!

— Я пожилой. В душе.

— Да ладно вам кокетничать!.. А не верите вы, потому что читаете только этого вашего Канта!..

— Канта без подготовки читать невозможно, — заметил Меркурьев.

— Что значит невозможно?

— Я ничего не смыслю в философии. Не знаю, что такое трансцендентальная эстетика. Не понимаю метафизического толкования пространства. Способ открытия чистых рассудочных понятий мне неведом. Логическая форма всех суждений, состоящая в объективном единстве апперцепции содержащихся в них понятий, для меня загадка.

— Про это Кант писал? — недоверчиво уточнила Софья.

Меркурьев кивнул.

— Он что, дурак? Зачем такую ерунду писать?! Ему что, заняться было нечем?

— А вот и маяк! — вскричал Василий Васильевич, задрал голову и посмотрел. — Надо же, какой высокий, издалека мне казалось, что он гораздо ниже.

— Как же мы к нему пролезем? — спросила Софья, отвлекаясь от критики Канта. — Прямо по песку, что ли? Я думала, к нему мостки проложены.

— Придётся по песку. Можно, конечно, вернуться и попробовать подойти со стороны леса, но можно и здесь.

Он спрыгнул с досок «променада» на влажный плотный песок и подал Софье руку. Она оперлась и тоже спрыгнула. Вид у неё был недовольный.

— Там камни, — сказала она, глядя в сторону маяка. — Мы что, будем по ним карабкаться?..

— Интересно, когда его построили? — спросил Меркурьев. — Лет сто назад? Или двести?

— Э-эй! — закричала издалека Антипия-Марьяна. — Вы наверх? Подождите, я с вами!..

— Ждём! — прокричал в ответ Василий Васильевич и сам у себя спросил: — Может, это она в вестибюле читает Канта? Или хотя бы знает, когда был построен маяк?

— Дался тебе этот Кант! — с сердцем сказала Софья.

Антипия подходила, одежды её развевались на ветру, и по песку рядом с ней бежал изумрудный отсвет. Она подошла, взяла Меркурьева за руку и высыпала ему в ладонь мелкие, как пшеничные зёрнышки, жёлтые камушки.

— Янтарь? — спросил Меркурьев, пересыпая камушки из руки в руку. Они приятно шелестели.

Антипия кивнула. Щёки у неё горели от ветра, и блестели карие глаза.

— Виктор Захарович сказал, что после штормов янтаря всегда бывает много. Я вышла и вон сколько набрала.

— Ерунда какая-то, — сказала Софья, поглядывая на камушки. — Я где-то читала, что янтарь — это отвердевшая смола. Вроде в старину в море падали какие-то сосны, смола затвердевала, и из неё получался янтарь. Так и было написано!..

Меркурьев промолчал, и Антипия промолчала тоже.

— Я только не понимаю, кому она нужна, смола! Ну, если это и вправду смола. Не бриллиант, не изумруд!.. И ещё про какую-то комнату из янтаря я читала. Вроде она пропала, и все её ищут. Как из него может быть комната, если он такой мелкий? В комнате должны быть стены, полы, потолок! Как могла пропасть комната, я не понимаю?! Ну вот в квартире — было три комнаты, а стало две, что ли?

— Ну, — сказал Меркурьев бодро и ссыпал янтаринки в подставленную ладонь Антипии. — Попробуем забраться? Я вам буду помогать.

— Да мы уж надеемся, — пробормотала Софья, а Антипия опять ничего не сказала.

По очереди — Меркурьев возглавлял, Антипия замыкала, — они забрались по валунам к подножию старого маяка. Первым забирался Меркурьев, утверждался на валуне, осматривался, куда в случае чего можно спрыгнуть, потом за руку втягивал одну и вторую даму. Как это ни странно, Антипия забиралась легко и ловко, несмотря на одежды, которые ей мешали, а Софья с трудом, раздражаясь всё больше и больше.

На мысу ветер был гораздо сильнее, чем внизу, на пляже. Он срывал со слабых волн мелкую водяную пыль. Пыль висела в воздухе, и в ней дрожала и переливалась радуга.

— Как здорово! — закричала Антипия, увидев радугу. — Смотрите, ребята, какая красота!..

— Да уж, конечно, — пробормотала Софья. — Ничего не скажешь! А то мы радуги никогда не видали!..

Меркурьев, задрав голову, рассматривал серые могучие стены, сложенные из неровных камней, черепичную крышу, кое-где темневшую пятнами дыр. Балкон с полуразвалившейся решёткой опоясывал маяк на неизмеримой высоте. На одной из уцелевших секций решётки сидела белая чайка.

— Где-то должен быть вход, — сквозь ветер прокричал Меркурьев. — Может, поищем? Вдруг он не заколочен?

— Я туда не пойду, — закричала в ответ Софья. — Ещё свалится что-нибудь на голову или чайка наделает!.. Отмывайся потом!..

Какая умная, дальновидная и предусмотрительная девушка, подумал Василий Васильевич ни к селу ни к городу. Должно быть, станет хорошей женой и матерью!..

Он пошел по каменной террасе вокруг маяка. Ветер рвал полы куртки, трепал капюшон так, что казалось, он вот-вот оторвётся. Василий Васильевич накинул капюшон на голову, ветер тут же его сорвал. Меркурьев рассердился, натянул капюшон и накрепко стянул завязки.

Сразу стало тихо, словно уши заложило.

Всё ему нравилось — каменные валуны, радуга, качавшаяся в брызгах, сильный ветер, чайка, солнечное небо, языки песка, которые намело между валунами.

Вдруг кто-то взял его за руку. Он остановился и оглянулся.

— Нам туда нельзя, — проговорила Антипия. Она придерживала под подбородком изумрудный платок, который рвал ветер. Глаза у неё были дикие. — Мы не должны туда ходить.

— Куда?!

Она подбородком показала куда-то.

— Чего мы встали?! — Софья, тяжело дыша, приблизилась к ним, нагнулась и упёрлась руками в колени. — И вообще, зачем мы сюда лезли?! Кто-нибудь знает? Нельзя, что ли, с пляжа посмотреть?

— Не ходи туда, — сказала Меркурьеву Антипия.

— Девочки, не нервничаем! — призвал он. — Мы сейчас обойдём маяк и вернёмся в гостиницу.

— Стой, не ходи!..

Но он уже скорым шагом шёл по каменной террасе. Ветер рвал полы куртки и капюшон. Под кроссовками скрипел песок и мелкие камушки.

Василий Васильевич перепрыгнул канавку, размытую дождями, и приблизился к серой, наглухо закрытой двери с двумя поперечными перекладинами. Дверь была укреплена проржавевшими железяками, и казалось, что она не открывалась много лет.

Меркурьев потянул чугунное кольцо, заменявшее дверную ручку, и дверь подалась так неожиданно легко, что он чуть не завалился на спину.

— Туда можно войти!..

Он заглянул. Внутри царил полумрак, и после солнца и ветра трудно было различить что-нибудь определённое. Василий Васильевич оглянулся. Со стороны моря подбегала Антипия, куда-то показывала рукой.

— Что? — Василий Васильевич посмотрел, куда она показывала, и ничего не увидел. — Что такое?!

— Посмотри!..

Меркурьев аккуратно прикрыл тяжелую дверь и посмотрел.

Он увидел лакированные ботинки — среди кустов жёлтой травы, — и удивился, кому пришло в голову лежать в траве в ноябре месяце. Затем он увидел задравшиеся брюки, а следом неестественно вывернутую руку в песке. Ладонь была голубоватого цвета, и эта вывернутая ладонь всё ему объяснила.

Он понял как-то сразу, моментально — у подножия маяка в траве лежит мёртвый человек.

Преодолевая страх, Василий Васильевич подошёл и посмотрел.

Один из тех двоих, что вчера пировали в гостиной островерхого дома и пели «Ах, какая женщина, какая женщина!», лежал на спине, уставившись в небо стеклянными глазами. Одна рука вдоль тела, вторая выгнута под каким-то странным углом. Он был в костюме — как вчера, — рубаха распахнута на пузе, пуговицы отлетели, и видно было волосатый, абсолютно белый живот.

Антипия быстро и жарко дышала Василию Васильевичу в ухо.

— Что вы там нашли? Опять янтарь какой-нибудь?

Софья подошла поближе, вытаращила глаза и громко сказала:

— Ой! — Подумала и добавила. — Мы же его знаем! Это тот, вчерашний! А чего он здесь лежит?

— У кого телефон с собой? — спросил Василий Васильевич будничным голосом. — Я свой в комнате оставил. Надо бы позвонить.

— У меня, — Софья достала телефон. — Куда звонить? Нет, а чего он лежит?

— Он умер, — объяснила Антипия, Софья засмеялась:

— С перепою, что ли?.. Такие, как он, просто так не умирают! Эй! Вставай! — Она немного подвинула Антипию, нагнулась и потрясла лежащего за плечо. Потом оглянулась.

— Чего это с ним?

— Он умер, — повторила Антипия.

— Почему?!

— Видимо, свалился с маяка, — нетерпеливо сказал Василий Васильевич. — Можно мне телефон?

Софья сунула ему трубку и ещё раз посмотрела на лежащего.

— Слышь, мужик, — она ткнула его в бок носком ботинка. — Вставай. Или ты правда помер? А это который из них? Их же двое было!

— Я не знаю, — прошелестела Антипия.

— Отделение? — между тем говорил в трубку Василий Васильевич. — Моя фамилия Меркурьев. Возле заброшенного маяка мы обнаружили труп. Да, самый настоящий. Нет, просто человек лежит, и всё. Хорошо. Ждём.

Он вернул Софье мобильный и сказал:

— Сейчас приедут.

— Откуда вы взяли телефон отделения? — строго спросила Антипия, словно подозревая Меркурьева в обмане. Он взглянул на неё и ответил неохотно:

— В интернете. Я же не ясновидящий! Я могу только в интернете посмотреть, проще простого!

Солнце прикрылось облаком с синим днищем, и сразу стало холодно, море потемнело, мокрый песок оказался серым, а не золотым.

Антипия нагнулась над телом и зачем-то полезла в карман пиджака покойного.

— Не нужно ничего трогать, — сказал Василий Васильевич, искоса на неё взглянув.

— Мне надо.

Меркурьев не стал её останавливать. Зачем?.. Он сунул руки глубоко в карманы куртки, поднял плечи — ему неожиданно стало холодно, — и стал смотреть на море.

Который из двух — Александр Фёдорович или Иван Николаевич?

Вчера ночью это тело было вполне жизнерадостным свином. Свин весело хрюкал, опрокидывал водочку, громко пел, выел огромный кусок заливной рыбы и ликовал при виде подноса с шашлыками.

Сейчас он лежит в бурьяне — невидящие глаза распахнуты в небо.

Как это возможно? Почему так получилось?

Софья взяла его за локоть, он повернулся и стянул с головы капюшон.

— Я здесь не нужна, наверное, — сказала она совершенно спокойно. — Вы его нашли, вы и объясняйтесь. Я ничего не видела.

Меркурьев кивнул.

— Я пойду, да?

Он опять кивнул.

— Как ты думаешь, — повеселев, спросила Софья, — лучше по променаду или по шоссе? Они же из посёлка приедут, значит, лучше по пляжу, да? Чтобы на них не наткнуться.

— По пляжу лучше, — согласился Василий Васильевич.

— Ну всё, тогда я побегу, — быстро сказала она и поцеловала его в щеку. — Как-то неудачно получилось, да? Завтра опять гулять пойдём, только в другую сторону!

Софья кокетливо погрозила ему пальцем, обежала вокруг маяка и стала аккуратно спускаться по насыпи из валунов. Среди серых камней мелькала яркая куртка.

— Зачем ты её отпустил?

Меркурьев опять натянул капюшон.

— Она всё равно не осталась бы, а шуму было бы много. Что ты искала у него в карманах?

— Ничего, — фальшиво ответила Антипия. — Я просто посмотрела.

— На месте происшествия ничего нельзя трогать. Тем более лезть в карманы трупа!..

— Я заглянула, — повторила она упрямо. — И всё!..

И они стали вместе смотреть на море. Ветер трепал и рвал её бирюзовые одежды.

— Откуда ты узнала, что там мёртвое тело? — Меркурьев сбоку взглянул на Антипию. — Ты говорила — нам туда нельзя, не ходите!.. Ты что, уже видела его?

— Я проводник между мирами, — заявила Антипия веско. — Я вижу то, чего не могут видеть остальные. За старым маяком я увидела смерть!

— Что ты мне сказки рассказываешь!

— Можешь не верить, но так и есть.

— Ясно. И на всякий случай порыться у него в карманах тебе тоже велели духи, — заключил Василий Васильевич. — Который из них? Иммануила Канта или королевы Брунгильды?

— Ты ничего не понимаешь, — отчеканила Антипия. — Как все люди, ты косный и ограниченный человек.

— Это точно. И как косный и ограниченный, я обязательно скажу эмвэдэшникам, что ты рылась у него в карманах и заранее знала, что мы найдём труп.

— Ты волен говорить им всё, что угодно.

— И скажу, — мстительно пообещал Василий Васильевич.

Они стояли довольно долго и совершенно замёрзли, Антипия принялась сморкаться и утирать мокрый холодный нос бирюзовым носовым платком, а у Меркурьева на глаза наворачивались слёзы, когда за спиной коротко взвыла сирена. Они синхронно вздрогнули и оглянулись.

Антипия уронила бирюзовый платок.

Позади них, утопая покрышками в песке, стоял белый «фордик» с синими полосами и надписями на бортах. Двери открылись, из них выходили люди.

— Пойдём поговорим, — сказал Василий Васильевич хмуро.

И — он впереди, она за ним — они двинулись к машине.

Было почти темно, когда «форд», прошуршав колёсами по липовой аллее, высадил Меркурьева и Антипию под чугунным козырьком крыльца.

Меркурьев, у которого зуб не попадал на зуб, вылез первым, позабыв о том, что должен быть галантным, и, нагнувшись к окну, сказал водителю в форме:

— Подожди, парень, не уезжай, я только за кошельком сбегаю!..

Антипия тоже выбралась и торчала рядом, держа себя за локти. Она так сильно тряслась, что все её одежды колыхались.

— Иди внутрь, — велел ей Меркурьев.

— Не суетись, мужик, — весело ответил парень. — Давай водки накати и спать ложись! Не нужно мне никаких денег!..

— Ты ж нас довёз! Мы бы автобуса до завтра ждали!

— Я вас по дружбе довёз, — засмеялся парень. — Главное что? Главное — «глухаря» не поимели! Я бы тебя за такое до Москвы довёз! Всё ясно — набрался крендель в зюзю, залез на башню и навернулся! Дело открыто, дело закрыто! Одно удовольствие, когда такие показания дают! Всё, бывай, мужик, мне тоже домой охота!..

В два приёма он развернулся на брусчатке и покатил по гравию. Перед поворотом красным светом полыхнули тормозные огни его машины, и «Форд» свернул на шоссе.

— Набрался в зюзю, — повторил Василий Васильевич задумчиво, — навернулся, дело закрыто.

— Так и есть, — простучала зубами Антипия.

— Иди в дом. Ты в этих лохмотьях, наверное, все места себе отморозила.

— С-сари, — вся трясясь, выговорила Антипия. — С-с-с-самая удобная одежда во Вс-с-селенной.

— Не только самая удобная, — согласился Василий Васильевич, — но и самая подходящая для нашего климата!..

Он взял прорицательницу за ледяную руку, потащил за собой и втолкнул в дом.

В вестибюле горел свет — теплилась жёлтым светом неяркая люстра, — и полыхал камин. Василий Васильевич весь, с головы до ног, моментально покрылся «гусиной кожей».

Антипия, как сомнамбула, подошла к камину, стала перед ним и вытянула руки ладонями вперёд.

— Нужно переодеться и поесть. Пошли! — скомандовал Василий Васильевич.

— Я пока постою, — проблеяла Антипия. — Я что-то немного... устала. Погреюсь тут.

Меркурьев подошёл и вновь потянул её за руку.

— Нужно одеться, — сказал он ей в лицо. — И обязательно поесть! Лучше всего горячего мяса. И водки выпить.

— Я вегетарианка. И водку не пью.

— Кто не курит и не пьёт, — продекламировал Василий Васильевич, — тот здоровеньким помрёт. Пошли. Ты же по соседству со мной живёшь?

Она кивнула.

Из гостиной доносились голоса, и Меркурьеву показалось, что среди них он различает голос утреннего гостя, но заходить не стал.

Когда они уже были на лестнице, двери распахнулись, и показалась Нинель Фёдоровна с подносом, уставленным стаканами.

— Василий Васильевич! Мура! — Домоправительница поискала глазами, куда пристроить поднос, приткнула на овальный столик с цветочной вазой и всплеснула руками. — Господи, почему так долго?! Что там с вами делали, в отделении?!

— Всё в порядке, — мужественным голосом сказал Меркурьев.

— Они от нас в два часа дня уехали, всех опросили, да и ладно! А вас всё нет и нет! Я вся извелась!..

— Нинель Фёдоровна, нам бы поесть и выпить.

— Ну, конечно! Господи, сейчас всё, всё будет! Я утку специально никому не давала, для вас бергла!.. Мурочка, может, чайку горяченького в комнату подать? Я сейчас организую, моментально!

Антипия, крепко держась за перила, продолжила восхождение.

— Почему вы называете её Мурой? — ни к селу ни к городу поинтересовался Меркурьев.

Нинель Фёдоровна секунду соображала.

— Как — почему?! Её имя Марьяна, значит, Маша, но не до конца Маша! Мара, Мура!.. Она и не возражает. Мура! — прокричала Нинель Фёдоровна, задрав голову вверх. — Ты не возражаешь?!

В ответ только хлопнула дверь.

— В общем, она не против. Скорей одевайтесь и спускайтесь, Василий Васильевич! К утке что подать? Рис? Овощи? Может, поленту?

Меркурьеву показалось, что Нинель Фёдоровна пребывает в прекрасном расположении духа, не то что вчера или сегодня утром.

Что-то изменилось? Дом больше не продаётся, потому что один из покупателей свалился с маяка и убился до смерти? Или хозяин передумал продавать?

Или ему просто показалось?..

После дня в отделении — всевозможные вопросы, бумажки, протоколы, снова вопросы и бумажки, ожидание на продавленных стульях в холодном коридоре, — Меркурьева не держали ноги. Он готов был даже от утки отказаться! Залезть бы сейчас в горячую ванну, погреться как следует, а потом спать, спать, но ему нужно было кое-что уточнить, и непременно сегодня.

Сотрясаясь всем телом, как при лихорадке, он стянул одежду, влез под душ и торчал под струями кипятка, пока мог терпеть. Потом вытряхнул из сумки барахло — прямо на пол. Получилась безобразная куча. Василий Васильевич порылся в куче, как собака в помойке, достал штаны — вельветовые, мягкие, любимые, — футболку и тёплую кофту на пуговицах. Он быстро напялил одежду, поискал ещё носки, не нашёл и решил — наплевать.

Он уже почти вышел в коридор, но вид кучи, освещенной с одного боку электрическим светом, заставил его вернуться.

Одежду ему стирала и гладила Асмира. За это он платил ей большие деньги — рублей двести за всю кучу. В Бухаре это считалось солидным приработком, и многодетная степенная Асмира очень старалась. Перед отъездом в отпуск Василий Васильевич отнёс ей одежду, она через день вернула — ровными стопками, вычищенную, выглаженную, кое-где даже пуговицы пришиты.

Теперь вся работа Асмиры валялась на полу — никому не нужная, словно попранная.

Меркурьев вернулся и принялся складывать вещи на диван.

«Я завтра всё разберу и развешу, прямо с утра, — поклялся он себе. — Нет, с утра пойду бегать, а потом всё разберу и развешу!»

Последними ему попались носки — кажется, Асмира носки гладила тоже, — и он с наслаждением натянул их на замёрзшие ноги.

Итак, утка, водка и разговоры. Вперёд!..

Общество собралось в гостиной, и Виктор Захарович был там, и Нинель Фёдоровна, и утренний гость — на этот раз без шляпы и саквояжа, в старомодном трёхпуговичном пиджаке, похожем на сюртук, и нелепом галстуке. Лючия сидела в кресле возле камина, рядом маячил Стас, и было понятно, что за этот день он стал её рабом. Стас то и дело взглядывал на красавицу, и если кто-то случайно закрывал её от его взоров, сердился, вытягивал шею или пересаживался так, чтобы её видеть. Он подносил ей то воду, то пепельницу — коричневая сигарета была заправлена в длинный янтарный мундштук, — то поправлял съезжавшее на пол меховое манто, уже другое, не утреннее.

Василий Васильевич, поглядывая на парочку, даже немного пожалел, что пропустил процесс обращения бородатого компьютерщика в раба.

Кристина сидела на диване подле утреннего гостя, вид у неё был увлечённый, глаза блестели — натуральная мышь!.. Гость отечески ей улыбался и слушал, наклонив в её сторону ухо.

Софья листала модный журнал, лицо недовольное — на неё никто не обращал внимания.

— Василий, скорей, скорей, — увидев его, заторопилась Нинель Фёдоровна. — Здесь поужинаете или в столовую подать? Может, в тишине хотите побыть?

— Рюмочку? — влез Виктор Захарович. — Нинуль, у нас там замороженная вроде есть, не всю эти архаровцы выпили. Ах ты, мать честная, как вспомню, что один из них... того... а вчера ещё...

— Ты погоди, Виктор Захарович, — заспешила домоправительница, — не действуй людям на нервы, и так все на взводе. Без тебя знаем, что вчера было и что сегодня сделалось! Так сюда подать или в столовую, Васенька?

— Конечно, сюда, что вы спрашиваете?

— А водочки?

— И водочки, Виктор Захарович!..

— Вот молодец!

Лючия выглянула из-за Стаса, который полностью перекрывал обзор, и обратилась к Василию Васильевичу:

— Что там было? Рассказывайте всё!

Ну что за голос!.. Меркурьева по спине продрал мороз, и руки покрылись «гусиной кожей».

— Да я сто раз уже рассказывала, — недовольно сказала Софья и с силой перелистнула глянцевую страницу. — Мы подошли к маяку, а он лежал в траве, совершенно мёртвый.

— Вас там не было, — перебила Лючия. — Вы сразу же вернулись.

— Это вас там не было! — огрызнулась Софья. — А я была! И всё рассказала — и ментам тоже, когда они сюда приехали!

— А который из них... погиб? — спросил Меркурьев Виктора Захаровича, который вошёл с бутылкой, покрытой морозной плёнкой, и теперь возился возле буфета. — Я знаю, что Иван Николаевич, но... который из них?

— Который утром похмелялся, жив-здоров и снова запил, — сообщила Кристина. — А свалился — второй.

— Это понятно, — сказал Меркурьев. — Просто я вчера плохо их разглядел.

— Погиб тот, который сильней шумел и громче пел, — наконец догадалась объяснить Нинель Фёдоровна, ловко расстилая на столе льняную салфетку и расставляя тарелки и приборы. — Царствие ему небесное.

— Если позволите заметить, — подал голос утренний гость, — мы слишком много времени уделяем покойному. — Меркурьев внимательно посмотрел на него. — Кончина молодого человека, разумеется, составляет большой ущерб для его домашних и сферы его деятельности, но мёртвых нужно оставлять покоиться с мёртвыми.

— Ещё вы нас поучите, — пробормотала Софья, — а то некому!..

— Он в самом деле упал с высоты? — спросила Лючия. Василий Васильевич кивнул.

— Когда? Ночью?

— Мы нашли его около одиннадцати утра, — сообщил Меркурьев. — В отделении сказали, что он пролежал уже часов семь. Да это не первый случай!.. Они говорят, оттуда время от времени кто-нибудь падает. То пьяные, то скалолазы, то разгильдяи, которые лезут селфи делать. Лестница в хорошем состоянии, забраться наверх можно. Дверь регулярно заколачивают и так же регулярно ломают.

— Завалить бы вход надо, — пробормотал Виктор Захарович. — Ну, давай, Василий Васильевич, тяпнем по маленькой! Кто с нами?

Стас сначала посмотрел на Лючию и только потом сказал, что не хочет, утренний гость тоже отрицательно покачал головой, сделав любезное лицо.

— Благодарствуйте, — сказал он. — В такое время суток от крепких напитков можно излишне разгорячиться. Перед сном это нездорово.

— А ты туда сам заходил? — спросила Кристина. — Ну, внутрь! Я, между прочим, тоже хотела на самый верх забраться и окрестности пощёлкать, но теперь не полезу, конечно.

— Да ничего там нет интересного, — фыркнула Софья. Вид у неё делался всё более раздражённый. — Камни и пылища! И чайки гадят. Там кругом чайки полоумные летают.

— А компаньон покойного до сих пор здесь? — спросил Меркурьев.

— Жуткое дело! — подхватил Виктор Захарович. — Как узнал, что друг его погиб, в лице изменился, весь позеленел...

— Мы «Скорую» хотели вызывать, — вставила Нинель Фёдоровна.

— И сразу начал виски пить, — продолжал хозяин. — Когда из отделения приехали, он ещё на ногах держался, в потом уж всё. Но связно рассказал, мол, договор приехали подписывать, загуляли немного, он сам спать пошёл, а товарища, видно, на подвиги потянуло, вот он и свалился. Плакал, что не уберёг.

Лючия вдруг усмехнулась, коричневый тонкий мех стёк с подлокотника на паркет. Стас кинулся, поднял и подал так осторожно, словно меховая накидка была частью прекрасной Лючии.

— Документы свои показал, все бумаги подписал, а как уехали полицейские, так он виски прямо из горла залпом допил.

— И ещё бутылку попросил, ноль семь, — поддержала Нинель Фёдоровна. — Я ему в комнату отнесла. С тех пор не выходит, пьёт. А может, заснул, не знаю. Ну, садись, садись, Василий Васильевич!

Перед Меркурьевым оказалась чашка прозрачного, как слеза, бульона. От чашки поднимался пар. К бульону прилагались сухари и половинка сваренного вкрутую яйца. Василий Васильевич зажмурился от предвкушения, голодная слюна не помещалась во рту.

— Что ж это Мура не идёт? — сама у себя просила Нинель Фёдоровна. — Или подняться к ней, что ли?

Василий Васильевич глотал бульон, время от времени возводя глаза к потолку, обжигаясь и облизываясь — так ему было вкусно.

— И всё же, — подала голос Лючия. — Что там на самом деле случилось?

Меркурьев перестал хлебать, Виктор Захарович разливать, Нинель хлопотать, Софья читать, а Кристина и гость беседовать.

Все уставились на красавицу.

— Что вы на меня так смотрите? — осведомилась она. — Я что-то не то спросила?

— Вы спросили, что там случилось, Лючия, — подсказал Стас, как видно наслаждаясь звучанием её чудесного имени.

— Ну да. — Она обвела взглядом всю компанию. — Вы же все понимаете, что этого человека убили.

Воцарилась тишина.

— Убили? — переспросила Кристина. — Почему убили?

— Ну, конечно, убили, — повторила Лючия, улыбаясь. — Мы ведь не можем всерьёз поверить в то, что он зачем-то среди ночи полез на старый маяк, упал и разбился.

— Мы верим, — пробормотала Нинель. — Как же нам не верить?..

— Стас, — попросила Лючия, — сделайте мне глоток кофе.

Стас подскочил и помчался.

«Глоток кофе» — это красиво, подумал Василий Васильевич. Сказано что надо!

— У правоохранительных органов нет никаких сомнений, — на всякий случай сказал он. — Был пьян, залез наверх и упал.

— Ах, к чему нам какие-то органы?.. Конечно, его убили.

— Это всего лишь предположение, — подал голос с дивана утренний гость, — умозаключать мы не можем, не располагая необходимыми сведениями.

— Я как раз пытаюсь их заполучить, Емельян Иванович, — Лючия снова улыбнулась. — Наш герой наверняка ими располагает, но отчего-то не хочет делиться.

Василий Васильевич наклонился к домоправительнице и уточнил тихонько:

— Как-как его зовут?

— Емельян Иванович, — почти по буквами выговорила Нинель Федоровна ему в ухо. И, отодвинувшись, громко спросила: — Как вам бульон? Добавку или нести утку?

— Утку, — решил Меркурьев.

Загадочные замечания загадочной красотки как-то отвлекли его от земных радостей, вроде водки и утки.

Она что-то знает? Или играет на интерес? Привлекает к себе внимание? Или пытается на что-то намекнуть?

И вообще — кто она такая? Откуда взялась? Зачем приехала?

Все эти вопросы, отрезвляя, пролетели у Меркурьева в голове, как порыв ледяного балтийского ветра.

— Оставим иллюзии тем, кто готов ими питаться, — продолжала Лючия, играя своей меховой накидкой. — А сами попробуем установить истину.

— Какую же истину вы хотите установить, милая фрейлейн? — осведомился гость, неожиданно оказавшийся Емельяном Ивановичем. — В вещах и явлениях нет ничего устойчивого, в них не заключена истина. Всякое знание есть только способ отражения действительности в человеческом разуме.

— Чушь какая! — фыркнула Софья. — Стас, дай мне тоже кофе, что ли! Хотя он тут слишком крепкий, я потом не засну.

— Так давать? — спросил Стас. — Или не давать?

— Позвольте, — с улыбкой продолжал Емельян. — Мысль о том, что человек есть мера всего сущего, не содержит ничего кощунственного. Она ещё в древности была высказана греческим философом Протагором.

— Каких-то философов приплели на пустом месте, — сказала Софья с досадой, захлопнула журнал и кинула его на столик. — То Кант, то Протагор, ещё чище!.. Стас, лучше чаю налей. Духов вызывать и то веселее! Где эта колдунья? Может, вызовем?

Лючия поднялась с кресла, подошла к камину и взяла с мраморной полки коробок спичек. Пляшущее пламя освещало её всю, от остроносых туфелек до плотных, как у камеи, волос. Все смотрели на неё, и она знала, что смотрят.

— То есть вы ничего не расскажете, правильно?

Меркурьев, на которого она уставилась, внезапно для себя покраснел.

Покраснел он тяжело, густо, весь залился свекольным цветом, шее стало жарко, и зашумело в ушах.

Лючия не отрывала от него глаз.

— Нет, я готов, — пробормотал Василий Васильевич непослушными, набрякшими губами. — Только не знаю, что вам рассказать.

— Правду, — настаивала Лючия. — То, что было на самом деле.

— Мы нашли тело и целый день провели в отделении, — сообщил Меркурьев правду. — Всё.

Она опустила глаза, и он смог передохнуть.

— Ну, как хотите, — проговорила красавица. — Я сама попробую узнать правду.

— Для этого необходимо свободное познание, — снова вступил Емельян Иванович. — Но как только пытливые силы духа устремляются вдаль, и самые недосягаемые цели с неотвратимой властью притягивают к себе человеческий ум, он сразу же забывает об ограничениях своих способностей и препятствиях, поставленных природой.

— Вы хотите сказать, что мне не хватит ума? — уточнила Лючия, а Софья захохотала.

— Милая фрейлейн, я говорю, что потребно время и умственное усилие, чтобы разобраться в любом предмете. Даже при кажущейся его простоте.

Василий Васильевич встал.

— Куда?! — закричала на него Нинель Фёдоровна. — Я утку несу!

— Я на секунду, — пробормотал Меркурьев и выскочил в коридор.

Здесь было почти темно — горел всего один торшер — и холодно.

— Что такое? — сам у себя спросил Василий Васильевич и потёр лицо. — Колдовство какое-то!..

Он опёрся обеими руками о резной столик и постоял так некоторое время. Прямо перед ним восстала картина, но он не понял, что на ней изображено.

Постояв, он пошёл в сторону вестибюля. Там света не было вовсе, только плясали слабые отблески пламени. В камине догорали дрова.

Василий Васильевич пересёк дубовый холл, подёргал двери — они были заперты, — и подошёл к столику, на котором лежала «Философия Канта».

Он точно помнил, что утром закрыл её, но сейчас книга была открыта и лежала страницами вниз.

— Пятьдесят седьмая, — произнёс Василий Васильевич вслух. — «Итак, философ не испытал в жизни ни сильных страданий, ни сильных радостей, которые приносят с собой страсти»!

Перевернул ее посмотрел.

«Философ не испытал в жизни ни сильных радостей, ни сильных страданий». Всё верно.

— И долго это будет продолжаться? — требовательно спросил Меркурьев у книги. — Ты что, издеваешься надо мной?!

— Тише, — произнёс незнакомый голос совсем рядом. — Что ты шумишь?

Василий Васильевич дёрнулся от неожиданности, «Философия» свалилась на пол.

— Это не я, — ответил второй голос. — Это он.

— Кто здесь? — очень тихо спросил Меркурьев. Ладони у него стали влажными.

— Никого здесь нет, — сказал первый голос.

— Как же нет, когда есть, — тут же отозвался второй. — Ты двери закрыл?

— За... закрыл, — выговорил Василий Васильевич в темноту.

— Всё закрыто, — сказал первый голос. — Гости прибыли.

— Как?! Все?!

— Давно прибыли.

— А камень?

— И камень на месте.

Василий Васильевич мелко и часто дышал.

— С кем вы разговариваете? — спросил он и огляделся по сторонам. — Или я с ума сошёл?

— Пойдём отсюда, — предложил первый голос. — Всё только начинается, и дел полно. Ты только не суетись!.. Вечно торопыжничаешь!..

— Ты меня не учи, — разозлился второй. — Я как могу, так и действую, а хочешь, делай всё по-своему, и с меня тогда не спрашивай!

Голоса удалялись, словно уходили по коридору.

Меркурьев заметался.

Он взлетел по чугунной лестнице, она неодобрительно загудела. На втором этаже тоже было темно и тихо, и никого. Он сбежал вниз, обежал вестибюль и выглянул на улицу. Под липами сиял в лунном свете белый «Кадиллак», а больше никого и ничего. Меркурьев кинулся обратно в дом, ещё раз обежал вестибюль и коридор — с тем же результатом.

Но он своими ушами слышал разговор! Кто-то вышел из гостиной следом за ним и разговаривал совсем рядом! Если в доме не скрывают ещё каких-то людей, значит, разговаривали свои, то есть гости!..

Он заглянул в камин, словно там мог кто-то прятаться, повернулся и в это мгновение увидел.

Густая тень втягивалась в тёмные двери столовой. Гаснущий свет из камина на миг выделил её из окружающего мрака.

Василий Васильевич кинулся следом.

Из гостиной доносились голоса и пробивалась полоска света, а в столовой было совсем темно.

Меркурьев перехватил дверь, которая почти закрылась, с силой дёрнул ее на себя и оказался... нос к носу с незнакомцем.

— Здрасти, — громче, чем нужно, сказал Василий Васильевич, зашарил рукой по стене, нащупал «пупочку» и потянул. Зажёгся свет. — Вы кто?! Что вы здесь делаете?!

— Тише, — сказал незнакомец, вернее, незнакомка. — Что ты шумишь?

Только что, несколько секунд назад в вестибюле кто-то невидимый спрашивал второго невидимого: что ты шумишь?..

— Секундочку! — заревел Меркурьев. — Что здесь происходит?!

— Да тише, — умоляюще выговорила незнакомка. — Ты что, хочешь, чтоб они все сюда прибежали?!

Василий Васильевич перевёл дух.

— Так, — сказал он, разглядывая незнакомку во все глаза. — Что это значит?

— Я очень хочу есть, — призналась она. — Но туда, где все, я не пойду. Я их боюсь. Я просто возьму чего-нибудь, вернусь к себе в комнату и съем.

— Н-да, — протянул Василий Васильевич, у которого всё ещё молотило в груди, — началось в колхозе утро!..

Духовная дочь Сантаны, проводница по тонким мирам, знаток потусторонних сил и последовательница некоего Пуришты, ему неизвестного, переминалась с ноги на ногу и старалась на Меркурьева не смотреть.

Мало того, что она оказалась коротко стриженной блондинкой, мало того, что без густо подведённых глаз и звезды во лбу она выглядела совершеннейшей девчонкой, мало того, что в джинсах и маечке она казалась лёгкой, как будто бестелесной, так ещё вдобавок она шмыгала носом и то и дело утирала его бирюзовым носовым платком — бирюзовость, видимо, призвана была отдавать дань Пуриште!..

Василий Васильевич, много лет проработавший в пустыне и научившийся отличать один бархан от другого и знавший в лицо всех ишаков и верблюдов — этими знаниями и умениями он снискал необыкновенное уважение среди местного населения, — чувствовал некоторую растерянность.

— Есть, конечно, хочется, — промямлил он, а духовная дочь Сантаны вновь виновато высморкалась. — Там всё дают... Нинель Фёдоровна старается...

— Я туда не пойду без грима.

— Без чего?! А, да. С кем ты разговаривала в коридоре, где камин?

— Я? — она всё-таки посмотрела на него. — Ни с кем. Я спустилась и пошла в столовую.

— Ты говорила: не шуми! И ещё что-то про камень. Что за камень? Изумруд?

— Да ни с кем я не разговаривала ни в каком коридоре, — возмутилась преобразившаяся дочь Сантаны, — говорю же! Я спустилась, чтобы добыть еду. Пусти меня, я пойду.

Василий Васильевич почему-то посторонился.

Она шмыгнула носом, выглянула в коридор, покрутила головой и моментально пропала с глаз, словно просочилась в щель между мирами.

Василий Васильевич вышел следом, тоже покрутил головой — никого не было в коридоре — и вернулся в гостиную.

— Василий! — набросилась на него Нинель Фёдоровна. — Куда ты делся?! Остывает всё!

Он посмотрел на Лючию, которая беседовала с Емельяном Ивановичем и не обратила на его возвращение никакого внимания — и хорошо, иначе пришлось бы снова выбегать в коридор! Софья сразу же пристала с вопросами, когда и куда они завтра пойдут гулять, а Стас пошутил, что если во время каждой их совместной прогулки будут находить по трупу, людей не хватит.

Домоправительница поторапливала его, и Меркурьев, раздумывая, уселся за стол. Перед ним на огромной тарелке помещалась приблизительно половина утки, какие-то затейливые овощи, горка риса и что-то ещё.

Василий Васильевич стал строить планы, как бы половину от половины переправить последовательнице и проводнице. При мысли о том, что она сидит одна у себя в комнате голодная и простуженная, а они все тут пируют, ему становилось неловко.

Он отломил половину от половины утки и ту, что была с ногой, — самую аппетитную! — потихоньку отложил на хлебную тарелку.

Виктор Захарович налил ещё по стопочке. Вид у него был жизнерадостный.

— А ты не охотник, Василий Васильевич?

Меркурьев отрицательно покачал головой. Он ел утку, и ему казалось, что ничего вкуснее он в жизни не пробовал, сразу забылись ночные голоса, и метания в темноте, и неловкость перед Антипией.

Как её на самом деле зовут? А, Марьяна, Мура!..

А Лючию как зовут на самом деле? Нужно будет узнать у Захарыча.

— Здесь, в лесу, охотничий домик есть, — продолжал хозяин. — Уж не знаю, кто и когда его поставил, поговаривали, что Фридрих Великий, он знатный был охотник. Мы детьми всё туда бегали, надеялись привидения увидеть.

— Это ты к чему, Виктор Захарович? — не понял Меркурьев. Разговаривать о привидениях ему не хотелось.

— К тому, что на охоту можем сходить, — неожиданно заключил старик. — Заодно домик посмотрим.

— Архитектурный шедевр? — спросила Лючия и улыбнулась.

Меркурьев жевал.

— Да какой шедевр, так, память старины, — сказал Виктор Захарович.

— А я охочусь, — сообщила красавица, все посмотрели на неё. — И ружьё у меня с собой, и снаряжение. Отчего же не сходить, если вы приглашаете!..

«Должно быть, пойнтер тоже с собой, — подумал Меркурьев, — и грум. А лошадь?..»

— Да я вон Василия приглашал, — пробормотал Виктор Захарович.

— Мы его уговорим, — пообещала Лючия. — Вы дадите себя уговорить?

— Я? — переспросил Василий Васильевич как дурак. — Конечно. Уговаривайте.

— Завтра, — пообещала красавица. — Всё завтра. Нынче уже поздно.

— Я вот что хотел спросить, — произнес Меркурьев громко. — Никто ночью не слышал, как покойник на улицу выходил? Если он с четырёх утра в камышах лежал, значит, вышел сразу после трёх. Никто не слышал?

— Охота тебе вспоминать ерунду всякую, — пробормотала Софья. — Какая разница, кто слышал, кто не слышал! У меня вот сон чуткий, от малейшего шороха просыпаюсь, а ничего не слыхала.

— Мы все раньше разошлись, — сказала Нинель Фёдоровна виновато. — Я сразу после двух ушла, решила, что без меня обойдутся. Витя ещё раньше, в полвторого, должно быть. Я им только водки оставила и закуски обновила. Но они уже ни есть, ни пить не могли.

— И двери были заперты?

Нинель с тревогой посмотрела на Виктора Захаровича.

— Заперты, — сказала она, словно вспоминая. — Мы на ночь всякий раз запираем!.. Витя эту запер, в гостиной. А я ту, большую.

— И ночью никто на прогулку не выходил и не возвращался? — спросил Меркурьев у остальных.

Лючия ему улыбнулась. Стас пожал плечами и сделал рожу. Кристина сказала, что спала как сурок — её пушкой не разбудишь, сон её решительно не чуток. Емельян Иванович заверил Меркурьева, что «ночью потребно спать». А Софья покрутила пальцем у виска.

— Утром я пошёл бегать, — сообщил Василий Васильевич. — Весь дом спал. Я вышел через эту дверь, — он кивнул, показывая. — А когда вернулся, запер ее. Ветер был, я подумал — вдруг распахнёт. Потом я пошёл в вестибюль выпить кофе. В это время прибыл Емельян Иванович.

— Истинная правда, — сказал человечек. — Вы были так любезны, впустили меня и предложили чашку чая!..

— И ту, большую дверь, когда позвонил Емельян Иванович, я отпирал. Она была закрыта.

— Ну и что?! — не выдержала Софья.

— Рано утром все двери были заперты. Получается, что за покойником, когда он ночью ушёл на маяк, кто-то закрыл дверь. Вот я и спрашиваю: кто?

— Ах ты, мать честная, — пробормотал Виктор Захарович. — А ведь точно! Получается, кто-то запер!..

— Убийца, — равнодушно уронила Лючия. — Он прокрался следом за молодым человеком, убил его, оттащил к маяку, а потом вернулся сюда и закрыл за собой дверь. Убийца — один из нас.

— Будет вздор молоть, — сурово оборвала её Нинель Фёдоровна. — На ночь-то глядя.

Лючия легко поднялась и стремительно пошла к выходу. Мех, переброшенный через локоть, волновался и переливался на ходу.

Не дойдя нескольких шагов до двери, она повернулась и приблизилась к Меркурьеву.

Он, принявшийся было за утку, замер с куском во рту.

Лючия слегка дотронулась до его плеча.

— Вы поможете мне найти убийцу, — утвердительно сказала она. — Или зло понесётся дальше и разлетится по всей Земле.

— Ой-ё-ёй, — передразнила Софья. — Зло понесётся! Вы подумайте!

Лючия ещё секунду постояла и стремительно вышла.

Меркурьев длинно, как страус, сглотнул.

— Она здесь тоже в первый раз? — спросила Кристина ей вслед. — Как и большинство присутствующих?

— В первый, в первый, — сказал Виктор Захарович. — Эх, как хороша, глаз не оторвать! И решительная!

— По-моему, дура какая-то, — фыркнула Софья. — Убийц она будет изобличать, видали! Выдумала ерунду какую-то!

— А двери и впрямь все были с ночи заперты, — продолжал хозяин.

— И утром заперты, — подхватил гость. — А человек выходил!

— Да за ним его собутыльник закрыл, и все дела, — сказал Стас с досадой. — Чего вы придумали на пустом месте детектив?! И менты считают, что ничего криминального, несчастный случай! Оттуда то и дело кто-нибудь падает! С маяка!

Виктор Захарович словно воспрянул духом:

— А ведь так могло быть! Один ушёл, другой за ним запер! А я голову сломал, кто ночью по дому ходил! Выходит, никто и не ходил!

Василий Васильевич сказал, что всё это очень легко проверить. Завтра надо спросить запившего друга, и сразу станет ясно.

— Если он до белой горячки не допьётся, конечно, — добавил Меркурьев разумно.

На соседнем стуле он сгруппировал тарелку с утиной ногой, помидор, солёный огурец, ломоть хлеба. Вся контрабанда помещалась на льняной салфетке, чтобы можно было связать, как узелок, и донести.

Он не хотел, чтоб еду Антипии отнесла Нинель Фёдоровна.

Василий Васильевич, пряча узелок за спиной и продвигаясь к двери задом наперёд, пожелал всем доброй ночи.

— Бог даст, без происшествий, — сказала Нинель. — Ну, отдыхайте, отдыхайте! Завтрак попозже будет, чтобы все выспались.

Василий Васильевич взбежал по пологой деревянной лестнице, оберегая свой узелок, прислушался — было тихо, никаких подозрительных разговоров, — и постучал в соседнюю с собственной дверь.

— Кто там? — отозвались приглушённо. — Я уже легла.

— Это я, — прошипел Василий Васильевич. — Поесть принёс.

Какое-то время ничего не было слышно, потом раздалось шуршание, шаги, и дверь приоткрылась.

В свете торшера Василий Васильевич увидел блестящий глаз.

— Еда, — сказал он и сунул в проём узелок. — Открывай.

Глаз моргнул. Потом дверь медленно распахнулась, и он вошёл.

Комната вещуньи была такой же большой, как и его собственная, но какой-то другой. Окна оказались с другой стороны, не так стояла мебель, и обнаружился маленький эркер — точная копия того, в котором они сегодня завтракали с Кристиной. В эркере помещались круглый столик и два стула.

В распахнутой створке окна шумел буковый лес, а моря почти не было слышно.

— Мне кажется, я заболела, — шмыгая носом, призналась духовная дочь Сантаны.

— Разумеется, — согласился Василий Васильевич. — Целый день на ветру в каких-то лохмотьях!..

— Сари — самая удобная одежда в природе.

— И самая тёплая, — подсказал Меркурьев. — Где свет зажигается?

В этом доме он у всех то и дело спрашивает, где зажигается свет!..

Он развязал салфетку с утиной ногой и рядом выложил солёный огурец и хлеб. Получился натюрморт.

— Садишь и поешь, — предложил Василий Васильевич.

— Спасибо, — уныло отозвалась Антипия, приткнулась к столу и первым делом откусила огурец.

Василий Васильевич устроился напротив, молодецки закинув ногу на ногу. Антипию он рассматривал, совершенно не стесняясь.

Короткие светлые волосы торчали в разные стороны. Кожа на лице оказалась очень белой, на носу немного побрызгано веснушками. Кончик этого самого веснушчатого носа чуть-чуть загибался вверх, придавая лицу смешливое выражение. Маленькое ухо — Меркурьеву было видно только одно, — плотно прилегало к голове, в мочке три дырки, но никаких серёг.

Антипия мельком взглянула на него и вздохнула.

— Ты же была смуглая, — сказал он первое, что пришло в голову. — А сейчас белая.

Она опять вздохнула.

— У меня сто литров тонального крема, — объявила она. — Можно обмазаться с головы до ног.

— Зачем? Ты что, актриса?

Она помотала головой — нет, не актриса.

— Я вегетарианка, — объявила она и взялась за утиную ногу. — Как ты думаешь, Всевышний покарает меня, если я это съем?..

— Всевышнему нет никакого дела до твоего рациона, — сказал Меркурьев. — У него полно других забот. Ешь.

Ровными квадратными зубами она впилась в ногу, закрыла глаза и застонала.

— Каф фкуфно. Гоф нифево факофо не ефа, — призналась она.

— Если ты год не ела, — тоном собственной бабушки назидательно молвил Меркурьев, — неудивительно, что заболела. Ешь.

Он хотел спросить, откуда она узнала про тело — до того, как они увидели его в траве за маяком. Он хотел спросить, с кем она разговаривала в коридоре, когда он её поймал, а ещё, как она дурит людей, вызывая духов, но решил со всем этим повременить.

Василий Васильевич выбрался из-за стола, нашёл на комоде маленький электрический чайник — у него в комнате тоже был такой, — налил воды и включил. Потом вышел, велев ей дверь не закрывать и вернулся с круглой пузатой бутылкой под мышкой. В руке у него был лимон.

— Узбекский, — сказал он, показывая ей лимон.

Она помычала и покивала, хищно обгладывая утиную ногу.

— А больше нет?

Василий Васильевич развёл руками:

— Ну, извините! И это от сердца оторвал, контрабандой доставил!.. Нужно было пойти и поужинать.

— Ты знаешь, — объяснила она, поедая хлеб, — мне так хотелось всё с себя смыть!.. И грим, и запах тюрьмы, и воспоминания о мертвеце. А без грима я... не могу.

— Зачем тебе грим? Чтобы дураки больше верили?

— Не-не-не, — она помотала головой, белые волосы разлетелись в разные стороны, и она неловко заправила их за ухо, стараясь не запачкать жирными от утки пальцами. — Если бы я говорила всё, что говорю, и выглядела бы, как я, мне вообще никто не поверил бы.

— Я так и сказал. С точкой во лбу и чёрными волосами до пояса тебе проще морочить людям голову.

— Точка называется бинди, и я не морочу головы.

— Да, конечно. Ты вызываешь дух Канта, и он является!

Она насупилась.

— Дух Канта ни при чём.

— Тогда в чём дело?

Она доела хлеб и вытерла пальцы о тёплые пижамные брюки. Василий Васильевич обратил внимание, что на её пижаме вышита овца. Спереди овечья морда, устроившаяся щекой на облаках, а на спине — овечий зад с хвостом. Хвост свисал с облака.

— Я не могу тебе рассказать, — Антипия посмотрела на него виновато. — Правда, не могу.

— Ты секретный агент?

— Нет, но рассказывать не стану. Ты всё равно ничего не поймёшь.

— У меня высшее образование, — предупредил Василий Васильевич. — И я кандидат технических наук!

— В общем, — продолжала Антипия, — ты всё правильно понимаешь. Есть игра, маскарад. Это просто... видимая часть происходящего. А есть невидимая, и этого я не могу объяснить, не спрашивай меня!..

— То есть никакой дух не является? Стол не стучит, блюдце не вертится? Правильно я понимаю?

Она молчала и исподлобья смотрела на него.

Чайник вскипел, Василий Васильевич сунул в кружку пакет и залил его кипятком. Потом отрезал лимонный круг — изрядный.

— Нет, ты скажи мне, — оглядываясь, проговорил он. — Ведь всё это враньё?

Она вздохнула, сморщилась, зашарила в кармане, ничего не нашла, закрылась руками и чихнула.

— Будь здорова. Так, значит, враньё?

— Спасибо. Если тебе так проще, считай, что враньё.

— Терпеть не могу человеческой глупости, — вдруг вспылил Василий Васильевич. — Ну как это так?! Люди в школе учатся, некоторые даже в институтах, а тут духи, потусторонние силы, какая-то связь между вселенными, межвременная ткань, чушь собачья!

Антипия согласно кивала — довольно горестно. Да, мол, сколько ещё невежества вокруг!..

— Мне сегодня рассказали, что цивилизаций на нашей планете будет семь, а сейчас мы живём в четвёртой. Или в пятой, что ли?! Атланты возродятся и всякая такая ересь.

— Атланты, — сморкаясь, сказала Антипия, — не возродятся. Их и было-то всего-ничего. Их мало, а работы много. Больше не придут, устали они. Все сидят по домам давно.

— Кто? — тупо спросил Меркурьев, и Антипия спохватилась:

— Никто, я просто так. Ты пошутил, я тоже пошутила.

— Как ты вызываешь духов?

Она вздохнула, и опять горестно.

— Ну как? Прошу их явиться. Они отвечают. Иногда появляются, а иногда нет, это заранее никогда не скажешь. А иногда, — она оживилась, — зовёшь одного, а появляется другой! И долго не признаётся, что он не тот! Они так над нами смеются.

— Ты что? — спросил Меркурьев, которого осенила догадка. — Ненормальная?..

Она кивнула, довольно жизнерадостно на этот раз.

— Понятно, — пробормотал он.

А что, пронеслось у него в голове, вполне возможно. Я ничего о ней не знаю, и никто ничего о ней не знает, кроме подозрительного: она прибыла на слёт магов, вызывает духов, носит странные, нелепые одежды, говорит нелепые слова. Вполне возможно, что она ненормальная!..

Мало ли людей с навязчивыми состояниями!..

Но откуда-то она знала о мёртвом человеке! Ходила утром гулять, наткнулась на него и никому не сказала? Решила дождаться кого-то, кто нашёл бы тело вместо неё? Это глупо — она была там от начала до конца, и на пляже, и в отделении!..

И кто-то явно помогает ей в её мистификациях здесь, в доме! Кто станет помогать безумной?..

Да, и ещё!..

— Ты сказала там, внизу, что не пойдёшь в гостиную, потому что ты их боишься.

Антипия вскинула голову и посмотрела на него.

— Кого ты боишься? Ты же всех видела сто раз.

— Я просто так сказала, — пробормотала она.

— С кем ты разговаривала в коридоре у камина?

— Я не разговаривала!

— Тогда кто разговаривал?

— Я не знаю! — почти крикнула она. — Что ты ко мне пристал? Я не разглядела! Я слышала, но не разглядела.

Василий Васильевич вытаращил глаза. Такой поворот событий не приходил ему в голову.

— То есть, — сказал он и налил в чай коньяку, — ты спустилась по нашей лестнице, вышла в коридор и услышала, что там разговаривают. О чём они говорили?

— Ох, — Антипия вздохнула, припоминая. — Сначала один велел другому не шуметь. А тот говорит: это не я! Потом что-то про камень, про то, что все прибыли. Этот ещё говорит: двери закрой! А тот ему: я закрыл.

— Так, — сказал Меркурьев. Он слышал примерно то же самое. — А где именно они разговаривали?

— По-моему, где-то близко, — ответила Антипия. — Во всяком случае, не далеко.

— Да ну тебя, — рассердился Василий Васильевич.

Он поставил перед ней кружку, а сам сел напротив.

— По-разному бывает, — возразила Антипия, принюхиваясь к пару, который источала кружка. — Бывает, разговаривают совсе-ем далеко, а слышно отлично. А бывает, под боком, но ничего не разобрать. Или помехи кто-нибудь наводит, или специально так разговаривают.

— Какие помехи? — вновь раздражаясь, спросил Василий Васильевич. — Кто наводит?

Она сделала глоток, зажмурилась и посидела молча.

— Я правда не видела, — вымолвила она в конце концов. — Я бы сказала, но не знаю. Ты выброси всё это из головы. Это... не наше дело.

— Какое именно дело — не наше? — осведомился он.

— Видишь, как мне нужен грим? — спросила она. — Пока я была в сари, саронге и с третьим глазом, тебе и в голову не приходило задавать мне все эти вопросы. И никому не приходит! А когда я — как я, всё сразу по-другому. Мне нельзя быть собой.

— Оставайся собой всегда, — пропел Василий Васильевич, — даже если придёт беда или станет камнем вода-а!..

Антипия сосредоточенно дула на чай, делала глоток и опять принималась дуть.

— Ты никому не расскажешь?

— О чём?

— Что я... не такая?

— Я не такая, — не удержался Василий Васильевич и выбрался из-за стола, — я жду трамвая!

И прочёл ей небольшое наставление. Она уже взрослая девушка, нужно найти себе более уважаемое занятие, чем дурить обывателей по провинциальным гостиницам. Нельзя так беззастенчиво пользоваться людским невежеством. Впрочем, невежество — полбеды!.. Наверняка есть люди, задавленные страданиями или трудными жизненными обстоятельствами, и им она тоже морочит голову, обещая ответить на трудные вопросы или помочь там, где никто не в силах помочь, а это гнусно. Человечество склонно к мистике, людям хочется чудес, это понятно, так было на протяжении всей истории человечества, но беззастенчиво этим пользуются только шарлатаны и жулики. Даже инквизиция, сотни лет сжигавшая на кострах тысячи женщин, честнее, потому что отцы-инквизиторы свято верили, что сжигают ведьм, то есть очищают род людской от скверны и ереси, а то, что делает она, Антипия или как её там зовут по правде, не поддаётся вообще никакой оценке. С этим нужно покончить.

— Я покончу, — сморкаясь, пообещала Антипия или как её там по правде, когда Василий Васильевич выдохся и замолчал. — Только пока никому не рассказывай, что ты меня... разоблачил.

Меркурьев великодушно пообещал не рассказывать, но дал ей три дня срока на осознание.

— Я оставляю за собой полную свободу действий, — сказал он. — Через три дня ты должна перед всеми извиниться за обман. Или я сделаю это за тебя.

— Спасибо за ужин, — уныло протянула Антипия. Как видно, уже начала осознавать. — Я бы полежала немного.

Он пожелал ей спокойной ночи и удалился к себе.

У него в комнате было намного холоднее — ночной влажный ветер шевелил и отдувал шторы, — и море шумело гораздо ближе: шу-уф, шу-уф.

Не раздеваясь, Меркурьев бухнулся на кровать и заложил руки за голову, собираясь как следует подумать.

Через минуту он спал, сладостно посвистывая носом.

А в коридоре неспешно разговаривали двое. Если бы Василий Васильевич слышал их разговор, он бы многое понял. Он понял бы всё, до конца!..

Но он не слышал.

Утро выдалось серенькое и тёплое. Море, укутанное одеялом тумана, едва слышно вздыхало и тихонько плескало в песок. Меркурьев бежал сквозь влажную серость, обливаясь потом.

Сегодня бежать было гораздо тяжелее, чем вчера. Мышцы отказывались служить. Василий Васильевич приказывал ногам двигаться, пружинить, вздыматься — чтобы бег был красивый, атлетический! — а выходило стариковское шарканье. Ноги не пружинили и не вздымались, протестовали против насилия. С грехом пополам Меркурьев доволок себя до лестницы, поглядел вверх, ужаснулся при мысли, что туда можно забежать, и пустился в обратный путь.

Напротив маяка он попытался заставить себя ускориться, чтобы скорее миновать страшное место, наддал, и это привело к тому, что на полпути к дому он изнемог окончательно.

К каменной террасе он поднимался в несколько приёмов, а когда поднялся, вынужден был опрометью кинуться в кусты — его сильно тошнило, и он боялся, что вырвет прямо на брусчатку.

Посидев в кустах, он кое-как заполз обратно на террасу и повалился в холодное плетёное кресло. Дышал он коротко и часто.

Ничего-ничего!.. Просто так, для удовольствия, бегают исключительно пенсионеры и худеющие барышни, он же бегает как настоящий спортсмен, до полного изнеможения, до обморока. Только такой бег имеет смысл. Главное — победа над собой, а всё остальное неважно.

Василий Васильевич пошевелился — движение вызвало у него новый приступ тошноты, — и попытался сплюнуть сухую колкую слюну. Ничего не вышло.

— Ты, дядя, помереть, что ль, решил? — раздался рядом хриплый голос. — Плохо тебе?

Меркурьев с трудом повернул себя в кресле и посмотрел.

По соседству, боком к нему сидел друг покойного. Кажется, его зовут Александр Фёдорович.

Друг покойного был несвеж, небрит, облачён в спортивный костюм и шлёпанцы, надетые на носки. Наброшенное на плечи одеяло довершало картину.

— Может, «Скорую» тебе вызвать, дядь?

— Спасибо, не надо, — выдавил атлет Меркурьев.

— Да это верно, чего её вызывать-то, всё равно они ничего не могут. Э-эх!.. Вон друг мой Ванюшка во цвете лет погиб, и никто ничего сделать не смог!.. Выпей со мной, дядь. Тебе хуже не станет, а мне бы друга помянуть!..

Василий Васильевич, которого при мысли о выпивке опять неудержимо потянуло в кусты, сказал, что пить сейчас никак не может.

— А ты чего, зашитый, что ли?

— Я бегал, — сказал Василий Васильевич.

— Зачем?

Это был сложный вопрос. Как ответить на него другу покойного, Меркурьев толком не знал, поэтому сказал, что бегал он для здоровья.

— Ты и так еле ноги несёшь, — удивился друг покойного. — И ещё бегаешь?

Василий Васильевич объяснил, что обычно на ногах он держится твёрдо, а нынешнее его состояние от того, что он уморился на кроссе.

— Так ты до глюков добегался?!

Меркурьев подтвердил.

— Ну дела, — сказал друг, пожалуй, с любопытством. — Это до чего люди себя доводят своими силами! Ладно бы пил, а он бегает!.. Спортсмен, что ли? Олимпиец?

Василий Васильевич сказал, что он инженер из Бухары.

— О как! — удивился друг покойного. — А на урюка не похож!..

Меркурьев сильно вдохнул — наконец-то получилось! — сильно выдохнул, поднялся и зашаркал к фонтану — попить немного.

Сидящий провожал его взглядом.

— А у меня друг погиб, — сказал он, когда Меркурьев вернулся. — Был Ванюшка, и нет больше. С маяка упал — и насмерть! Помянуть бы.

— Я потом помяну, — пообещал Василий Васильевич. — Как вас зовут?

— Саня, — сказал друг. — И давай сразу на ты. Когда мне выкают, я сразу думаю, что я в налоговой.

— А какого лешего твоего друга ночью на маяк понесло, не знаешь? — спросил Василий Васильевич. — Вы же до полтретьего пили! Ну и шли бы спать.

— Да я-то пошёл, — горестно сказал Саня, — а Ванюшка вот... промашку дал. Да он вообще рисковый пацан, Ванюшка! Во все драки с ходу ввинчивался, всё приключений себе на одно место искал! Нашёл, блин! Ты как хочешь, дядь, а я пойду накачу.

И Саня стал с трудом вытаскивать себя из кресла.

— Погоди ты, — велел Меркурьев. — Когда он на маяк пошёл, ты где был?

— Да тут я был, в доме! Кто ж знал, что его на высоту понесёт!

— Я понимаю, что в доме, но где именно? И что он сказал, когда пошёл?

Саня уставился на Меркурьева. Глаза у него были воспалённые, больные.

— Чего сказал, чего сказал... Ничего не сказал! Разрешения у меня не спрашивал! Мы последний пузырь раздавили, и я спать лёг.

— Где?

— Чего — где?

— Где ты спать лёг? — повторил Меркурьев терпеливо. — Под столом?

— Чего под столом-то, не ложился я под стол! Я в комнату к себе пошёл, мне бабка здешняя ещё с вечера её показала. Самая лучшая, говорит, комната для вас, Александр Фёдорович, приготовлена!

— На втором этаже?

— Чего это на втором-то, на третьем!..

— И ты на третий этаж сам зашёл?

— Чего это я не зайду, я ж не маленький!

— Да ты не маленький, но пили вы весь вечер.

— Чего мы там пили, по два пузыря на рыло, и третий на посошок!

Василий Васильевич, которого вновь затошнило, подышал открытым ртом.

— Ты поднялся в свою комнату и лёг. А друг твой?

— А друг мой Ванюшка к маяку, видать, пошёл! Упал и разбился. И нет у меня больше друга. И никого нету.

— Так не бывает, — возразил Василий Васильевич. — Зачем он туда пошёл? С чего вдруг? Его комната где?

— Там, где моя! Они напротив друг дружки. Моя окнами на море, а его окнами в лес, и вся рекогносцировка.

— Он не пошёл к себе, а пошёл на улицу. Ты дверь за ним запер?

Саня моргнул.

Солнце вдруг вышло из-за низких молочных туч, полоснуло вдоль моря светящимся лучом, упало на сидящих.

— Ой, ё-моё, — застонал Саня и закрыл лицо руками. — Ой, не могу я, плохо мне.

Он немного посидел, раскачиваясь из стороны в сторону, потом полез в карман штанов, выудил тёмные очки и напялил.

— Глаза не глядят, — пожаловался он Меркурьеву. — Прям режет, как ножом. И в голове верчение. Я в десантуре служил, там нас на такой центрифуге крутили для тренировки. Как слезешь, вроде по земле идёшь, а будто в воздухе крутишься.

— Да, — глубокомысленно согласился Василий Васильевич.

— Плохо мне, дядя, — продолжил ныть Саня. — Ванюшку жалко. Один я остался.

— Ты дверь запирал за ним? Когда он на улицу пошёл?

— Да ладно тебе, дядь, хреноту пороть, — огрызнулся Саня с досадой. — Дверь какая-то! Я поднялся и спать лёг. А утром встал, голова — во, — он показал руками, какого несусветного размера была его голова тем утром. — В ушах звенит, во рту гадость, а сам как на центрифуге в учебке. Ну и пошёл похмелиться. Бабка мне выпить принесла и горячего.

— Как ты похмелялся, я видел, — сказал Меркурьев. — А друг, значит, ночью сам по себе ушёл, и ты его не провожал.

— Дядь, — выговорил Саня в сердцах. — Ты чего, тупой? Сколько раз повторять-то?..

Меркурьев встал, подошёл к фонтану и попил ещё немного. Обернулся и сказал Сане:

— Зачем он на маяк полез, ты не знаешь?

Саня пожал необъятными плечами под клетчатым одеялом.

— Да он вообще такой пацан, говорю же. Всё время на рожон лезет! В прошлом году в кабаке одному москвичу по сопатке засветил! А москвич не простой оказался, с поддержкой. Как охрана его набежала со всех сторон, как Ванюшке наваляла! Он потом три дня сидеть не мог — его крендель этот с крыльца спустил и по заднице ботинком заехал!..

— Москвичу, — повторил Василий Васильевич. — По сопатке!..

Ничего не получается, никакой более или менее правдоподобной истории, и друг Саня только укрепил его в этой мысли.

Всё логично до того момента, как Ванюшка отправился на поиски приключений: пили, ели, культурно отдыхали. После такого полноценного отдыха единственное, на что способен отдыхающий, — это упасть замертво и спать до утра. А Ванюшка отправился в ночь, одолел расстояние до маяка, забрался по камням, открыл дверь, попал внутрь, влез в темноте наверх и только пото-ом... упал замертво.

Нет, ничего не получается.

— Мне вчера как менты сказали, я, блин, не поверил. Быть, говорю, такого не может! А у них уже и фотки наготове, на них Ванюшка мёртвый. Выпей со мной, дядь, ну, жалко тебе, что ли?

— Да мне не жалко, только помру я сразу.

— Чё, правда? — не поверил Саня. — Или ты зашитый?..

Василий Васильевич сказал, что зашитый — для облегчения собственного положения, — и к этому факту Саня отнёсся уважительно.

— Тогда ладно, — согласился он. — Тогда я пошёл. Ещё накачу маленько и в город поеду. Чего мне тут сидеть, мне Ванюшку хоронить надо.

— На чём ты поедешь?

— Как на чём? — удивился Саня. — Водилу вызову, он повезёт. А чё такое? Тебе тоже в город надо?

— Да, — придумал Василий Васильевич. — Я с тобой поеду. А ты машину когда отпустил?

— Да мы как приехали, так и отпустили! Мы же ночевать сразу собирались. Хозяин местный — жучила, ему и развалюху эту охота продать, и дело затянуть!.. Жалко ему продавать, а бабки нужны, по всему видать. Он и заладил — завтра, завтра, не сегодня. Ну, а нам с Ванюшкой какие помидоры, завтра или сегодня! Мы приехали с бумагами, все дела. Завтра так завтра!..

Василий Васильевич соображал:

— Сделка сорвалась, я не понял? Ты дом не покупаешь?

— Сейчас-то? Не, сию минуту покупать не буду, мне Ванюшку надо хоронить. А вообще буду. А чего такое?

— Кто из вас дом покупать собирался? Ты или он? Или вы на паях?

— Да на каких таких паях, дядь! — рассердился Саня и поднялся, запахивая на необъятной груди клетчатое одеяло. — Я дом покупаю! Откуда у Ванюшки капитал? Нету у него капитала, он всю жизнь со мной рядом, вроде помощника! Туда съездить, сюда слетать, тут перетереть, там поглядеть!.. Я ему зарплату платил, хорошо платил, он не жаловался!..

— То есть покупка этого дома — твоя идея?

Саня остановился и почесал небритый подбородок.

— Не, идея как раз Ванюшкина. Мы, говорит, Саня, тут с тобой развернёмся. От глаз лишних далеко, все условия есть, забубеним пансионатик для правильных людей. К нам с Москвы часто прилетают, и всё пацаны серьёзные! Им отдохнуть надо на свободе, на природе и чтоб не у всех на виду! Я и подумал — а чего не купить, если продаётся?

— Дорого продаётся? — неизвестно зачем спросил Василий Васильевич.

— Не дороже денег, дядь!.. Плохо, что ты зашитый, с кем выпить-то мне за упокой Ванюшкиной души?!

— Ты выпьешь, а я с тобой чокнусь, — пообещал Меркурьев. — Только переоденусь.

— Лады, — сказал Саня и зашаркал шлёпанцами к двери. — Хоть так. А то никак. А если никак, то как?..

Когда его бухтение затихло, Меркурьев ещё немного попил из фонтана и понаклонялся вперёд-назад — в качестве физзарядки. Всё тело ныло, и наклоны не получались.

Друг Саня не закрывал за покойным Ванюшкой дверь, а утром все двери были заперты. Ванюшка, не сказав другу Сане ни слова, зачем-то отправился среди ночи на маяк. Идея купить этот дом принадлежала именно ему, покойному Ванюшке, а деньги — самое интересное! — другу Сане!..

Что из всего этого следует?..

— Ничего, — сказал Василий Васильевич и перешёл к приседаниям. — Из этого не следует ничего.

Поприседав, он отправился к себе — лестница, хоть и не такая крутая и высокая, как на «променаде», далась ему с большим трудом.

Только он пустил воду в душе, стащил с себя мокрую и холодную спортивную амуницию, как в комнату постучали.

Голый Василий Васильевич отчего-то заметался, решительно не зная, что теперь делать, заскочил в ванную, кое-как обернулся полотенчиком и распахнул дверь.

— Доброе утро, Васенька, — жизнерадостно сказала Нинель Фёдоровна.

Меркурьев шмыгнул за створку, придерживая полотенце за спиной.

— Ой, не смотрю, не смотрю, не стесняйся! Я всех обхожу, предупреждаю, что завтрак через полчаса будет!.. Попозже сегодня! А кофе хоть сейчас можно выпить.

— Спасибо, Нинель Фёдоровна!

Она уже уходила.

— И не опаздывай, у нас сегодня овсянка по особому рецепту, её разогревать нельзя! — с лестницы крикнула она.

Меркурьев высунул голову в коридор.

— Антипию предупредили?

— Муру-то? Ну, конечно, Васенька! Насморк у неё, а когда насморк, обязательно надо горячего съесть и молока выпить! Ну, приходи, приходи!..

Меркурьев принял душ и прикидывал перед зеркалом, бриться или так сойдёт, с одной стороны, лень, а с другой стороны — красавица Лючия, когда в дверь опять постучали.

Он сдёрнул с крючка полотенце, замотался и отворил.

— Здоров, — сказал Стас. — Завтрак сейчас будет.

— А, — удивился Меркурьев.

— Я пароль вай-фая поменял, вот всем новый раздаю. — И сунул Василию Васильевичу бумажку.

Тот посмотрел и развеселился. На бумажке было написано: «pig31415».

— Хороший пароль, — сказал Меркурьев. — Смешной.

Стас пожал плечами.

— Пароль как пароль. Так положено, чтобы не меньше семи знаков и чтоб обязательно буквы и цифры.

— Я понял, понял, — и Василий Васильевич захлопнул дверь.

Ещё раз посмотрел на бумажку, почесал ею нос и положил на столик.

Он натянул брюки с карманами, ещё раз посмотрел на себя в зеркало и решил всё же побриться — Лючия перевесила. Когда он намылил щёки и занёс руку с бритвой, в дверь постучали.

— Да что такое-то?!

Василий Васильевич швырнул бритву в раковину, большими шагами протопал к двери и распахнул её.

— Так я и знал, что твоя последняя, — с порога объявил Саня. — Оно по-другому и не бывает! Дай пройти-то!

Василий Васильевич посторонился.

— Весь дом на фиг обошёл, и твоя последняя, как специально! — сокрушался Саня, выставляя на стол бутылку и два стакана. — Ты обещал со мной чокнуться за Ванюшку! А откуда я знаю, в какой ты камере!..

— Ты бы спросил, — Меркурьев посмотрел на бутылку со стаканами и опять почувствовал головокружение и неприятное шевеление в желудке. — Тебе бы сказали.

— Да я бы спросил, только не у кого! Все по норам сидят, как кроты! Одна какая-то мне говорит — идите вон, я не одета! И обозвала ещё.

— Как обозвала-то? — осведомился Василий Васильевич. — Нецензурно?

Саня пожал плечами. Из бутылки он разлил жидкость по стаканам — в один только капнул, а в другой — до краёв.

— Не, вроде цензурно. — Он вздохнул и взялся за стакан. — Мужлан, говорит! Это цензурно, нет?

— Это даже культурно, — пробормотал Василий Васильевич.

— Ну, бери посуду-то!..

— Да погоди ты, дай я добреюсь!

— Сколько можно годить?! Горит всё!

— Дотла не сгорит, — сказал бесчувственный Меркурьев, вернулся в ванную, взялся за бритву и крикнул: — Будут стучать, открывай!.. Спрашивай, что надо!..

— Чего?!

Меркурьев пустил воду и долго и тщательно брился.

Когда он вышел, Саня, сгорбившись, сидел в кресле и смотрел в открытое окно на море, над которым поднимался туман. Нетронутый стакан так и стоял на столе. Василий Васильевич даже удивился.

— Ну чего? Можно уже? — обернулся Саня.

— Можно, — разрешил Меркурьев и взял тот, в котором была капля.

— За упокой Ванюшкиной души, — произнёс Саня с торжественной горечью. — Пусть земля ему, как говорится... Не чокаясь.

И в несколько глотков вытянул весь стакан.

Василий Васильевич посмотрел, как Саня возвращает стакан на стол и сразу же наливает следующий. Затею с совместным возлиянием он перестал понимать окончательно. Зачем Сане нужен он, если за упокой души — не чокаясь?..

— А теперь, — торжественно объявил Саня, — за всех оставшихся, то есть за нас. Давай, братан, чокнемся.

Вот в чём дело. Теперь можно чокаться. Теперь — за нас.

— Закусить нечем, — пожаловался Саня, осушив второй стакан. — Без закуски плохо. И что ты зашитый — плохо. Пил сильно?

Василий Васильевич промолчал.

— Ну, ещё по одной.

— Пойдём вниз, — предложил Меркурьев. — Там еду можно добыть.

Саня помотал головой.

— Не пойду я. Внизу народу как сельдей в бочке, все пялиться будут! Вчера, знаешь, как глаза вылупили? Я лучше тут, у тебя, посижу.

— У меня, — пробормотал Василий Васильевич. — Милое дело.

— Слышь, братан, а ты молодой, что ли? Я на улице подумал — дедок какой-то. Идти не может, ползком ползёт.

— Я кросс пробежал и устал, — строптиво сказал Василий Васильевич.

Он никак не мог придумать, как ему быть дальше. Оставлять безутешного друга Саню в собственной комнате наедине с бутылью — ноль семь, как давеча сказала Нинель, — почему-то не хотелось. Выгнать вон — он не пойдёт, это совершенно очевидно. То есть можно попробовать, но добром это не кончится! Некоторое время Меркурьев помечтал, как было бы славно вытолкнуть Саню в окно — второй этаж, до смерти не убьётся, — но потом и эту идею отверг как негодную.

— Ну ладно, — сдался он наконец. — Я завтракать пойду.

— Слышь, братан, притарань мне тоже чего-нибудь пожрать, а? Со вчерашнего дня не евши.

— Спустись и возьми сам.

— Не, не пойду я вниз, сказано тебе.

— А я не понесу, — Василий Васильевич натянул футболку и сунул в карман ключ от комнаты. — Я тебе не официант.

— Да ты не обижайся! — вслед ему заревел Саня. — Я так просто, по-дружески! Жрать охота, спасу нет!

Меркурьев захлопнул дверь и сбежал по лестнице.

Хорошо бы, мрачно думал он, чтобы Саня быстро напился, заснул и не натворил бы в комнате никаких свинств и безобразий. Хотя куда его спящего деть — непонятно.

Первый, кто попался ему на подходе к столовой, был хозяин.

— Виктор Захарович, — сказал Меркурьев язвительно. Ему хотелось переложить на кого-нибудь ответственность. — Этот ваш бизнесмен и покупатель дома сейчас пьёт в моём номере.

— Как?! — поразился бедный хозяин. — Зачем ты его к себе-то привёл, Василий?!

— Он сам пришёл. И теперь не уходит.

— Мать честная, что же нам делать? Может, полицию вызвать?

— Лучше сразу нацгвардию, — посоветовал Василий Васильевич. — Между прочим, никаких дверей за своим другом он не запирал. Он так говорит, и я ему верю.

— Каких дверей?! Вася! Ты о чём?

Но Меркурьев уже вошёл в столовую.

Красотка Лючия, ради которой он побрился, сидела на его вчерашнем месте в эркере. Рядом с ней лежал ещё один прибор и стояла кофейная чашка. Меркурьев поискал глазами и понял, что Стас по-прежнему в рабстве — он наливал из графина жёлтый апельсиновый сок в два хрустальных бокала, наполненных льдом.

Маленький человечек Емельян Иванович, напротив, устроился в самом тёмном углу, перед ним стояла глубокая тарелка и чайничек с чаем.

Антипия — никакая не Мура! — сидела за круглым столом посередине. На этот раз одежды на ней были белые, и свеженамалёванная точка на лбу выглядела хищно, словно на самом деле пристально смотрел третий глаз.

Софья деловито поглощала кашу и также деловито запивала её чаем и заедала бутербродом с сыром. Увидев Меркурьева, она стряхнула крошки с кофты, энергично дожевала и позвала:

— Иди сюда! Садись со мной.

Василий Васильевич пожелал всем доброго утра и уселся рядом с Софьей.

— Ну чего? — спросила она. — Гулять пойдём?

— Мне нужно съездить в Калининград, — заявил Меркурьев.

— Прямо сейчас?! Да ладно, вот дождь зарядит, тогда и поедешь! Сегодня в самый раз гулять, а не раскатывать!

— Мне сегодня нужно.

— А вы на машине? — подала голос Лючия.

Меркурьев оглянулся на неё.

— Нет, я не на машине.

— До Калининграда далеко, — словно предупредила она. — Если хотите, я завтра могу прихватить вас с собой. Я собираюсь завтра в город.

Ах, какой голос! Ну что за голос! Так бы закрыть глаза и слушать. И ждать, когда нежная рука погладит его по щеке, пройдётся по шее...

Василию Васильевичу стало жарко.

— А вы... на машине? — выдавил он из себя.

Лючия улыбнулась:

— Ну, конечно. Белый автомобиль перед входом. Не обратили внимания?..

Меркурьев вдруг отвлёкся от её чар.

Если на «Кадиллаке» приехала Лючия, на чём тогда приехал Емельян Иванович? Меркурьев открывал ему дверь, и на площадке была одна-единственная машина, этот самый «Кадиллак»! Меркурьев подумал ещё, что маленький человечек сам привёл такую огромную машину, и удивился этому. Или Емельян Иванович со своим ковровым саквояжем приехал на автобусе и шёл по липовой аллее пешком? Мимо букового леса, через ручей — не очень-то и близко!..

— Васенька, овсянки? — Озабоченная Нинель Фёдоровна положила ему на тарелку рогалик. — Наша овсянка — целебная. Съешь, и сил прибавится!

— Спасибо, Нинель Фёдоровна.

— Вась, — подошёл Виктор Захарович, — ты доедай давай и пойдём к тебе в комнату. Я этого Александра Фёдоровича вызову якобы по делу, а ты дверь быстренько запрёшь, чтоб он обратно не ворвался.

— Прекрасный план, — оценил Василий Васильевич.

— А как по-другому, Вась?

— Кто такой Александр Фёдорович? — заинтересовалась Софья.

Объяснения хозяина Меркурьев пропустил мимо ушей.

В голове у него был сумбур — дверь, которая утром оказалась заперта, но её никто не запирал, машина, на которой приехала Лючия и, следовательно, не мог приехать Емельян Иванович, вылазка покойного Ванюшки — в самую темень, на заброшенный маяк! — непонятные разговоры в коридоре, где уж точно никто не мог разговаривать, Антипия, оказавшаяся мошенницей.

Впрочем, он с самого начала подозревал её в мошенничестве!..

После завтрака он пойдёт и проверит стол в гостиной, вот что. Наверняка к нему подведены какие-нибудь хитроумные механизмы, которые стучат и крутятся, и вздрагивают. В общем, производят магическое впечатление на обычных, не слишком отягощенных интеллектом граждан!..

Себя Василий Васильевич считал образованным интеллектуалом.

Меркурьев доел овсянку и пожалел, что порция маловата. Он не любил каши и никогда их не ел, но эта на самом деле оказалась вкусной.

— А я, кстати сказать, жаловаться хотела, — говорила между тем Софья. — Этот ваш громила, Александр Фёдорович, да? Так вот, он утром ко мне в номер вломился! Натурально! И ещё с бутылкой! Я так испугалась, ужас. Закричала даже!

— Это он меня искал, — вставил Меркурьев. — Хотел чокнуться за упокой души.

Софья посмотрела на него как на полоумного.

— Ты что? — сказала она с величайшим презрением. — За упокой не чокаются!..

— Ну, за здравие остальных. Кто пока ещё не помер.

— Вот тебе весело, а мне что-то совсем не весело!.. Он припёрся, прямо в комнату полез, где, говорит, дядя? А я ему: какой ещё дядя, тоже мне, племянник нашёлся! Пошёл вон, а то полицию вызову!..

— Уж вы нас извините, — пробормотал Виктор Захарович. — Это наш недосмотр, гости отдыхать должны, а мы не обеспечиваем...

— Так вот будьте добры, обеспечьте! — приказала Софья. — Мало ли кто ко мне в дверь станет лезть, а я что? И так обстановка миленькая — вчера своими глазами труп нашла, сегодня какой-то племянник в дверь лезет, дядю ищет! А я деньги платила за что? За то, чтоб у меня все условия были!

— Будут, будут условия, — заверил Виктор Захарович. — С трупом, конечно, неладно вышло, но у нас в гостинице всегда полный порядок...

— Да! Вижу я ваш порядок!..

Тут двустворчатые двери распахнулись и в гостиную влетела Кристина по прозвищу Мышь.

С разгону она промчалась прямо на середину комнаты и замерла возле стола вещуньи.

Все повернулись в её сторону.

— Что такое? — пробормотал Виктор Захарович и переглянулся с Меркурьевым.

— Кольцо, — выговорила Кристина, и лицо у неё задрожало. — Моё кольцо. Изумруд. Он пропал. Я всё обыскала, его нет.

Кто-то вскрикнул, а Меркурьев вскочил с места.

Вскрикнула Антипия. Теперь она закрывала рот обеими руками, в глазах у неё был ужас.

— Это плохо, — проговорила она словно через силу, отняв от губ руки. — Это очень плохо!.. Вы даже не можете себе представить!..

Глаза у неё загорелись, под стать нарисованной на лбу точке, и трёхглазое помертвевшее лицо показалось Меркурьеву жуткой маской.

— Его никто не мог взять, — продолжала вещунья. — Его охраняют.

— Кто? — спросил Стас насмешливо. — Дух Канта?

Антипия оглянулась на него и всеми тремя глазами уставилась на Кристину.

— Ты... хорошо искала? Может, оно не пропало?

Кристина боком села за её стол и махнула рукой.

— Да я всё осмотрела, даже ванную! Оно у меня всегда на одном месте лежит, на тумбочке, рядом с кроватью. И дома так же лежит, всегда с правой стороны!

— Может, с руки обронила? — осторожно предположил Виктор Захарович, на которого свалилась новая неприятность, средь бела дня драгоценное кольцо пропало! — И не заметила?

— Я его сняла, — сказала Кристина. — Я на ночь его снимаю, оно слишком большое. И положила на столик. Утром умываюсь, собираюсь и надеваю кольцо. Всегда. Каждый день с тех пор, как мне исполнилось восемнадцать лет.

— Почему восемнадцать лет? — спросил Василий Васильевич,

— Потому что так положено, — сказала Кристина горестно и обвела всех умоляющим взглядом. — Оно не может пропасть, правда. Если кто взял, отдайте. С ним лучше не связываться, правда.

— Что ты заладила — правда, правда, — в сердцах сказала Софья. — Мало ли, сунула куда-нибудь. Ну, а если украли, выходит, здесь притон какой-то, а не гостиница!

— Час от часу не легче, — пробормотала Нинель Фёдоровна и аккуратно поставила на сервировочный столик медный кофейник, из которого разливала какао. — Виктор Захарович, вызывай полицейских.

— Нет! — на этот раз вскрикнула Кристина.

— Что такое?!

Она тяжело задышала, глаза налились слезами.

— Никаких полицейских, — выговорила она. — Ни за что на свете!

— Так если украли!..

— Всё равно нет.

Нинель Фёдоровна, стаскивая шёлковые перчатки, на этот раз жёлтые, подошла и осторожно погладила её по голове. Кристина вывернулась.

— Если украли, нужно искать, — сказала Нинель осторожно. — Ты подожди, подожди переживать, может, найдётся ещё. У нас тут сроду никто ничего не крал, вот Виктор Захарович не даст соврать.

— Не утешайте меня, — отрезала Кристина. — Как вы не понимаете?!

— Я понимаю, — заверила Антипия. — Всё понимаю.

— Ну и флаг тебе в руки, — встряла Софья. — А я вот ничего не понимаю! Может, пойти и деньги попрятать? Мало ли что раньше не крали! А теперь вдруг украли!..

— Это особенное кольцо, — продолжала Кристина. — Его нельзя потерять. Если оно пропало, жди беды.

— Конечно, жди, — поддержала ее Нинель Фёдоровна. — Такие деньжищи! Звони, Виктор Захарович, в полицию.

— Я не стану никуда обращаться, — отрезала Кристина. — Если вам нужно, объясняйтесь с полицией сами. А я никаких заявлений подписывать не буду.

Василий Васильевич понял, что они зашли в тупик.

Одним глотком он допил кофе, выбрался из-за стола, подошёл и присел перед Кристиной на корточки.

— Пошли поищем, — предложил он. — Может, оно просто куда-нибудь завалилось?..

— О каком кольце идёт речь? — вдруг спросила до этого молчавшая Лючия. — Которое было у вас на пальце, дорогая? Такой дешёвый безвкусный сувенир?

Кристина подняла на неё глаза.

— Это не сувенир. Это мой изумруд.

Лючия засмеялась и обвела глазами собравшихся:

— Ничего не случилось, — сказала она весело. — Успокойтесь все! У девочки просто разыгралась фантазия. Я немного понимаю в камнях и уверяю вас, это такой же изумруд, как я... эскимос!.. Искать его не имеет смысла, он ничего не стоит.

— Он не должен был пропасть, — повторила Кристина. — Какой ужас!

— Найдётся! — Лючия поднялась и отошла к кофемашине. — Или ваш поклонник подарит вам новый, точно такой же. Их полно в китайских сувенирных лавках.

— Пойдём? — Василий Васильевич потянул Кристину за руку.

— Я с вами, — быстро сказала Антипия. — Вдруг он и вправду... найдётся?

Втроём они обыскали всю комнату студентки, сантиметр за сантиметром. Василий Васильевич на всякий случай излазил на карачках весь паркет в поисках возможных трещин и тайников.

Кольца нигде не было.

Меркурьев ползал по полу, заглядывал за шкафы, шарил рукой под ванной, стоявшей на выгнутых львиных лапах, и думал о том, что в разговоре неизвестных, который он слышал прошлым вечером, тоже упоминался какой-то камень. Камень на месте, сказал один невидимый собеседник другому. О каком камне шла речь? Именно об этом? Или, может, о валуне, который лежал на спуске к морю, со всех сторон заросший травой? Валун, должно быть, когда-то принёс с собой ледник, шедший с севера на юг, и с тех пор, пару миллионов лет, камень не трогался с места.

Почему Лючия так уверенно заявила, что изумруд — всего лишь стекляшка, дешёвка? Или на самом деле она разбирается в камнях?.. И конкретно в изумрудах?

— Ничего, — известил Василий Васильевич, поднялся с пола и машинально отряхнул колени.

— Да я говорила, — горестно подтвердила Кристина, — что мы его не найдём.

Она тоже ползала по полу, отодвигала шторы, даже плинтус зачем-то поковыряла, теперь села на пятки и обеими руками с силой потёрла лицо.

— Что я маме скажу, — проговорила она из-за сложенных ковшиком ладоней. — Она мне тысячу раз твердила: только не потеряй, только не потеряй!.. И я... потеряла.

— Зачем ты его вообще носила, если оно такое драгоценное? — спросил Василий Васильевич с раздражением. — Если это настоящий изумруд...

— Настоящий, — вставила Антипия.

— ...значит, он стоит бешеных денег, — продолжал Меркурьев. — Разве можно его просто так на пальце таскать?!

— С ним нельзя по-другому, — непонятно объяснила Кристина. — Такой уговор. Оно обязательно должно быть у той, которой принадлежит. Не в сумке и не в кармане, а на руке.

Василий Васильевич пожал плечами.

Начались какие-то загадки, вроде вызова духа Канта и королевы Брунгильды, а он в таких вещах ничего не понимал и не желал разбираться.

В дверь постучали. Антипия открыла, на пороге возникли Виктор Захарович и Нинель Фёдоровна, очень встревоженные.

— Ну что?..

Антипия горестно покачала головой.

— В полицию звонить? Так оставлять это нельзя!.. Если перстень пропал и найти его мы не можем...

— Не нужно никуда звонить, — крикнула Кристина. — Я не разрешаю!.. Это никого не касается, тем более полиции!

— Ну, это какие-то высокие материи, — пробормотал Меркурьев, — нормальным людям неведомые. По мне — вызывайте.

— Тебя никто не спрашивает.

Василий Васильевич развёл руками.

— Вот, — сказал он хозяину и домоправительнице. — Тем более меня никто не спрашивает!

Потоптавшись на пороге и посокрушавшись немного, они ушли, Антипия закрыла за ними дверь.

— Я, пожалуй, тоже пойду, — объявил Меркурьев. — У меня в комнате гости глодают кости, а я оставил их без присмотра. Может, уже всё сглодали!..

— Что мне теперь делать? — прошептала Кристина и обратилась к вещунье. — Вы... не можете ни у кого спросить? Вдруг кто-то из них... из тех... знает?

— Я спрошу, — пообещала Антипия с сочувствием. — Но только не сейчас. Сейчас никак нельзя.

— Пойду я, — повторил Василий Васильевич. — Если никто ничего не собирается мне объяснять.

Девицы — студентка и вещунья — переглянулись. Переглядывались так многозначительно, что Меркурьев моментально разозлился.

— Не хотите, как хотите, — заключил он. — Крис, если найдёшь кольцо, позвони мне. Или зайди.

Он спустился по чугунной лестнице — она встревоженно гудела у него под ногами, — очутился в вестибюле со стрельчатыми окнами и покосился на круглый столик.

Прошлой ночью он уронил книгу на пол и не стал поднимать. Сейчас она лежала на столе раскрытая, страницами вверх.

Ни за что не стану подходить, решил Меркурьев, и подошёл.

Страница пятьдесят семь.

«Итак, философ не испытал в жизни ни сильных радостей, ни сильных страданий, которые приносят с собой страсти».

— И что? — спросил Меркурьев громко на весь вестибюль. — Дальше пятьдесят седьмой страницы дело не продвигается?

— Вы со мной изволите разговаривать?

Василий Васильевич обернулся.

Со стороны коридора мелкими шажками подходил маленький человечек по имени Емельян Иванович.

К нему дурацкая книга уж точно не могла иметь никакого отношения!.. Она принялась дразнить Меркурьева ещё до того, как явился крохотный гость, но тем не менее Василий Васильевич спросил:

— Это не вы читаете «Философию Канта» всё время на одной и той же странице?

Человечек подошёл и заглянул Меркурьеву под руку.

— Нет, — наконец сказал он. — Не я. Фрейлейн нашла свой перстень?

— Фрейлейн чудит, — сообщил Меркурьев.

— Чудит? — переспросил Емельян Иванович, на старомодный манер откидывая полы пиджака и усаживаясь в кресло. — Что это означает?

— Я сам не понимаю, — признался Меркурьев. — Полицию вызывать не хочет, страшно убивается и, кажется, собирается обратиться за помощью к духам.

Емельян Иванович огляделся по сторонам без всякой тревоги и, кажется, с удовольствием, задержал взгляд на астрах, а потом перевёл его на Меркурьева.

— Какие прекрасные цветы, не правда ли? «Что здесь встречает нас как красота земная, то встретит некогда как истина сама».

Меркурьев молчал.

— Шиллер, — пояснил Емельян Иванович как ни в чём не бывало. — К каким же духам собирается воззвать фрейлейн?

Василий Васильевич подошёл и с размаху опустился в кресло по другую сторону столика.

— Емельян Иванович, — начал он проникновенно, — вы же взрослый человек! И всё понимаете. Вы кто по профессии?

Человечек задумался на секунду, словно не мог вспомнить.

— Учёный, — сказал он наконец.

— Прекрасно! — одобрил Меркурьев. — Естественник или гуманитарий?

— И то, и другое в равной степени.

— Так не бывает, но ладно. Вот скажите мне, если у человека пропадает драгоценность, да ещё, как он утверждает, фамильная, что нужно делать? Взывать к духам или обращаться в полицию?

Емельян Иванович молчал и улыбался.

— Духи — при всём уважении, — тут Меркурьев прижал руку к груди, — уж точно не найдут перстень! А полицейские... ну, полицейские тоже, скорее всего, не найдут, но так положено, понимаете? Так принято — обращаться в полицию. А они обе морочат мне голову!..

— Виноват?

— Кристина и Антипия. Которая ясновидящая. То есть никакая она не ясновидящая, конечно, а просто авантюристка! Она вызывала дух Канта, представляете? Я сам был свидетелем.

— И что? — живо спросил Емельян Иванович. — Явился?..

Меркурьев обеими руками упёрся в колени:

— Ну, я его не видел. Но стол подпрыгивал и блюдце вертелось!

— Блюдце, — повторил Емельян Иванович. — А почему вы не допускаете, что Иммануил Иоганн Кант на самом деле заглянул в этот прекрасный уютный дом, когда его пригласили?..

— Емельян Иванович! — свирепо зарычал Меркурьев. — И вы тоже!.. Кант умер сто лет назад!

— Двести тринадцать, — поправил маленький человечек. — И какой же вывод вы из этого делаете?

— Однозначный! — рявкнул Василий Васильевич. — Человек, умерший двести тринадцать лет назад, никуда войти не может и явиться на зов не может тоже! Потому что он умер.

— Возможно, возможно, — согласился Емельян Иванович. — Вполне материалистический, хотя и несколько примитивный вывод.

— Почему примитивный?! Единственно разумный!

А может, этот самый Емельян Иванович тоже не в себе, пронеслось в голове у Василия Васильевича. Они все тут странные! И он, инженер Меркурьев, ничего о них не знает!.. Вещунья вызывает духов, гость материализуется из воздуха, потусторонние силы крадут у студентки кольцо, а привидения сталкивают с маяка подвыпившего человека!

Может, он, Меркурьев, угодил в сумасшедший дом?..

— Этот дом, — словно подслушав его смятенные мысли, произнёс Емельян Иванович, — по слухам, когда-то принадлежал Фридриху Бесселю. Это только слухи, они ничем не подтверждены, но так говорят...

— Бесселю? — переспросил Василий Васильевич, сбившись с мыслей про сумасшедший дом. — Бессель был математик. Неравенство Бесселя мы проходили в университете.

— И астроном, — подхватил Емельян Иванович. — Открыл спутники Сириуса и Проциона из созвездия Малого Пса. Крупный учёный!.. Что, если ему захочется навестить свой дом? Ну, если допустить, конечно, что дом на самом деле когда-то принадлежал ему?

— Бесселю? — уточнил Василий Васильевич. — Навестить этот дом?

— Так бывает, — продолжал Емельян Иванович. — Иногда нас тянет на старые места. Где мы были счастливы или молоды. Это так естественно.

— Кого... вас? — спросил Меркурьев мрачно.

Емельян Иванович засмеялся мелким смехом.

— Я имею в виду людей, — сказал он успокаивающе. — Просто если вдруг встретите Фридриха Вильгельма, не пугайтесь. Вполне возможно, он просто зашёл навестить свой бывший дом. Дома ведь долговечнее людей, и это обидно, конечно.

— Понятно, — заключил Василий Васильевич и встал. — Спасибо за беседу.

— Всегда к вашим услугам, — слегка приподнялся в ответ Емельян Иванович. — А за перстень не переживайте. Есть вещи, которые уходят сами и приходят сами, и полицмейстерам не под силу их найти. Если вас не затруднит, пришлите ко мне юную фрейлейн!.. У которой пропало кольцо. Может, мне удастся дать ей некоторый совет.

Меркурьев кивнул и пошёл по коридору мимо камина.

Как же, думал он злобно, совет! Ты просто выживший из ума старикашка, или на тебя ошеломляющим образом подействовали одежды и третий глаз Антипии! Ещё и Бессель собирался явиться, кто бы мог подумать!.. Видимо, Кант уже явился.

На середине дороги Василий Васильевич спохватился и свернул в боковой коридор, в конце которого помещалась конторка красного дерева.

Сразу за конторкой располагались служебные помещения. Здесь выдавали и принимали ключи, здесь же расплачивались, здесь были компьютер, принтер, роутер, который то и дело барахлил, и гроссбух в роскошном переплёте — Виктор Захарович не мог отказать себе в удовольствии записывать посетителей по старинке, ручкой на плотной желтоватой бумаге. Компьютер компьютером, но на бумаге как-то красивей и надёжней, что ли!..

За конторкой никого не было, гроссбух лежал на месте.

Меркурьев перегнулся через бортик красного дерева, поволок на себя увесистый том и перевалил на эту сторону.

Посмотрим, посмотрим.

Все нынешние гости умещались на одной странице.

Вот он сам, Василий Меркурьев, записанный почти каллиграфическим почерком. Вот Кристина Кондратьева, студентка из Калининграда. Вот Марьяна Антипова, кем она записана, интересно?.. А, так и записана: Марьяна Антипова, ясновидящая.

Александр Фёдорович Морозов — это кто такой?.. Ах да, друг Саня, с утра пораньше засевший в комнате Меркурьева!.. Надо же, как красиво, убедительно и солидно выглядит друг Саня, выведенный каллиграфическим почерком!..

Где Лючия?..

Людмила Вячеславовна Огородова, вот она! А тут совсем напротив — ничего романтического. Людмила Огородова, кто бы мог подумать!..

Василий Васильевич усмехнулся такому несоответствию имён и человеческой сути и закрыл было гроссбух, но тут ему попалось ещё одно имя.

— Что такое?! — сам у себя строго спросил Василий Васильевич. — А?! Это чьи шутки?!

Емельян Иванович Кант, было твёрдо выведено чёрными чернилами на плотной желтоватой бумаге. Емельян Иванович Кант, учёный.

Выходит, он на самом деле явился?!

На верхней ступеньке лестницы Меркурьев услышал, как с силой хлопнула дверь и затопали ноги. Из коридора навстречу ему выскочила Антипия. Одежды её развевались и путались.

— Что такое?!

Она с разгону схватила Меркурьева за руку и тут же отпустила.

— У меня там... в комнате...

— Дух Бесселя? — осведомился Василий Васильевич. — Ничего удивительного. Он пришёл навестить свой дом. По слухам, он когда-то здесь жил, и теперь, возможно, скучает.

Антипия посмотрела на него, глаза — все три! — у неё были безумные. Василий Васильевич встревожился.

— Что случилось? — спросил он совсем другим тоном. — Кто тебя напугал?

— Зайди, — сказала она. — И посмотри.

Возле своей двери он задержался и послушал немного — внутри было тихо, — у Меркурьева появилась надежда, что Саня изнемог и заснул. Следом за Антипией он вошёл в её комнату, показавшуюся ему весёлой, благополучной и прибранной.

Сегодня же разберу вещи, поклялся себе он. Стыдно пред Асмирой, ей-богу!..

Он вопросительно оглянулся на Антипию.

— На кровати, — сказала она.

Василий Васильевич зашёл за выступ стены, как бы отделявшей в просторной комнате гостиную от спальни, и заглянул.

Постель была аккуратно застелена, подушки выложены одна за другой, а в самой середине сидела небольшая коричневая обезьяна с грустной мордой. Меркурьев вдруг умилился. Это была... девичья постель, трогательная и словно целомудренная.

Смотреть на неё было приятно и немного неловко.

— С той стороны, — прервала его грёзы хозяйка постели. — Ты что, не видишь?

Антипов заглянул.

На подушке лежал фарфоровый китайский богдыхан с отломленной головой. Василий Васильевич не сразу понял, что это такое, и сообразил, только взяв в руки. Тело богдыхана в расписанных золотом складках фарфоровой одежды он поставил на тумбочку и покрутил в пальцах голову.

Богдыхан щурил узкие глаза, прятавшиеся в круглых щеках, и крепко сжимал тонкие губы.

Василий Васильевич вдруг узнал в нём... упавшего с маяка Ванюшку. Словно богдыхана рисовали с натуры!..

— Где ты это взяла?

— Я не брала. Я поднялась после завтрака сюда и... нашла. *Это знак*!

— Началось в колхозе утро, — сказал Василий Васильевич. — Какой ещё знак!

— Ты не понимаешь! — в отчаянии воскликнула она.

— Я это слышу всё утро, — огрызнулся Меркурьев. — Хорошо, я ничего не понимаю, и точка. Примем это как данность. Откуда у тебя статуэтка? И зачем ты оторвала ей голову?

Антипия прошла к креслу, села и сложила руки на коленях, на белых складках одеяния.

— Я пришла от Кристины, — сказала она, стараясь быть как можно более убедительной. — Мне нужно было подумать. И села вот как сейчас сижу. Но мне что-то всё время мешало, отвлекало.

— Флюиды? — предположил Василий Васильевич.

— Я встала, — продолжала Антипия, не обращая на его иронию никакого внимания, — и стала искать, что это может быть. И вот... — она кивнула на разломанного богдыхана. — Нашла.

— На кровати? — уточнил Меркурьев.

Он взял с тумбочки туловище, попытался приставить к нему голову, вышло задом наперёд. Он перевернул туловище.

— Точная копия Ивана Николаевича, — сказал он, разглядывая узкоглазое щекастое лицо.

— Конечно, — пылко сказала Антипия. — В этом всё дело. *Это знак*!

— Знак чего?

— Здесь что-то происходит, — заявила она. — Такое, чего я не могу понять. И объяснить не могу.

— Ну, для такого вывода не нужно никаких знаков, — съязвил Меркурьев, поставил туловище на стол, а голову положил рядом. — Конечно, происходит! Человек погиб — это раз. Перстень за много миллионов попёрли — это два.

— Он не просто так погиб, — произнесла Антипия почти шёпотом. — Кто-то пытается мне что-то сказать и для этого принёс статуэтку. А я не понимаю!..

— Да, — согласился Василий Васильевич. — Статуэтку действительно кто-то принёс, если не ты сама это сделала. И голову ей отломали. Это... нехорошо.

— Плохо, — поддержала Антипия. — Совсем.

— Да что ты заладила — плохо, плохо! Ты утром, когда выходила на завтрак, дверь заперла?

— Да... по-моему. По-моему, да.

— Заперла? — грозно повторил Василий Васильевич.

Антипия огляделась по сторонам в растерянности.

— Я не всегда запираю. У меня и брать-то тут нечего, так что я не слежу...

— То есть ты не помнишь. Кто угодно мог зайти и положить статуэтку. Только вот вопрос зачем!..

— Чтобы я поняла.

— Ты поняла?

— Нет.

— Тогда вопрос зачем!..

И они уставились друг на друга.

Меркурьев постепенно осознавал, что появление богдыхана, как две капли воды похожего на покойного братка, в запертой или незапертой, неважно, комнате на кровати — явление совершенно материальное, и нет в нём никакой мистики и чудес. Вот как ему заморочили голову: на осознание этого простого факта потребовалось время! Статуэтку *принесли и положили*, а до этого ещё и голову ей отломали! Зачем? Хотели напугать? Именно её, духовную дочь Сантаны и последовательницу Пуришты? Чтобы она подняла панику?

Богдыхан на кровати — свидетельство чьего-то умысла, пока непонятно, злого или нет, но вполне человеческого.

Он покосился на вещунью. Она, должно быть, перепугалась всерьёз. Самое отвратительное — это следы чужого непрошеного присутствия в чём-то очень личном, интимном: в одежде, в постели, в ванной. Скорпион в пустыне вызывает желание обойти его стороной. Скорпион на подушке — панику и ужас.

Кто и когда мог принести статуэтку в комнату Антипии? Во время завтрака или когда они втроём искали перстень в комнате Кристины?

— Ты кому-нибудь говорила, что не запираешь дверь?

— Нет, ну что ты!

— К тебе кто-нибудь заходит? Из гостей? — Василий Васильевич подошёл и сел рядом. — За делом, вызвать духов, наложить проклятие?

— Я не накладываю проклятий, и ко мне никто не заходит!..

— И утром сегодня никто не заходил?

Это он спросил на всякий случай, для проверки.

— Приходила Нинель Фёдоровна, завтракать звала, потом ещё Стас с новым паролем, и... ещё кто-то, я забыла.

— Саня, — подсказал Василий Васильевич. — Он искал меня. Чтобы чокнуться. Кто-нибудь из них в комнату проходил?

Антипия подумала немного.

— Нинель точно на пороге стояла. Стас зашёл, у него пароль был на листочке записан, он его на стол положил. А третий сразу мимо меня в комнату влетел. Он ещё звал кого-то: дядя, дядя! А я ему говорю: нет тут никакого дяди!..

— Дядя — это я, — пояснил Меркурьев.

Расспросы не имели смысла — кто угодно мог подняться и положить статуэтку, если дверь всё время была открыта.

Значит, думал дальше Василий Васильевич, точно так же можно было зайти в комнату Кристины и стащить перстень. Если она тоже не запирает дверей!..

Эта простая мысль приободрила его. Ну, конечно! Нет никаких духов и привидений, кольцо мог украсть — и украл! — человек! Человек вошёл в комнату, взял кольцо и вышел, никем не замеченный.

— Заморочили вы мне голову, — сказал он Антипии. — И я тоже хорош!.. Кудахчете, с толку меня сбиваете. Знаки, духи!.. Чушь собачья.

Антипия громко чихнула, достала из складок одеяния носовой платок и вытерла нос.

— Я спрошу у Захарыча, может, в коридоре есть камеры, — продолжал Василий Васильевич. — Мы посмотрим, и всё сразу станет ясно.

Вещунья покачала головой:

— Камера ничего не покажет.

— Ну конечно! — согласился Меркурьев язвительно. — Потусторонние миры! Тонкая грань Вселенной!.. Ты обещала мне прекратить маскарад и извиниться перед людьми. Забыла?

— Мне нужно сходить на маяк, — сказала Антипия.

— Зачем?!

— Мне нужно, — повторила она упрямо.

— Сходи, — махнул рукой Меркурьев.

— Ты меня проводишь? Одной... страшно.

— Прихвати с собой Канта, — посоветовал Василий Васильевич. — Или Бесселя, если он объявится. Кстати, ты знаешь, что фамилия Емельяна — Кант? По крайней мере, он так записан в книге посетителей!

Она кивнула как ни в чём не бывало.

— Может, он сумасшедший? — предположил Меркурьев. — Или тоже аферист, вроде тебя?.. Или жулик?

Тут он остановился от неожиданности. А что если Емельян Иванович на самом деле жулик? В прямом смысле слова — вор?.. Что, если он приехал специально, чтобы украсть перстень Кристины? Он убеждал Меркурьева, что «полицмейстеры» помочь не могут, и это вполне понятно и объяснимо, если перстень утащил именно он.

Нужно узнать, что он делал утром — до завтрака и сразу после него. И где до завтрака была Кристина.

— Я пойду, — сказал Меркурьев. — Мне нужно кое-кого кое о чём спросить. Да! А почему ты сразу запричитала, что пропажа кольца — это очень плохо? Потому что оно дорогое?

Она вздохнула с сожалением.

— Я не могу рассказать. Если Кристина захочет, она сама тебе расскажет.

— Потусторонние силы не разрешают? — осведомился Меркурьев. — Ну-ну.

Он пересёк коридор, ключом открыл дверь в свою комнату и вошёл. И не поверил своим глазам.

В комнате никого не было. На столе стояли два стакана — один пустой, в другом капля виски.

— Саня! — позвал Василий Васильевич и прислушался. — Ты где? Мы в прятки играем? Выходи, выходи, маленький!..

Саня не отвечал.

Василий Васильевич прошёл в ванную, заглянул за штору, под ванну на всякий случай тоже заглянул — никого.

Тогда он вышел на балкон и посмотрел вниз.

Никаких следов Сани.

Средь бела дня из запертого номера на втором этаже пропал человек.

Натянув тёплую куртку, Меркурьев вышел на улицу, немного постоял на террасе, слушая, как шумит море — шу-уф, шу-уф!.. Туман уволокло за горизонт, облака поднялись, распушились, и днища у них налились синевой. Солнце светило, как летом, — щедро, широко, на всё море и весь пляж, а ледяной ветер словно добавлял радости жизни.

Э-эх, подумал Василий Васильевич, какой прекрасный у меня отпуск!..

Откуда-то, словно и впрямь из параллельной Вселенной, взялись все эти люди, словно материализовались, и заняли всё его воображение. Ему было... интересно.

Интересно, куда девался перстень, кто такой Емельян Иванович по фамилии Кант, что скрывает Кристина, а она явно что-то скрывает, долго ли пробудет Стас в рабстве у Лючии, удастся ли обратить и образумить Антипию, вставшую на скользкую дорожку, — тут Василий Васильевич громко засмеялся, спохватился и оглянулся по сторонам, не слышит ли кто.

Никто не слышал.

Без всего этого в прекрасном доме на самом берегу Балтийского моря было бы скучно, признался он сам себе. Ему никогда не бывало скучно в отпуске — он слишком много работал и слишком долго мечтал о холодном море и шуме дождя, чтобы позволять себе скучать, заполучив то и другое, — но ему и в голову не могло прийти, что есть ещё какая-то отпускная жизнь, кроме утренних пробежек, обедов, прогулок под дождём в полном и целебном одиночестве!..

Нужно было не кривляться, а пойти с Мурой на маяк, сказал он себе. То есть с Антипией, конечно!.. Впрочем, Антипия ему совсем не нравилась, раздражала даже, а Мура казалась милой — на кровати обезьяна с грустной коричневой мордой, маленький штрих, растрогавший его.

Василий Васильевич ещё немного постоял, глядя, как сверкает за кустами море, потом решил взять кофе и посидеть с чашкой в плетёном кресле — что может быть лучше!..

Через стеклянную дверь он вошёл в пустую, залитую солнцем гостиную и нажал кнопку на кофемашине.

И всё же куда делся из его комнаты Саня? Василий Васильевич видел единственное объяснение — у Сани был ключ от его собственной комнаты, и он подошёл к замку. Сане надоело сидеть, он открыл дверь своим ключом

135

и вышел. И теперь беспробудно спит — Меркурьев стучал к нему, но никакого ответа не дождался.

— И что, — спросили совсем рядом. — Никакого ответа?

Меркурьев, только что думавший этими самыми словами, вздрогнул.

— Да есть ответ, как не быть, — сказал другой голос. — Только ни к чему он не ведёт.

Василий Васильевич осторожно оглянулся.

Все ночные страхи и сомнения, когда он метался по тёмному коридору, пытаясь увидеть говорящих, сейчас вернулись. Он почти убедил себя, что тогда, в коридоре, ему слышались разговоры из другой части дома — звуковые волны иногда ведут себя странно! Просто где-то разговаривали люди, а ему показалось, что совсем рядом, и вот всё началось заново, и не ночью, а в самый что ни на есть солнечный день!

— Нужно было не с этого начинать, — заговорил первый голос. — Конечно, сейчас ты никакого ответа не дождёшься, да и дело это небыстрое.

— Рано или поздно дождусь, — перебил второй.

Никого не оказалось в гостиной и на террасе тоже — солнечный ветер отдувал шторы, и терраса отлично просматривалась. По ней ходили синие тени от облаков.

Меркурьев вспотел.

— А у нас времени нету, — продолжал первый. — Хорошо ещё, что так всё вышло, хоть и нельзя этого говорить, конечно, но всё равно, всё равно! Вот что ты будешь делать, если найдёшь?

— Там посмотрим. Лишь бы найти.

О чём они говорят? О пропавшем изумруде? Или о чём-то совсем постороннем? И почему опять о том, что времени мало? Что должно произойти совсем скоро?

— Вот именно! Это сейчас — лишь бы найти, а так-то подумать надо, если по-хорошему рассуждать.

— Да, тебе бы только рассуждать, а когда до дела доходит, так нет тебя.

— Я что, не помогаю?! Вот новость-то! Я?! Да я каждый день с утра до ночи только и делаю, что работаю!

— Работаешь, работаешь, успокойся!.. Вечно ты всё на себя переводишь, а я не об этом говорю!..

Кофемашина зафыркала, плеская в подставленную чашку крепкий кофе, и голоса затихли.

Василий Васильевич, инженер и материалист, человек образованный и неверующий, совершенно изнемог. Он подбежал к двери в столовую, распахнул её и заглянул — никого! — и перебежал к двери в коридор.

Он толкнул обе створки, и они разом распахнулись.

В коридорной нише на полосатом диванчике сидели рядком Нинель Фёдоровна и Виктор Захарович. В руках у Захарыча были какие-то бумаги.

Увидев разъярённого Меркурьева, они будто немного перепугались.

— Вася? — спросила Нинель, словно не поверив своим глазам. — Ты чего, милый?

— Я ничего! — рявкнул Меркурьев. — Это вы сейчас тут разговаривали?!

Старики посмотрели друг на друга и снова на него.

— Разговаривали, да, — подтвердил Виктор Захарович. — Я вот ответ получил, и Нинуле рассказывал...

— Какой ответ? — потребовал Меркурьев отчёта.

Они были так удивлены, что стали отчитываться сразу оба:

— Я уже год запросы посылаю в разные инстанции... Виктор дочку ищет, не может найти... А мне всё время отвечают, нет такой и не было никогда... Он переживает, как не переживать, когда уже год дело с места не двигается...

Василий Васильевич, глядя в их растерянные лица, вдруг моментально остыл и застыдился.

— Прошу прощения, — сказал он. — Мне просто показалось, что здесь всё какие-то тайны, духи, привидения, и я не сдержался. Извините.

— Да ладно, — сказал Виктор Захарович. — Бывает.

— А... какие запросы? — Меркурьев спрашивал просто так, чтобы сгладить неловкость. — Кому посылаете?..

— Да говорю же, дочку ищу. Уже год прошёл, а дело не с места. Никто не может помочь, куда я только ни обращался.

— У вас дочь пропала? — поразился Василий Васильевич.

— Да ну, типун тебе на язык, — энергично вступила Нинель Фёдоровна. — И ты, Вить, как будто объяснить толково не можешь!.. Ничего она не пропала, она и не находилась.

— Ну, ты-то всё понятно объясняешь! Куда мне!

— Так я и объясняю, — продолжала Нинель с напором. — У Вити в молодости жена была, и дочка родилась. Жена пожила в наших краях недолгое время, надоело ей тут всё, она подхватила ребёнка, да и укатила. И с тех пор Витя ни её не видел, ни дочку. Это ещё при советской власти было, давно.

— Деньги я посылал, — подхватил Виктор Захарович. — Такой у нас уговор был. Чтобы на ребёнка деньги бесперебойно поступали. Я и переводил.

— А что, по тому адресу, куда вы деньги переводили, никто не живёт? — спросил заинтересованный Меркурьев.

Нинель махнула рукой:

— Да и адреса никакого нету, Вася!.. Посылал он деньги до востребования, на главпочтамт или как это называется?.. А в прошлом году извещение получили, скончалась, мол, ваша супруга, уважаемый Виктор Захарович.

— Извещение? Кто его прислал?

— Да нотариус какой-то, фамилия указана, адрес конторы.

— И нотариус тоже не знает, где ваша дочь?

— Нет, — вздохнул Виктор Захарович. — Жена моя почему-то приказала меня известить в случае кончины, ну, он известил. А про дочь ничего не знает.

Василий Васильевич уперся спиной в стену и скрестил ноги.

— И вы никогда не пытались её разыскать? Раньше?

— Ну как не пытались, — вступила Нинель Фёдоровна. — Конечно, пытались, Васенька! Особенно, когда девяностые начались и жить совсем трудно стало! Витя-то в море ходил, получал неплохо, всякие вещички привозил, когда технику бытовую, когда телевизор или магнитофон. Сколько он писал туда, на почтамт! И ни ответа ни привета. А ездил сколько раз!

— В Москву, — подтвердил Виктор Захарович. — Сам искал и жену просил, в письмах, конечно. И всё без толку. Деньги получала, и дело с концом. Ни словечка человеческого ни разу в ответ не прислала. Одно только — отстань, мне без тебя веселее!

— Да, — сказал Меркурьев. — Видно, разозлили вы её крепко, раз она за столько лет не отошла.

Виктор Захарович посмотрел на него.

— Так я и не понял, в чём тогда провинился, — сказал он с тоской. — Всю жизнь думаю, что не так сделал! И не додумался ни до чего. Вот теперь бумагу извожу, во все инстанции пишу, на телевидение хотел обращаться!.. Даже не знаю, жива ли дочка моя, нет ли.

— Да что ты говоришь, Витя, — перебила Нинель Фёдоровна. — Молодая она совсем, конечно, жива! Найдём, найдём ее, дай время.

— Мало у нас времени, — сказал Виктор Захарович и встал. — А ты сам, Вася? Женатый?

Меркурьев сказал, что холостой, и спросил, сколько лет дочке.

— Так тридцать, всего ничего! — ответила за Виктора Захаровича Нинель. — Я же и говорю, найдём. Найдём!..

Василий Васильевич забрал было остывший кофе, но домоправительница отняла и вылила, да ещё выговор сделала, что Вася тянет в рот всякую гадость. Пришлось делать свежий.

С чашкой в руке он вышел на террасу, на ноябрьское солнце, сегодня так похожее на летнее.

— Нинель Фёдоровна! — крикнул он в дверной проём. — Вы меня слышите?

— Слышу, Васенька!

— А Емельян Иванович откуда взялся?

— Как? — Она показалась по пороге, отдёрнула занавеску. — Гость, откуда ему взяться! Отдохнуть приехал!

— В первый раз?

— Раньше не был.

— А вы знаете, что его фамилия Кант?

Нинель Фёдоровна ещё раз поправила занавеску, огладила её, чтоб не топорщилась, и вышла к Меркурьеву на террасу.

— Так ведь... фамилии разные бывают, Васенька. Хорошо, у тебя фамилия простая, русская — Меркурьев! Артист такой был знаменитый, ах, как я его любила! Ты его полный тёзка — Василий Меркурьев. А у нас на производстве инженер был, фамилию имел Филозопов! Мало ли какие они у людей, фамилии. Тот Филозопов, этот Кант.

— Кант, — сказал Меркурьев, полный тёзка знаменитого артиста, — всё же не Филозопов. А вы на производстве работали?

— В Калининграде, — охотно объяснила Нинель. — В конструкторском бюро «Факел» всю жизнь отработала, а потом на пенсию меня вытурили, Витя вот... подобрал.

— Вы всегда здесь жили?

— В посёлке мы жили, — Нинель кивнула куда-то в сторону лип. — Родители там домик получили, когда в сорок шестом году в Калининградскую область по разнарядке приехали. Тогда немцев всех вон высылали, а нашим тут жильё и работу давали. Земли-то чужие, немецкие. Кёнигсберг весь в сорок пятом сгорел, живого места не было. Бомбили его сильно. А Витя, Виктор Захарович, в этом доме родился и вырос. Папаша его генералом был и после войны здесь, на взморье, военным комендантом остался.

Она с любовью оглядела дом, и липы, и брусчатку.

— Родителя Витины хорошие люди были, добрые, щедрые. Всех окрестных детишек принимали, подкармливали. Я, считай, в этом доме выросла. Когда Витя надумал его продавать, мне показалось, вот-вот жизни лишусь. — Она вздохнула и пригорюнилась. — Покупатели ему сразу сказали, что под снос. Не будет дома больше. Ну, а он уже решил и отступать ни за что не хочет, как я его ни уговаривала!..

— Почему он решил дом продать?

— Так ведь годы, Васенька! Гостиницу держать — дело трудное, хлопотное. Сертификаты разные, и на алкоголь, и на продукты, и санитарные, и пожарные! И каждый год всё по новой. А уж как начальство поменяется, так хоть криком кричи, сразу тыща нарушений, мильон претензий. Устал Виктор Захарович. И дочку хочет найти. Хоть, говорит, погляжу на неё напоследок, а может, и внуки есть! Мы же не знаем... Вот продаст дом и в Москву уедет...

— Отсюда? — усомнился Василий Васильевич и, прищурившись, посмотрел на сверкающее море. — В Москву? Разве можно?

— Да я отговаривала, — с сердцем сказала Нинель. — Не слушает он меня. Слава богу, бумаги пока не подписал, может, до весны и простоит дом, не погибнет.

— Да бумаги подписать дело пяти минут, — заметил Меркурьев.

— То-то и оно... Сварить кофейку ещё? Или сам?

— Сам, Нинель Фёдоровна.

Он ещё немного посидел в плетёном кресле, обдумывая услышанное.

Виктор Захарович продаёт дом и уезжает в Москву искать дочь. Емельян Иванович Кант здесь впервые, и его странное имя домоправительницу не удивляет. Она всей душой против продажи дома, но переубедить Захарыча не может.

Что из этого следует?

Ничего. Из этого ничего не следует.

Один из потенциальных покупателей погиб нелепой смертью — ночью упал с маяка и разбился насмерть. У гостьи пропал драгоценный перстень неслыханной цены. Другой гостье — ясновидящей вещунье — в кровать подложили разбитую фарфоровую статуэтку, как две капли воды похожую на покойного покупателя.

А из этого что следует?..

Василий Васильевич поёжился — всё же ветер был ноябрьский, ледяной и колкий. Куртчонка на рыбьем меху грела плоховато, но уж очень не хотелось уходить с террасы, где было так просторно, солнечно, и невдалеке шумело море.

А ночные странные голоса! И книга, которая словно дразнит его!

Дорого бы он дал, чтоб застать возле книги злоумышленника — того, кто вздумал над ним, Меркурьевым, шутки шутить. Поначалу он думал, что это Кристина веселится, а сейчас склонялся к мысли, что Антипия, то есть Мура.

Ох, если он её застанет возле книги, он ей устроит! Так, чтоб её до печёнок пробрало! Чтобы стыдно стало понастоящему!.. Одной лекцией она не отделается! И вообще — она обещала ему осознать, всё обдумать и вернуться к честной жизни, но что-то не возвращается пока. Также Василий Васильевич не был уверен, что она осознаёт и обдумывает, хоть он и распорядился на этот счёт.

Тут Меркурьев с удовольствием засмеялся.

Нужно было не кривляться, а пойти с ней на маяк. По дороге сделать ей внушение, надавить на совесть, воззвать к порядочности.

Меркурьев встал, зашёл в гостиную и нажал на кнопку кофемашины. Ещё чашку — и хватит.

В солнечном коридоре мимо распахнутой двери мелькнула лёгкая тень. Меркурьев отклонился назад, чтобы не мешал угол буфета, и посмотрел, но ничего не увидел. Тень промелькнула и исчезла.

Кофе не спеша лился в чашку. Меркурьев понюхал вкусный кофейный пар и выглянул в коридор.

В глубине дома тяжело бухнула дверь, Василий Васильевич понял, что кто-то вышел. Ему было страшно любопытно, кто именно.

Он забрал с подставки чашку, отхлебнул, зажмурился от удовольствия, вышел на улицу и с чашкой в руке пошёл по брусчатке под липами. Разноцветные листья, ещё не сметённые на клумбу, приятно шуршали.

По мощёной дорожке в сторону букового леса уходила прекрасная Лючия. Рядом с ней телепался Стас.

Меркурьев замер, выглядывая из-за угла дома.

— Стасик, послушай, — говорила Лючия негромко. — Ты должен меня понять! Я хочу побыть одна, ну хоть немно-ожечко! Женщины иногда нуждаются в одиночестве гораздо больше, чем в обществе.

— В лесу? — недовольно переспрашивал Стас. Он широко шагал и был обут в зелёные резиновые сапоги. — В одиночестве? Это просто опасно, Лючия! Вы должны это понимать! Одну я вас не отпущу.

— Стасик. — Она остановилась, повернулась к нему и повысила голос.

Меркурьев поглубже задвинулся за угол.

— Стасик, ты не можешь меня отпустить или не отпустить. Я иду, куда хочу. А ты возвращайся к себе.

— Лючия, я должен вас проводить.

— Если ты от меня не отстанешь, я завтра же отсюда уеду, — сказала она, и непонятно, шутливой была угроза или нет.

— У вас свидание? — выпалил Стас.

— О господи, — пробормотала Лючия. Меркурьев скорее догадался, чем услышал.

Она была одета в клетчатый твидовый костюм — длинная юбка, узенький жакет с меховым воротником и маленькая шапочка на волосах. На руках коричневые перчатки — очень по-английски! Меркурьев из-за угла любовался ею.

— Стас, дальше ты не пойдёшь. Или мы незнакомы.

Эта фраза — мы незнакомы, — видимо, тоже из английской жизни, решил Меркурьев.

Лючия быстро пошла по дорожке, но остановилась, оглянулась, вернулась к Стасу и положила руку ему на грудь. Он моментально накрыл её своей.

— Не обижайся на меня, — попросила Лючия ласково. — Мне, правда, нужно побыть одной. Я погуляю и вернусь, обещаю тебе.

— Правда?

— Ну, конечно!

И она вновь быстро зашагала по дорожке к буковому лесу. Стас поглядел ей вслед и побрёл к дому. Возле самой двери он остановился и ещё раз оглянулся.

Меркурьев голову мог дать на отсечение, что он ринется за ней — или покрадётся, как получится, — но Стас посмотрел ей вслед и вернулся в дом.

Бабахнула, закрываясь, тяжёлая дверь.

Ну а мы, решил Меркурьев, пристраивая чашку на каменный парапет, люди не романтические, не мистические и не тонкие. Мы, пожалуй, посмотрим, куда она направляется, наша красота.

Он дождался, когда она войдёт под сень разноцветных буковых деревьев — очень высоких, странно высоких, в Средней Азии Меркурьев совсем отвык от таких деревьев, — ещё раз оглянётся на дом, и отправился следом за ней.

По дороге он выломал сухую ветку в ивовых кустах — если его засекут, он скажет, что ищет грибы. А что такого? Наверняка грибы ещё есть.

Брусчатка уходила в лес, как дорожка в парке, и потерять Лючию Меркурьев не боялся. Вряд ли она полезет в мокрую траву!

Он шёл, насвистывая, помахивал своим хлыстиком и думал о приключениях. Он не предполагал никаких приключений, когда уезжал из Бухары, мечтал только о холоде и дожде и неожиданно получил всё сполна. Ему нравилось об этом думать.

В лесу было просторно и светло, на самом деле как в парке. Буковые деревья, ещё не до конца облетевшие, шелестели кронами далеко вверху, и на дорожку и на траву время от времени ворохом сыпались листья. С правой стороны мелькнули в кустах какие-то развалины — то ли беседка, то ли садовый павильон. Василий Васильевич решил, что при случае непременно их исследует.

Можно позвать Антипию и исследовать развалины вместе. Она вызовет чей-нибудь дух. Интересно, духи приходят только в тёмные комнаты и непременно со столами, чтобы ими стучать, или в романтические беседки посреди леса тоже? Нужно будет спросить.

Дорожка всё не кончалась, и Меркурьев удивлялся — кому и когда пришло в голову мостить дорожку посреди леса? Или здесь когда-то был парк?..

Гигантский муравейник попался ему у поворота, Василий Васильевич остановился и посмотрел. Грандиозность сооружения завораживала — муравейник был Меркурьеву примерно по колено. Невозможно было представить себе, что муравьи — самые обыкновенные муравьи! — возвели такое огромное здание. Как если бы Василий Васильевич и его рабочие взяли и соорудили Фаросский маяк.

Он прикинул, правильно ли пересчитал пропорции и получилось, что неправильно. Он начал вычислять, и вышло, что сооружение должно было бы иметь двести пятьдесят метров высоты и метров четыреста в поперечнике.

Фаросский маяк, конечно, не кот чихнул, но до муравейника недотягивал.

Лючия совсем скрылась за деревьями, но Василий Васильевич нисколько не тревожился. В конце концов, слежка была задумана и предпринята исключительно как развлечение!..

Впереди замаячило нечто, явно рукотворное и не имеющее отношения к лесу — углы, прямые линии, жёсткие грани.

Виктор Захарович говорил что-то про охотничий домик Франца Фердинанда, до сих пор сохранившийся в лесу. Может, дорожка ведёт к нему?..

Василий Васильевич сошёл с брусчатки, прошёл через почти облетевший черничник и стал обходить развалины по дуге — слежка так слежка!..

Между деревьями мелькнула Лючия. Видно было плоховато, от света, тени, желтизны, зелени и пурпура листьев рябило в глазах, но Меркурьеву показалось, что она стоит, задрав голову, и рассматривает небольшое, почти обвалившееся здание красного кирпича.

Может, на самом деле решила просто погулять? Нет никакого свидания, и Стас не останется с носом?

Проваливаясь ногами в мягкий изумрудный мох, Василий Васильевич осторожно прошёл вперёд и засел в кустах, наблюдая за красавицей.

Развалины и впрямь оказались живописными — с одной стороны красный кирпич осыпался совсем, а с другой уцелела даже круглая башенка, почти такая же, как в доме Виктора Захаровича. Перед строением когда-то была довольно широкая площадка, тоже, по всей видимости, замощенная. Лючия, заложив руки за спину, прыгала по уцелевшим камням, постукивали каблуки её туфель, словно она играла сама с собой в классики.

Нет, подумал Меркурьев из засады, кого-то она поджидает. Не просто так взыскует одиночества!.. И сам удивился — поджидает? В лесу? Может быть, у неё ревнивый муж-кентавр, а из леса должен прибежать пылкий поклонник-фавн?..

Он захрюкал от смеха так, что затряслись и задрожали кусты, в которых он сидел. С них посыпались листья.

Как тогда Антипия сказала про помехи? Кто-то их наводит? Судя по всему, такие мысли, которым решительно неоткуда было взяться в голове у Василия Васильевича, тоже кто-то наводит!..

Он уже решил было выбраться из кустов и выйти ей навстречу — сидеть в засаде ему надоело, и ноги промокли, — когда увидел, что с другой стороны через лес пробирается человек.

Василий Васильевич замер в кустах.

Лючия тоже увидела движение в лесу, потому что остановилась, и спина у неё напряглась.

Человек вышел к развалинам. Это был самый обычный грибник — в ватнике, кепочке и резиновых сапогах. На локте широкая корзина.

— Ну? — негромко сказал грибник.

Лючия покачала головой.

— Что?

— Пока ничего нет.

Василий Васильевич вытянулся в струнку и почти не дышал — чтобы лучше слышать.

Мужик в кепочке нагнулся, сорвал травинку и сунул себе в зубы.

— Что так?

Лючия помедлила, потом ответила, голос звучал виновато:

— Непредвиденные обстоятельства.

— Какие ещё обстоятельства! — сказал человек с досадой. — Всё проще пареной репы.

— Нет, — возразила Лючия. — Не проще.

— Хорошо, — согласился мужик. — Когда? Я каждый божий день не могу сюда шляться.

Лючия ещё немного помолчала.

— Давай послезавтра.

— В это же время, — сказал незнакомец утвердительно. Огляделся по сторонам и стал уходить в ту же сторону, откуда пришёл.

Василию Васильевичу из разговора показалось, что человек этот — начальник, а Лючия — подчинённая.

Она немного подождала, постояла, глядя ему вслед, потом медленно пошла по дорожке к дому.

Меркурьев, сидя в кустах, прикидывал, о чём могла идти речь. Какие непредвиденные обстоятельства? Что проще пареной репы? Что должно было быть сегодня, но не получилось?..

Потом он перестал прикидывать, понимая, что ничего путного не надумает — у него не было никаких фактов, из которых можно делать выводы, и посмотрел на часы-компьютер.

Сориентировавшись и установив, в какой стороне море, Василий Васильевич двинул напрямик через лес. По его подсчетам, выходило, что он спустится к морю метрах в четырёхстах от начала «променада», но промахнулся.

Он скатился с обрыва в совершенно незнакомом месте и долго оглядывался, прежде чем сообразил, куда идти. Со всех стороны были песчаные дюны и море. Далеко на горизонте облака собирались в длинные полоски.

Меркурьев так и сяк изучал часы-компьютер, но они мало помогали. В конце концов, он сообразил, что если солнце от него слева, то нужно забирать правее, и пошёл.

Он шёл по песку довольно долго, ноги стали уставать, и очень хотелось остановиться, куда-нибудь сесть и сидеть долго-предолго, как вдруг на мысу он увидел маяк совсем с другой стороны!

— Ты даешь, Василий Васильевич, — себе под нос проборомотал Меркурьев. — А ещё тёзка знаменитого артиста, и все барханы в Бухаре тебе известны.

Он повернул в ту сторону и пошёл. Ноги заплетались и путались. Как это он так промахнулся?! И часы-компьютер, выходит, промахнулись тоже?..

— Ва-а-ся-я! Э-гей!..

Меркурьев приставил руку козырьком ко лбу и посмотрел. Стас радостно махал ему со стороны моря. Меркурьев вяло помахал в ответ. Он так устал, что даже дышал тяжело.

— Здорово, Вася! Откуда идёшь?

Он показал, откуда именно.

— Так там ничего нет, — удивился Стас. — Я все окрестности знаю. Если в ту сторону идти, сначала будет пляж, километра три, а потом обрывы начинаются. А больше ничего!..

— Я упражняюсь, — сказал Василий Васильевич, вспомнив утро, свою тренировку и как Саня решил «Скорую» вызвать, чтоб его спасти от смерти. — Набираю форму.

— А, — сказал Стас уважительно, — ну, в таком случае Бог в помощь.

И они вместе пошли в сторону маяка. Резиновыми сапогами Стас загребал песок, ветер закручивал маленькие песчаные вихри и сразу же разрушал и раздувал их.

— Эта Лючия хороша, да? Я таких в жизни не видел.

— И я не видел, — согласился Василий Васильевич.

— Как ты думаешь, кто она? Ну, чем занимается?

Меркурьев прикинул, чем может заниматься такая женщина. Получалось, что чем угодно — писать картины, играть на скачках, музицировать на виолончели — в общем, простыми, понятными, приземлёнными делами.

— Чем она может заниматься, — произнес он с досадой. — Ничем. Вариантов два: она жена богатого мужа или дочь богатого папаши.

— Вот, — обрадовался Стас. — Я тоже так думаю! Хорошо бы муж, конечно.

Василий Васильевич взглянул на него:

— Почему? Ты же за ней ухлёстываешь!

— То-то и оно, — вздохнул Стас. — Ухлёстываю. А вдруг она поведётся?

Меркурьев ничего не понял:

— Так это ж хорошо? Если поведётся. Или ты ухлёстываешь, чтобы вызвать у неё отвращение?

— Да не-ет, — сказал Стас энергично. — Ну, смотри, я за ней ухаживаю, она ведётся, у нас романчик, секс, то, сё. Потом я уезжаю в Москву, а она здесь остаётся. Если у неё есть муж, всё в порядке. А если нету? Начнутся претензии, слёзы, не бросай меня, мы созданы друг для друга, всякое такое. Оно мне надо?

— Не надо! — горячо воскликнул Василий Васильевич.

— Провинциальные красотки только в провинции и хороши.

— А она провинциальная?

— Наверняка, — сказал Стас убеждённо. — Слушай, Вась, а ты сам за ней не собираешься приударить?

Меркурьев промычал нечто неопределённое.

— Нет, скажи. Если собираешься, я тогда отступлюсь. Вон за Кристинкой поухаживаю, тоже ничего девочка. Чего нам время зря терять! У тебя отпуск длинный?

— У меня отпуск только начался.

— Ну, всё равно. Так не собираешься? Ухаживать?

Меркурьев посмотрел на Стаса. Тот вышагивал рядом, щурился от солнца и время от времени трогал свою бороду, словно проверял, на месте ли она — как всякая новая вещь, борода не давала владельцу покоя.

— Как ты думаешь, — спросил Меркурьев, оставив вопрос с ухаживаниями открытым, — кто мог у Кристины кольцо попереть?

Стас фыркнул:

— Без понятия. А ты?

— И я не знаю.

— А может, никто и не пёр? Вон Лючия говорит, что цена ему, кольцу этому, грош в базарный день. Может, Кристинка сама его припрятала и панику подняла? Просто так, для веселья.

— Да, — согласился Василий Васильевич. — Чего не сделаешь веселья ради! А почему Лючия с ходу объявила, что кольцо грошовое, мне совсем не понятно. Зачем она это сделала?

Стас удивился:

— Так она же сказала, что разбирается в камнях!

— Вот именно.

— Ну, значит, она знает, что говорит.

— Я ничего не понимаю в камнях, — признался Василий Васильевич. — Но даже мне очевидно, что камень настоящий, кольцо старинное и дорогое. Мы его все в руках держали и рассматривали!

Стас подумал немного:

— И чего ты там рассмотрел?

— Изумруд огранён так, что играет и переливается при любом освещении. Стекляшку так огранить нельзя.

— Откуда ты знаешь, Вася?

— Из химии, — буркнул Меркурьев. — Из школьного курса. Раздел «Природные минералы». А Лючия сказала — сувенир из китайской лавки! Зачем?

Стас пожал плечами.

— Ну, ей показалось, должно быть.

— Должно быть, — согласился Василий Васильевич. — Или она сказала это специально.

— Это что значит?

Василий Васильевич пожал плечами. Он и сам пока не понимал.

— Ты в лес ходил? — спросил он после паузы. — Захарыч говорил, там развалины какие-то интересные.

— Не хожу я в лес, — ответил Стас быстро. — Чего там делать? Сыро, темно. И какие там могут быть развалины? Небось дом заброшенный, и все дела. По области таких домов сколько хочешь. От немцев ещё остались. Я как-то в старинный форт лазил, вот там интересно. Решётки, переходы, колодцы какие-то. Говорят, в одном таком форте янтарная комната спрятана. Её ведь так и не нашли.

Они немного поговорили про янтарную комнату, потом Стас сказал, что пойдёт пиво пить — наверх уходила шаткая металлическая лесенка, очень крутая. Если по ней подняться, объяснил Стас, выйдешь прямиком в посёлок.

Меркурьев пить пиво отказался — не потому, что ему не хотелось, а потому, что пугала лестница почти что в небо, и проводил Стаса глазами.

— Как же, — пробормотал он себе под нос. — В лес он не ходит!

Когда Стас пропал за поворотом лесенички, Василий Васильевич побрёл дальше и через какое-то время добрался до маяка.

Облака придвинулись ближе, лёгкие, ажурные, розовые полосы, освещённые солнцем. Он остановился и стал рассматривать маяк, задрав голову.

Оттуда, с верхней площадки, свалился несчастный Ванюшка. Как он забрался во-он туда, где сидит на поручнях большой белый баклан? Один, ночью и сильно выпив?!

Меркурьев, преодолевая себя, полез по камням к подножию маяка.

Море шумело у него за спиной шу-уф, шу-уф, и вроде бы поднимался ветер. По крайней мере здесь он был гораздо сильнее, чем внизу на пляже.

Василий Васильевич обошёл маяк кругом. Вон полощется на ветру полосатая лента, ею было огорожено место, где лежал труп. Вон следы шин «Форда», их ещё не окончательно замело песком. Вон дверь с перекладинами, которая, казалось, сто лет не открывалась, а на самом деле открылась очень легко.

Меркурьев подошёл и потянул дверь на себя.

Она распахнулась, и он заглянул внутрь.

В полутьме сразу трудно было что-нибудь разобрать. На полу валялись какие-то ящики, должно быть, из них складывали костёр. В углу бревно, вынесенное когда-то морем и притащенное с пляжа. Видно, какая-то весёлая компания тут отдыхала. Нужно быть осторожным — битое стекло, железки, кучи дерьма, всего этого наверняка здесь в избытке!

Меркурьев постоял, привыкая к полутьме, потом негромко сказал:

— Эй!..

Отсыревшее эхо ответило глухо и негромко:

— Эй...

Василий Васильевич пошёл вдоль стены, обходя доски и ящики, и добрался до винтовой лестницы с отломанной секцией перил. Лестница по кругу уходила в высоту.

Подняться или нет?..

Там, наверху, делать нечего — площадка, скорее всего, давно разрушена, хорошо, если можно просто выйти и постоять. Да и подниматься наверняка небезопасно, лестница уж больно старая.

Василий Васильевич, размышляя таким образом, медленно и натужно поднимался по ступеням. Через каждые десять ступеней он делал перерыв, чтобы ноги немного отошли и снова начали слушаться.

Поднимался он долго и непрерывно ругая себя — куда его понесло, зачем?..

Чем выше, тем целее были ступени, и перила уже не торчали обломанными ржавыми зубьями. Кое-где покосившиеся, они тем не менее плотно сидели в каменных гнёздах. Василий Васильевич несколько раз тряс их, проверяя прочность, потом взялся изо всех сил, помогая себе забираться.

Сверху уже слышались отчётливые крики чаек и протяжный, тоскливый шум ветра.

Лестница заканчивалась каменной площадкой, на которой не было ни мусора, ни птичьего помёта. В середине площадки возвышалось нечто, напоминавшее круглую колонну — там, должно быть, горел огонь, когда маяк ещё действовал, предупреждая корабли об опасной близости берега.

Василий Васильевич, с трудом дыша, подумал, что берег не всегда бывает спасительным, иногда наоборот: близость берега означает гибель корабля. Так странно.

Опираясь рукой о каменный выступ, Меркурьев шагнул на площадку.

Здесь сильно дуло, ветер свистел в старой кладке. Пересиливая себя, Василий Васильевич выглянул за парапет. Земля казалась далёкой и неприветливой — камни, песок и больше ничего. Море, потемневшее за время, что он взбирался наверх, дышало грозно, невесть откуда взявшиеся волны били в каменное основание маяка, пена взлетала высоко, вода обрушивалась на стены и фундамент, и волны продолжали наступление.

Василий Васильевич поёжился, до того неуютным и грозным был мир, открывавшийся отсюда.

Зачем сюда понесло Ванюшку, да ещё среди ночи, да ещё в сильном подпитии? Как он одолел лестницу? По крайней мере, у него должен был быть с собой мощный фонарь, но когда тело осматривали, никакого фонаря при нём не нашли!.. Меркурьев всё время был рядом и точно знал, что нашли, а чего не нашли.

Нужно спускаться. А то унесёт прямо в море.

Лёгкие ажурные облака на горизонте собрались в набрякшие сизые тучи, сквозь край тревожно просвечивало солнце, ещё не окончательно сожранное небом.

Нужно уходить.

Василий Васильевич повернулся, чтобы начать спуск, ещё раз окинул взглядом площадку и заметил за поворотом круглой башенки нечто странное, задержавшее его внимание.

Повернувшись плечом к ветру, он сделал шаг, другой — и остановился.

Привалившись к башенке спиной, на площадке сидела Антипия. Голова у неё свесилась набок, глаза были закрыты. Белые одежды вздымал и трепал ветер.

— Ёрш твою двадцать, — очень тихо сказал Василий Васильевич.

Преодолевая ветер, он подобрался к ней, сел на корточки и взял её за подбородок.

Голова качнулась и перевалилась на другую сторону. Кожа была холодной.

Убита?..

Меркурьев схватил её за руку, тоже абсолютно холодную и безжизненную, и стал щупать пульс, но он не умел это делать и ничего не нащупал.

Тогда он схватил её за другую руку и стал искать пульс там, и тоже ничего не нашёл. Он принялся трясти её за плечи — голова моталась из стороны в сторону.

Как долго это продолжалось, он не знал, ему было так страшно, как никогда в жизни, и он пропустил момент, когда она открыла глаза.

Секунду назад Антипия была абсолютно, непоправимо мёртвой, и вдруг оказалось, что она смотрит на него.

— Ты что?! — заорал Меркурьев, когда обнаружил открытые глаза. — Чего ты здесь расселась?! Делать больше нечего?!

— Я... упала, — выговорили её губы. — Кажется.

— Куда, твою мать, ты упала?!

Она пошевелилась и отстранила его руки — он всё продолжал её трясти.

— Ударилась, — сказала она с трудом. — Головой. Или нет?

— Головой, мать твою, ты при рождении ударилась!..

Она задвигалась, встала на четвереньки и свесила голову, которой, по его мнению, ударилась про рождении.

— Больно, — пожаловалась она сквозь завывания ветра. — Как это я так...

— Кто тебя ударил?

— Никто не ударял. Я потеряла равновесие и упала.

— Дура! — рявкнул Василий Васильевич. — Вставай, пошли вниз!

— Сейчас.

— Не сейчас, а вставай!..

Он стал поднимать её, и вначале из этого ничего не выходило — ноги у неё словно выворачивались, — а потом получилось. Она поднялась, наваливаясь на него всем телом, и немного постояла, приходя в себя.

— Нужно спускаться, — продолжал орать Василий Васильевич. — Давай, шевелись!

Очень мешали её летучие одежды, они мелькали, путались, закручивались, Меркурьев, рыча от злости, то и дело отталкивал от себя тряпки.

— Заправь куда-нибудь хвосты! Мне ничего не видно!..

— Они не заправляются.

— Да-а-а! — проорал Меркурьев. — Сари — лучшая одежда на земле, я в курсе! Соберу всё и сожгу к чёртовой матери!..

По лестнице он шёл спиной вперёд и вёл её за обе руки. Она наклонялась к нему, делала шаг, и Меркурьев её подхватывал. Так они шли очень долго. От усилий он весь заливался потом, который попадал в глаза и затекал в рот.

Когда он почувствовал, как под ногой хрустнула деревяшка, не поверил своим ушам. Разломанные ящики были только в самом низу, и хруст означал, что они добрались!..

Антипия сошла с последней ступени, Василий Васильевич отпустил её, наклонился и упёрся руками в колени, стараясь отдышаться.

Снаружи грохотал ветер и ревело море.

— Что ты там делала? — спросил он, не разгибаясь. — Кто тебя ударил?

— Никто, — проблеяла вещунья. — Я стояла, смотрела вниз. Потом мне что-то показалось, я повернулась, наверное, слишком резко... Упала и стукнулась.

— Наверное! — передразнил Василий Васильевич. — Наверное, показалось! Креститься не пробовала, когда кажется?! Зачем ты туда полезла?

— Мне надо.

— Чего тебе там надо?!

— А тебе чего? — вдруг спросила она. — Ты зачем полез?

— А ну тебя!..

Меркурьев сел на ящик и рукавом куртки вытер лицо. Потом содрал куртку с себя и вытер ещё раз, подкладкой.

— Идём, — скомандовал он. — Сейчас дождь начнётся. Можешь? Идти?

Она несколько раз с силой кивнула.

Василий Васильевич крепко взял её под руку — сквозь белые одежды сочился жар, словно у неё поднялась температура, — и повёл по «променаду» в сторону гостиницы.

Тучи надвинулись, проглотили солнце, и далеко над морем словно колыхалась тёмная пелена — должно быть, там уже лило.

К террасе с балюстрадой они поднимались под оглушительный рёв моря. Дверь в гостиную оказалась заперта. Василий Васильевич не сразу сообразил, что открыть ее с этой стороны не удастся, всё продолжал дёргать, пока вещунья не схватила его за локоть.

— Нужно через ту дверь — прокричала она. — Бежим!

Они побежали, но на полпути дождь всё-таки ударил, яростный, плотный, совсем не похожий на унылые осенние дожди.

Белые одежды Антипии моментально намокли, повисли, облепили ноги. Василий Васильевич, толкая её перед

157

собой, добежал до козырька, потянул на себя дверь, и они очутились в вестибюле.

Свет не горел, было темно, как ночью.

— Х-холодно, — простучала зубами вещунья.

Василий Васильевич не отвечал.

За руку он потащил её по коридору — из гостиной сюда проливался неяркий свет, слышались голоса и какая-то музыка, — а потом по лестнице.

— Давай ключ.

— Я не закрывала, — трясясь, выговорила она.

— Это правильно, — одобрил Меркурьев.

В её комнате он сразу зажёг все лампы, прошёл в ванную и пустил горячую воду. Девушка стояла посреди комнаты и дрожала. С лица на белую мокрую ткань её наряда капали жёлтые капли, как видно, тот самый тональный крем стекал, которого у неё была тонна.

Так она говорила.

— Марш в ванную, — приказал Меркурьев. — Мне надоело с тобой возиться!..

Она побрела в ванную, на ходу разматывая с головы платок, тоже совершенно мокрый.

Василий Васильевич дождался, когда за ней закроется дверь, и отправился к себе.

В своей комнате он пристроил на батарею мокрую куртку — рыбий мех не подвёл, внутри куртка была лишь чуть влажной. Один о другой стащил ботинки и пошвырял их к стене.

Коньяк, лимон, чай, сахар. Какие ещё есть средства спасения?

Меркурьев сроду не принимал никаких таблеток и, как все мужчины, был твёрдо убеждён, что любые лекарства вредны для здоровья и отчасти даже опасны. Во-первых, они наносят непоправимый ущерб печени. Во-вторых, могут привести к импотенции. В третьих, лекарства принимают только старики и мнительные барышни.

Может, спуститься, разыскать Нинель Фёдоровну и попросить хоть аспирин? Импотенция Антипии вряд ли угрожает, а вот воспаление лёгких — возможно!

Василий Васильевич немного постоял, раздумывая.

Прямо сейчас звать Нинель он не станет — она примчится, начнёт хлопотать и больше ни за что не оставит их наедине, а ему хотелось расспросить пострадавшую девицу.

Он натянул на голые ноги сухие мокасины, стянул через голову влажную футболку и нацепил вчерашнюю тёплую кофту, мягкую, заношенную и от этого особенно приятную, сунул в карман узбекский лимон и вытащил из комода бутыль коньяку. Где-то у него были ещё узбекские орехи — калёные, крупные, не похожие на те, что продавали в Москве, он разыскал в вещах увесистый бумажный пакет.

Я всё разберу, мысленно пообещал он себе и Асмире и отправился в соседний номер.

Вода в ванной не шумела, но в комнате никого не было. Для верности Василий Васильевич заглянул за выступ стены — кровать была пуста, только сидела среди подушек коричневая обезьяна с грустной мордой.

Меркурьев включил чайник, сразу успокоительно зашумевший, закрыл дверь на балкон и задёрнул штору.

Чайник вскипел, Меркурьев успел выпить почти кружку, когда в ванной зашевелились и на свет божий показалась Антипия — нет, Мура, вот именно, Мура!..

Она была белая, с покрасневшими глазами и носом, с двумя глазами — третий смылся, — в халате и носках.

— Это я, — сказала она с порога и шмыгнула носом.

— Садись, — велел Меркурьев. — Я тебе чаю дам. Аспирин есть?

Она уселась на краешек кресла, ссутулила плечи и сунула ладони между колен.

Василий Васильевич проделал все необходимые манипуляции — при этом он хмурился и громко сопел, чтоб она видела, слышала и понимала, как он ею недоволен, — и поставил перед ней чашку. В янтарном огненном чае колыхался круг узбекского лимона.

Он уселся напротив, подождал, пока она отхлебнёт, и спросил грозно:

— Ну? Я жду объяснений.

— Ну, я пошла на маяк, — заговорила Мура. — Лезла туда, лезла! Мне лестницы противопоказаны, я всё время падаю. Папа говорит, что-то с глазомером, не могу правильно расстояние оценить. Папа говорит, что есть такая особенность мозга, и людям вроде меня нельзя машину водить, они всё время будут попадать в аварии. А всё потому, что мозг неправильно достраивает! То есть глазной нерв передаёт в мозг информацию, которую тот должен обработать, а обрабатывается она с погрешностью. Вот я, например, три-дэ фильмы тоже не могу смотреть. Все кричат — смотри, смотри, муха летит, сейчас на нос мне сядет! А я не различаю никакого объёма, я вижу плохую картинку, плоскую и размытую. Папа говорит...

Мурин папа Меркурьеву надоел.

— Ты пошла на маяк одна или с папой?

Она моментально заткнулась и уставилась на него. А потом сказала хмуро:

— Одна. Без папы.

— И что там произошло?

— Я забралась на площадку. Стала смотреть вниз, голова у меня закружилась. Я высоту не переношу, отошла от края, мне правда страшно было! Что-то там валялось, то ли бревно, то ли камень, я не рассмотрела, повернулась, споткнулась и упала.

— И что дальше?

— Дальше... ничего. Дальше помню, что ты меня трясёшь и орёшь.

Меркурьев помолчал, вспоминая.

— На площадке не было ни бревна, ни камня. Я точно тебе говорю! Там даже птичьего помёта почему-то нет! Ты что, упала на ровном месте?

— Да не на ровном! Я споткнулась!..

— Обо что?

— Я не помню! Что-то на полу валялось!

— Обо что ты ударилась?

Мура попила из кружки, сосредоточенно скосив глаза, потом сказала:

— Вася, я не знаю. Наверное об этот, парапет! Обо что я ещё могла удариться?

— Вот этого я не знаю, — произнес Меркурьев язвительно. — Обо что угодно! Об острые грани Вселенной или о край временного континуума!..

— Я понимаю, что ты мне не веришь.

— Верю! — воскликнул Меркурьев. — Каждому слову!.. Голова сильно болит?

Мура потрогала голову, сначала с одной стороны, потом с другой и призналась:

— Не очень. Так, просто побаливает.

Они помолчали.

Василий Васильевич взял богдыхана и стал приставлять ему фарфоровую голову. Она, ясное дело, не держалась, Меркурьев её ловил и приставлял опять.

Мура посматривала на его руки, потом сказала:

— Не трогал бы ты его.

— А что такое? — моментально взъярился Василий Васильевич. — Возмущаются энергетические поля потусторонних сил?

— Не знаю, — сказала она. — Мне не нравится, что ты его трогаешь.

— У меня два вопроса. Первый: откуда ты знала, что за маяком мёртвое тело? Когда мы первый раз к маяку забрались, ты точно знала, что там труп. Откуда?.. Ты что, его уже видела?

— Видела, — призналась Мура, — но не глазами.

— А-а.

— Вася, послушай. — Она поднялась и даже руки сложила, словно умоляя. — Ты просто послушай, не сердись.

Иногда я вижу, что будет. Я не думаю об этом, не фантазирую, просто откуда-то знаю — сейчас мы повернём за угол, и там будет мёртвый человек. И вижу картинку. Мы поворачиваем, и всё в точности так, как я видела только что. Это давно началось, я ещё маленькая была!

— Ты была маленькая и всё время видела мёртвых людей? Тебе лечиться нужно. Солнечные ванны, физкультура, электрофорез.

— Не людей!.. Вернее, не только людей! Я вижу события или картинки. Ну, как это объяснить-то!.. Папа собирался в командировку, а я точно знала, что он не полетит. Я ему даже говорила: пап, ты не полетишь! Они с мамой надо мной смеялись. Он уехал в аэропорт и через три часа вернулся — забыл паспорт, в самолёт его не пустили. Они потом допытывались, думали, что это я паспорт спрятала! Папа никогда ничего не забывает, а тут вдруг забыл!..

— А ты не прятала? — уточнил Меркурьев.

— Вася, мне было шесть лет! Я понятия не имела, что такое паспорт и где он лежит!.. Но я видела, как открывается дверь, входит папа и мы садимся ужинать. И никакой командировки!

Василий Васильевич вздохнул и опять принялся за богдыхана.

— Хорошо, допустим, — сказал он наконец. — Допустим, у тебя развита интуиция, хотя я ни в какую интуицию не верю, чушь это всё. Ну ладно. Тогда второй вопрос: зачем ты полезла на маяк? Что ты хотела там найти? Или спрятать?

Тут Мура сказала нечто такое, что заставило Василия Васильевича уставиться на неё в изумлении.

— Я хотела найти фонарь, — призналась она.

— Ты даёшь.

— У него должен был быть фонарь! — продолжала она с жаром. — Ты представь себе — ночь, да ещё, по-моему, пасмурно было, облака, луны нет. По «променаду» вдоль моря он дошёл, от моря всегда немного светлее. А внутри непроглядная тьма. И лестница!..

— Лестница, — согласился Меркурьев. — Ещё какая!

— Он не мог подняться без фонаря, а фонарь не нашли.

— Его и не искали.

— Вот именно. Я пошла искать фонарь.

— Нашла?

Вместо ответа Мура побежала к двери, схватила с пола мокрую белую торбу — парусиновый мешок на длинном ремне — покопалась в нём и выудила чёрную штуковину.

— Вот он. Валялся на самом верху. Я как только забралась на площадку, сразу его увидела.

Меркурьев взял фонарь и осмотрел его со всех сторон. Включил и выключил.

Обыкновенный дорожный фонарь — довольно тяжёлый, такой в карман не положишь, с мощным направленным лучом. Если повернуть линзу, луч становится рассеянным, широким.

Василий Васильевич раскрутил донышко и посмотрел, сколько там батареек. Их было четыре штуки, четыре увесистых «бочонка».

— Покойник где-то его взял. Или здесь в доме, или привёз с собой.

— А если он привёз его с собой, значит, собирался на маяк, — подхватил Василий Васильевич. — То есть ничего его не понесло по пьяной лавочке геройствовать.

— Из машины тоже не мог взять, — продолжала Мура. — Машина-то уехала!..

И они посмотрели друг на друга.

— Нужно спросить Захарыча, не давал ли он Ванюшке фонарь, — сказал Меркурьев. — Хотя можно и не спрашивать. Понятно, что не давал. А если давал, не признается.

— Но ты понимаешь, да, Вась? Ванюшка ехал сюда и знал, что пойдёт на маяк. Его туда кто-то вызвал.

— Кто?

Она пожала плечами.

— Зачем?

Она опять пожала плечами.

— А твоя знаменитая интуиция что нам говорит?

— Ничего не говорит. Молчит.

— Значит, грош ей цена, — с удовольствием подытожил он.

Ему очень хотелось перевести всё в нормальную, земную систему координат. Труп настоящий. Вот фонарь, вполне материальная штука. Пропавший изумруд — реальное событие.

Никаких видений, никаких озарений. Потусторонних сил тоже никаких!..

— Как ты думаешь, — спросил он. — Смерть Ванюшки как-то связана с похищением изумруда?

— Не знаю, — ответила Мура. — Вася, не надо говорить про изумруд. Пожалуйста.

— Что такое?!

— Ничего, ничего, — заторопилась она. — Просто это... совсем другая история. Я не могу тебе её рассказать.

— А кто может?

— Только хозяйка камня, больше никто.

— Значит, я спрошу её.

— Вот и спроси.

— И спрошу!..

Василий Васильевич отправился разыскивать Кристину. И не нашёл.

Девчонку с утра никто не видел, она исчезла бесследно.

Спал Меркурьев плохо.

Он проснулся среди ночи от грохота бури за окном. Море ревело, и казалось, что во тьме к берегу подплыли доисторические чудовища: это они ревут и беснуются. С чёрного неба лил ледяной дождь, и налил на полу меркурьевской комнаты довольно большую лужу, в которую Василий Васильевич попал, когда встал, чтобы закрыть окно. Поджимая мокрые пальцы, он некоторое время смотрел в темноту и думал, и мысли его были тревожны.

Известно, что ночью невозможно надумать ничего хорошего, уж так устроена ночь, особенно — осенняя, особенно — глухая, с дождём и бурей. Василий Васильевич думал, что изумруд стащили черти или духи, они же уволокли Кристину, потому что за перстень отвечает его хозяйка и больше никто. И теперь их не найти, они в другом измерении или в другой Вселенной, словно за волшебным стеклом — придётся просить Муру, то есть Антипию, чтобы она в мире духов поговорила с Кристиной, ведь отныне с ней никак не поговорить.

Ещё Василий Васильевич думал, что поблизости от дома в темноте бродит убийца — тот самый, что заманил Ванюшку на маяк. Он бродит по берегу, поджидая очередную жертву. Меркурьев словно даже видел его — в резиновых сапогах и кепке, с корзиной на локте, в корзине — набор отвратительных инструментов. От него не спастись. Он хитёр, умел и всесилен, ему служат силы тьмы. Эти силы уже заполучили одну жизнь и ведьминский перстень и теперь подбираются к Муре. С первого раза у них не получилось её убить, и они готовят новое наступление.

Меркурьев думал обо всём этом довольно долго. Потом его обуял ужас — от мыслей, темноты и грохота моря за окнами. Этот ужас, похожий на детский, он никак не мог унять. Он натягивал на голову одеяло, накрывал ухо подушкой, чтобы не слышать бури, — ничего не помогало, и только спустя время он догадался зажечь свет.

При свете стало полегче, он даже попробовал читать — у него была с собой книжка про Ходжу Насреддина. В Бухаре Меркурьев как-то набрёл на памятник весёлому и неунывающему страннику Насреддину и обрадовался. Это был словно привет из далёкого, чудного прошлого, когда все сказки казались правдой и не было ничего невозможного. И в голову не приходило сомневаться в том, что Ходжа Насреддин выйдет победителем из любой передряги, накажет гнусного ростовщика Джафара, спасёт дорогую прекрасную Гюльджан и выдаст своего серого ишака за очарованного принца!.. Только так и может быть, только так правильно.

Василий Васильевич некоторое время читал, и Ходжа помогал ему, прогонял страх, веселил и утешал.

Меркурьев сильно мёрз под одеялом — в комнате похолодало, окно нужно было раньше закрыть, но вечером он и не вспомнил про него. Ноги были совсем ледяными, хотелось встать и взять ещё одно одеяло, но невозможно было себя заставить. Так он лежал, читал, замерзая всё больше и больше, а потом в его камине зажёгся огонь.

Только что Меркурьев смотрел в этот самый камин и мечтал, чтобы он пылал — огонь спас бы его. Но камин был холоден и безучастен, дрова сложены в топке — для красоты, а не для тепла. Подтыкая под пятки одеяло, Василий Васильевич услышал словно лёгкий хлопок воздуха, а потом щелчок, оглянулся в изумлении — и замер.

В камине горел огонь.

Он горел так, словно разожгли его уже давно — ровно и сильно, ярким весёлым пламенем. Дрова налились сухим жаром и потрескивали.

— Ёрш твою двадцать, — сказал Василий Васильевич, тараща глаза на пылающий камин.

Нужно было встать и подойти к огню, но у инженера Меркурьева отнялись ноги.

Он сидел на кровати, смотрел на огонь и не мог встать.

Спустя некоторое время его словно отпустило, он откинул одеяло и подошёл к камину. Огонь пылал, дрова весело потрескивали.

— Что это значит? — требовательно спросил Меркурьев у очага. — Ты откуда взялся?!

Огонь ничего не отвечал, продолжая плясать.

— Так, секунду, — сказал инженер. — Сам по себе огонь вспыхнуть не мог. Я его не зажигал. Вопрос: кто зажёг?..

Чувствуя себя последним идиотом, он обошёл всю комнату и ванную, заглянул за шторы и под шкафы, отодвинул комод, чтоб удостовериться, что под ним никто не засел.

Никого.

Меркурьев полез было в дымоход, чтобы посмотреть, нет ли там автоподжига, но в дымоходе было горячо, он только сажей перемазался!..

Он выглянул в коридор и послушал. Дом спал, стрельчатое окно лестницы заливал дождь. Он закрыл дверь, запер её на замок, проверил, закрыта ли, завернулся в одеяло и сел к огню.

— Дурь какая-то, — жалобно сказал он, помолчав. — Ну, ёлки-палки, ну, так не бывает!

— Вы о чём изволите говорить? — раздался у него за спиной негромкий голос. — В чём ваши сомнения?

Инженер Меркурьев вскочил, схватил кочергу и приготовился к бою.

В кресле возле круглого столика сидел человек, совершенно незнакомый. Он был довольно молод, кудри до плеч. Как ни в чём не бывало он качал ногой, на которой болталась домашняя туфля. Туфля неожиданно слетела, и человек, немного съехав в кресле, стал нащупывать её босой ногой, чтобы снова нацепить.

— Вы кто?! — рявкнул Меркурьев. — Как вы сюда...

— Полно! — перебил его незнакомец, нащупав туфлю. — Вы же понимаете, что я не вошёл в дверь и не влетел в окно! Вы разумный человек.

— Я?! — поразился Меркурьев. — Как вы сюда попали?! С балкона залезли?! Вы что, новый гость?!

— Старый, — сказал незваный гость. — Фридрих Вильгельм Бессель, с вашего позволения. Я не гость, а хозяин. То есть бывший хозяин! Этот дом давно принадлежит другим людям. Поставьте кочергу. Вам не к лицу ею размахивать.

— Уходите отсюда, — велел Меркурьев.

Человек в кресле засмеялся.

— И вы ни о чём не хотите меня спросить?.. Вам не интересно?

— Мне интересно, как вы сюда попали.

— Это самое примитивное. Догадайтесь сами.

Воцарилось молчание.

С кочергой в руке Меркурьев чувствовал себя глупо. Гость продолжал качать ногой.

Он не перелез с балкона. Дверь заперта, как и та, что в коридор. На улице льёт, а гость абсолютно сухой — и волосы, и одежда.

Вот оно!.. Одежда!..

Незнакомец был в джинсах и клетчатой байковой рубахе. Василий Васильевич приободрился.

— Фридрих Бессель?

— К вашим услугам.

— Вы сказали, что вас можно спросить?

— О чём угодно.

— В ваше время тоже носили джинсы?

Человек засмеялся и опять обронил на паркет туфлю. Съехал в кресле и стал шарить ногой.

— Нет, — сказал он. — Я, конечно, мог явиться в сюртуке, панталонах и шейном платке. Но это очень неудобно. Правда! Со временем одежда меняется в лучшую сторону. Вы одеваетесь гораздо более удобно и рационально, чем мы. Это всё, что вас интересует, Василий Васильевич?

— Меня интересует, кто вы такой и как сюда попали.

Гость вздохнул.

— Скучно с вами, — сказал он. — Между прочим, Гаусс мне говорил когда-то, что человеческий разум даже не то чтоб ограничен, а чрезвычайно однобок. Я ему не верил. — Тут он счёл нужным пояснить, — Гаусс — мой учитель. Теорему Гаусса вы ведь знаете?

— Знаю, — буркнул Меркурьев. — Мы её в университете проходили.

— Ну вот.

Меркурьев пристроил кочергу на место и осторожно приблизился к круглому столу.

— Присаживайтесь, — предположил Бессель. — Поговорим?

В ночном госте не было ничего... сверхъестественного. Меркурьев голову мог дать на отсечение, что он состоит из плоти и крови, никакой бестелесности!.. Он качал ногой, двигался, вздыхал, ерошил кудри. Меркурьеву показалось даже, что в пляшущем свете камина он видит, как бьётся жилка у гостя на шее.

— Это вы затопили камин?

— Я. Люблю огонь, привык. Мы всё делали с огнём — занимались, обедали, читали.

— Откуда вы взялись?

Бессель пожал плечами.

Меркурьев сел в кресло, поправил на плечах одеяло, и они стали смотреть на огонь.

— Почему вы взялись за астрономию? — вдруг спросил Меркурьев. — Вы ведь прежде всего астроном, а потом математик! Но почему астрономия? В ваше время не было ни измерительных приборов, ни спутников, ни телескопов!..

— Исключительно с практической целью, — охотно ответил гость. — Я же начинал конторщиком в торговом доме!.. Торговля в моё время — это мореплавание. Я учил географию и навигацию. Вернее, навигационную астрономию. Между прочим, все вокруг говорили, что я ненормальный, даже Агнесса. Особенно Агнесса. Зачем торговцу астрономия? Но я был уверен: чтобы доплыть, нужно знать, куда плыть. Потом я вычислил долготу Бремена, просто так, при помощи самых примитивных инструментов. — Бессель махнул рукой. — Вам сейчас это трудно понять, а тогда я ликовал.

— Ещё бы, — задумчиво сказал Меркурьев.

— Ну, а потом торговать мне уже было неинтересно. «Небесная механика» Лапласа казалась мне гораздо более увлекательной, чем учёт кип шерсти и мешков гороха. А вы?

— Я?

— Вы тоже учёный? Иммануил мне говорил.

Василий Васильевич вновь заволновался.

— Кто вам говорил?

— Кант, — сказал Бессель как ни в чём не бывало. — Иммануил Кант, великий философ. Мы с ним, знаете ли, пересеклись в Альбертине, так называли Кёнигсбергский университет. Мы служили там оба, но это продолжалось лишь год, и тогда знакомы не были. Кант намного старше! Он работал там на кафедре логики и метафизики с тысяча семьсот пятьдесят пятого года, а я начал только в восемьсот четвёртом, как раз в год его смерти. Он меня не интересовал. Мне казалось, что философия — редкая глупость. Познакомились мы позже... гораздо позже.

— Кант, — медленно выговорил Меркурьев, — говорил вам обо мне?

Бессель кивнул.

— Мы обсуждали, что происходит в моём доме. То есть в моём бывшем доме! И он мне рассказал о вас. Он здесь уже некоторое время наблюдает за происходящим.

Василий Васильевич медленно и глубоко дышал, пытаясь унять волнение.

— То есть Емельян Иванович — на самом деле Иммануил? И его фамилия Кант, потому что он и есть Иммануил Кант?

Бессель махнул рукой.

— Его вечные штучки! Он обожает переводить на русский язык имена и фамилии. Его это развлекает. Вот, например, Иоганн Себастьян Бах для него — Иван Севастьянович Фигашкин. Бах — значит, фигак, и упал! Это глупо, конечно, но никто из нас не возражает.

— Я сошёл с ума? — спросил у великого математика инженер Меркурьев. — Как вы думаете?

— Думаю, нет.

— Конечно, сошёл, — не согласился Меркурьев. — Я же не могу на самом деле с вами разговаривать! Ночью! У камина! В две тысячи семнадцатом году!

Бессель замотал головой, рассыпались его кудри.

— Даты тут ни при чём, господин инженер! — энергично возразил он. — Я сейчас не стану в это вдаваться, но время не линейно. Оно трёхмерно, как и весь остальной мир. Можно из любой его точки попасть в любую на другой оси. Это довольно легко посчитать.

— Я ничего не понял.

— Ну, мы завели слишком серьёзный разговор для такого неверного времени суток. Ночь — самое неверное время. Хотя я бы вам с удовольствием объяснил. Я сам вывел формулу.

— Как вы сюда попали? — повторил в сотый раз Меркурьев.

— Иммануила позвали, а я увязался за ним.

— Кто позвал Канта?

— Вы знаете, — произнес Бессель с досадой.

— То есть всё правда! Духи, привидения и прочая ерунда?!

— Я не привидение, Василий Васильевич.

— Тогда кто вы?

Фридрих Бессель опять пожал плечами.

— Вы давно умерли, — с нажимом сказал Меркурьев. — То есть Фридрих Бессель давно умер! В каком году?

— В тысяча восемьсот сорок шестом.

— Ну вот! Вы умерли и не можете со мной разговаривать!..

— Самое интересное, что у меня даже нет могилы, — сообщил Бессель и засмеялся. — Честное слово! Нет, то есть она была, и я даже точно помню где, возле Кёнигсбергской обсерватории, на холме. Прекрасное место, оттуда открывается чудесный вид!.. А потом её потеряли, и в вашей временной точке это всех почему-то волнует. Горожане бегают и кричат, что могила Бесселя утрачена!.. Я сам читал. И видел... такое смешное слово... репортаж по телевизору, вот как!..

Василий Васильевич молчал.

— А у Канта есть могила, — сказал Бессель. — И он этим гордится.

— Н-да, — процедил Василий Васильевич.

Бессель встал, обошёл сгорбившегося в кресле Меркурьева и подбросил в огонь поленьев.

— Вы всегда являетесь, когда вас зовут?

— Нет, разумеется. Всё зависит от того, кто и по какому делу.

— То есть дело, по которому сюда позвали Иммануила Канта — серьёзное?

Бессель подумал немного:

— Довольно серьёзное. Речь идет о жизни людей и... не только людей. Есть такие точки в пространстве, на которые нельзя посягать.

— М-м-м, — сквозь зубы простонал Меркурьев.

— Да что с вами?! Я не говорю ничего сверхъестественного! Вот этот дом — такая точка. На нём многое держится, не только здесь, у вас, но и у нас. А на него посягают. Поэтому когда к Иммануилу обратились, он сразу сюда отправился, а я за ним, это я вам уже говорил и повторяю. Как-никак дом-то мой, я всех тут знаю.

— Кого?

— Обитателей.

— Виктора Захаровича, что ли?!

— Нет, его я как раз не знаю. Я... других знаю.

Меркурьев понял, что дело плохо. Он уже почти поверил, что Фридрих Бессель в джинсах и клетчатой рубахе сидит с ним рядом возле камина. А в это никак нельзя было верить! Одна возможность этого обращала в прах всё, что Меркурьев знал ранее, во что верил и на что полагался.

Есть законы — ясные и понятные физические законы, по которым живёт мир. Согласно этим законам из могилы нельзя восстать, из прошлого нельзя явиться, с покойником нельзя поговорить.

Эти законы объясняют не всё.

По большому счёту они объясняют совсем немногое — только видимую часть мира, — но они существуют, и в них верить легко и просто. Они описывают некую модель мира, гораздо более примитивную, чем реальность, но ведь описывают же худо-бедно!.. Наплевать на эти законы — значит признаться, что о мире неизвестно вообще ничего, ровным счётом ничего!

Василий Васильевич был не готов к этому.

Ему хотелось, чтобы всё это оказалось сном.

Он спит, за окном бушует буря, и ему снится сон — отчетливый, как 3D-фильм, который не может смотреть Мура, потому что у неё не развит мозг!..

Или развит неправильно.

— Хорошо, — громко сказал он. — Пусть так. Кант явился, и вы за ним. Что я должен сделать, чтобы, как вы говорите, эта точка в пространстве не утратилась? Дом продаётся, рано или поздно его кто-нибудь купит и снесёт. Не сейчас, так через год.

— Видите ли, в чём дело, — произнес Бессель вкрадчиво. — Мы не даём никаких заданий. Мы можем дать совет, но никак не задание.

— Хорошо! — рявкнул Василий Васильевич. — Дайте мне совет!

— Найдите изумруд и девушку, — сказал Бессель. — Вот вам мой совет.

— Изумруд украл тот, кто убил Ивана?

— Не знаю, — пожал плечами Бессель. — Не интересуюсь.

— Тогда при чём здесь изумруд?

— Ну-у-у, сами разберётесь.

— А девушка? Куда она делась? Где её искать?

Бессель засмеялся.

— Смотря какая девушка имеется в виду!

— Кристина? — уточнил Василий Васильевич.

Бессель поднялся.

— А вашей подруге передайте, что с её силой нужно быть осторожнее. Она вызывает такое возмущение поля, что его трудно сдерживать. Присмотрите за ней. Она очень сильна, но не слишком умеет с этой силой управляться.

— За Мурой присмотреть?!

— Подложили бы вы еще полено, — посоветовал Бессель. — Смотрите, почти все прогорело.

Василий Васильевич сбросил на кресло одеяло, подкинул полено в камин и пошевелил угли кочергой, чтоб ярче горели.

— Ладно, — сказал он, вешая кочергу на крюк. — Допустим, я вам верю. Допустим, здесь происходит нечто таинственное и непонятное. Но всё же кто вы?..

Он повернулся.

Никого не было в кресле возле круглого столика. И одеяла не было, исчезло вместе с гостем.

— Хороши весной в саду цветочки, — пропел Василий Васильевич задумчиво. — Ещё лучше девушки весной!..

Он вернулся на кровать, лёг и закинул руку за голову.

Да нет, не было здесь никакого Фридриха Бесселя, умершего в тысяча восемьсот сорок шестом году, директора Кёнигсбергской обсерватории!..

Или был?..

Или ему, Меркурьеву, всё-таки приснился 3D-сон?!

Огонь — Василий Васильевич приподнялся и посмотрел — весело пылал в камине. Одеяло пропало неизвестно куда. Хорошо хоть в комнате тепло!..

Время может быть трёхмерным? Вообще этот фактор математически не описан, так что рассуждать не о чем. Не может, и всё тут.

А если может, и на самом деле можно попасть из любой точки в любую точку, если знать координаты? Бессель занимался навигационной астрономией, предположим, есть и навигационное времяпередвижение?

Господи, какая ерунда, какая глупость...

Но Бессель был здесь, в этой комнате. И не нужно убеждать себя, что его не было — он сидел в кресле и качал ногой в тапке, как самый обычный человек.

Но он давно умер!.. Даже его могила потерялась. И теперь все горожане бегают и ищут её...

Василий Васильевич проснулся, вскочил и стал оглядываться по сторонам.

За окном шёл дождь, стёкла были залиты неровными струями. В камине дотлевало полено, светилось ровным спокойным светом. Книжка о Ходже Насреддине лежала рядом на постели. Василий Васильевич схватил её и почитал немного.

Осторожно положил книгу и покосился на кресло.

Никого.

Он с шумом выдохнул.

Ну, значит, сон. Однако какой подробный, затейливый, удивительный сон!..

Огонь в камине наверняка зажёгся потому, что у Виктора Захаровича придумана система поджига. Наверняка! Вообще с ним нужно поговорить — у него в доме и столы вертятся, и свечи гаснут, и огонь зажигается сам по себе! Кто-то всё это придумывает, причём неплохо, какой-то дельный инженер!..

Меркурьев встал, сунул ноги в шлёпанцы и открыл балкон.

Шум дождя, запах сырости и моря ворвались в комнату. Буря под утро улеглась, а дождь всё шёл, мелкий, торопливый. Под балконом от дождя шуршали листья.

Как было холодно ночью, подумал Василий Васильевич. И как меня спас огонь!

Тут что-то словно стукнуло его в темечко. Он охнул и повернулся.

Одело пропало! Его забрал Бессель!

Меркурьев подбежал к креслам — никакого одеяла. Он переворошил постель — книжка о похождениях Ходжи Насреддина полетела на пол.

Одеяла не было.

Меркурьев выскочил на балкон, под дождь, и заглянул вниз.

Внизу была терраса с каменной балюстрадой, мокли плетёные кресла, оставшиеся с лета, и больше ничего.

В совершенной растерянности Василий Васильевич вернулся, присел на корточки перед камином и, морщась от жара, попытался заглянуть внутрь. Камин был самым обыкновенным — четырёхугольная пасть с решёткой, на которой догорали дрова. Никаких хитроумных приспособлений он не заметил.

— Это просто чёрт знает что такое! — заревел Василий Васильевич. — Это нечестно!..

Очень сердитый, он напялил спортивные трусы, футболку и кроссовки, с размаху саданул дверью так, что, должно быть, Мура в своей комнате упала с кровати, сбежал по лестнице, которая охала и стонала от его топота, и выскочил в дождь.

Первые десять минут он бежал изо всех сил, словно за ним гнались оба — и Кант, и Бессель. Дождь моментально намочил одежду, она прилипла и противно двигалась на нём, елозили мокрые тряпки.

Через пять минут Меркурьев начал уставать, а впереди был весь путь до самой лестницы, которую к концу отпуска он намеревался взять штурмом. Зато ночные мысли стали отставать, не успевали за атлетом Меркурьевым.

Он задышал ровнее, правильнее, стал работать руками и контролировать ноги, чтобы они тоже двигались правильно, как у атлета.

Отросшие волосы намокли и лезли в глаза. Капли с них текли за шиворот и в уши. Василий Васильевич то и дело стряхивал с них воду, и всё без толку.

Не было никакого Бесселя. Просто потому, что не могло быть!.. Огонь в камине зажёгся не сам по себе, там точно есть система поджига. Одеяло... Куда делось лоскутное одеяло?..

— О-де-я-ло у-бе-жа-ло, — в такт шагам повторял Меркурьев. — У-бе-жа-ло о-де-я-ло!

В дождливом сером мареве видно было плохо, но ему показалось, что по берегу кто-то идёт — в длинном плаще и с зонтом, сердце сразу сбилось, и дыхание перехватило.

Что там такое? Опять призраки?

Василий Васильевич наддал, чтобы не обращать внимания на призрак, чтобы убежать от своих мыслей и сомнений и приказал себе не оглядываться.

Он добежал до маяка, понял, что больше не может — сердце разорвётся и он упадёт замертво, — и разрешил себе повернуть обратно.

Теперь с волос текла не вода, а пот, и во рту было солоно. Изо всех сил стараясь не перейти на шаг, он добежал до подъёма к террасе и одолел его, повалился в плетёное кресло и замер, подставив лицо дождю.

— Доброе утро.

Меркурьев распахнул глаза.

Со стороны моря приближалась Лючия с большим зонтом. Клетчатый плащ укутывал её от шеи до ног, на плотных волосах — островерхий колпачок.

Меркурьев вытер лицо подолом майки и облизал губы.

— Вы и в дождь тренируетесь? — спросила она.

— Стараюсь, — прохрипел он.

— Завидую вам, — сказала Лючия. — Я ни на что подобное не способна. Самое большее — утренняя прогулка. Ночью была буря. Вы слышали?

— Слышал.

— И так похолодало!.. Мне пришлось спуститься вниз, разбудить прислугу и попросить второе одеяло.

— Разве в вашей комнате нет камина?

— Есть, — живо ответила Лючия. — Но не стану же я сама его разжигать! Да ещё среди ночи!..

— То есть у вас камин не горел, — констатировал Меркурьев.

— Да нет, что вы. А вы затопили?

— Он сам зажёгся.

— У вас электрический?

— У меня мистический, — пробормотал Василий Васильевич. — Не обращайте внимания.

— Вы не знаете, куда делась девушка? У которой пропало колечко?

— Понятия не имею, — ответил Меркурьев мрачно. Он вообще мрачнел с каждой минутой.

Значит, не все камины в доме оборудованы поджигом, так получается? Не все, а только некоторые, например, в его комнате! И про Кристину он позабыл, а теперь вот вспомнил. Она же пропала! Бессель ночью сказал — найдите девушку!..

— Зачем она вам понадобилась? — не очень-то вежливо поинтересовался Василий Васильевич.

Лючия посмотрела на него с удивлением.

— Я хотела узнать, нашла ли она свою пропажу. Ведь нехорошо, когда в гостинице воруют! Вдруг кольцо на самом деле украли?.. Или девушка совсем уехала?

— Я не знаю. Спросите у хозяина.

Лючия посмотрела на него с негодованием.

— Я спрошу, — молвила она холодно. — Хорошего вам дня.

Сапожки на каблучках рассерженно протопали по брусчатке, Лючия сложила зонт и пропала за дверью.

Меркурьев проводил её глазами.

Где он станет искать Кристину? Как её искать? И зачем?

Повздыхав, он вернулся в дом, принял душ, развесил мокрую одежду на батареях — комната моментально стала выглядеть, как общежитие для рабочих в Бухаре, — оделся и постучал Муре.

— Кто там? — сонным голосом спросили из-за двери, и Меркурьев велел:

— Открывай!..

Она появилась на пороге — волосы всклокочены, на щеке след от подушки, глаза не смотрят, в руке коричневая обезьяна.

— Который час? — пробормотала Мура. — Ты что, с ума сошёл?.. Я сплю, у меня температура!

И, бросив его на пороге, она вернулась в комнату, забралась в кровать и с головой накрылась одеялом.

Василий Васильевич вошёл, цепким взором охватил комнату — камин не горел, лишних одеял не наблюдалось, — и сказал:

— Вставай, пойдём завтракать. Голова болит?

— Я не хочу, — проговорила Мура из-под одеяла. — И голова не болит. А может, болит, я ещё не поняла.

— Я сюда принесу, — не отставал Василий Васильевич. — Что ты хочешь? Апельсинового сока?

— Спать я хочу, — сказала Мура и откинула одеяло. — Слушай, с кем ты разговаривал полночи?

— Я?! — поразился он.

— Ещё так громко, ужас. Я несколько раз просыпалась и всё время слышала разговор. Кто у тебя был? Опять этот Саня?

— Фридрих Вильгельм Бессель, — бухнул Меркурьев. — Двухсот двадцати лет от роду. Он притащился сюда за Кантом, а Кант явился на твой зов.

Мура глядела на него расширившимися глазами.

— Что уставилась? — грубо спросил Василий Васильевич. — Я тебе говорю как есть.

Встал на четвереньки и полез головой в камин.

Камин как камин. Огнеупорные кирпичи, судя по цвету, очень старые. В дымоходе отдалённо гудит ветер и оттуда сверху слегка тянет гарью и дождём. Кованая решётчатая подставка на коротких чугунных ножках, чтоб ссыпалась зола, на подставке три сухих полена. Меркурьев подёргал медную рукоятку дымохода. Заслонка с грохотом открылась и закрылась.

Никакого автоподжига, никаких жульнических приспособлений — это был честный и прямолинейный камин.

— К тебе приходил кто-то из... них? Из тех?..

— А? — Меркурьев оглянулся.

Мура стояла рядом с кроватью, завернувшись в одеяло. Вид у неё был ошалелый.

— Главное, я ничего такого не делал, — пробормотал Василий Васильевич. — Водку не пил, косяк не забивал. А Бессель явился!

— Что он сказал? — требовательно спросила Мура и взяла Меркурьева за плечо горячей рукой. — Он должен был что-то сказать, раз уж пришёл!..

— Сказал, что его могилу потеряли и теперь ищут всем городом, — буркнул Василий Васильевич. — Ещё признался, что в джинсах удобней, чем в шейном платке и панталонах.

— Вася!..

Меркурьев вскочил.

— Не было никакого Бесселя! — Он словно выплюнул это ей в лицо. — Понятно?! Нет, он был, я даже специально утром посмотрел в интернете, когда он родился. Хотя вай-фай опять повис!.. Фридрих Вильгельм Бессель родился двести с лишним лет назад, ёрш твою двадцать!..

— Что он точно сказал? — повторила Мура и опять взяла его за плечо. — Вспомни. Мне ничего не передавал?

— Так, — произнёс Василий Васильевич с ненавистью. — Ты хочешь мне внушить, что ночью ко мне прилетало привидение. И я с ним беседовал. Да?

Мура покачала головой.

— Он не привидение.

— А кто?

Она вздохнула.

— Я точно не знаю. Настоящий Фридрих Бессель, но я не знаю, как это объяснить.

— Нечего объяснять! — свирепо заревел Василий Васильевич. — Это всё чушь собачья!.. Может, здесь в еду что-то подмешивают? Или в кофе?

Эта мысль показалась ему почти спасительной.

Ну, конечно, так и есть! В этом доме из каких-то соображений одурманивают людей. Сознательно и целенаправленно. Возможно, Ивана заманили на маяк под действием этого дурмана, а Кристину вытащили из дома, чтобы она не занималась поисками драгоценного перстня! Только такое объяснение возможно!..

— Вася. Подожди. — Мура сжала его руку крепче. — Ты потом всё себе объяснишь, как считаешь нужным, а сейчас повтори мне, что он говорил! Пожалуйста! Ох, почему же он к тебе пришёл, а не ко мне?

— Он сказал, что у тебя слишком много силы, но ты не умеешь ею пользоваться, — выпалил Василий Васильевич. — И чтобы ты была осторожна. Ты вызываешь возмущения.

Мура смотрела ему в лицо, и Меркурьев прямо-таки видел, как сильно она волнуется.

— А ещё? Что ещё он говорил?

— Чтобы я разыскал перстень и девушку.

Мура подумала и несколько раз кивнула.

— Что ты киваешь? — опять взъерепенился Василий Васильевич. — Вот что ты киваешь, как лошадь?! Можно подумать, ты во всё это веришь! Ты же... авантюристка! Ты дуришь людей, водишь их за нос!.. Я говорил! Я тебя просил!

— Да, да, — поспешно согласилась Мура. — Ты велел мне раскаяться. Я раскаиваюсь, Вася. Больше ничего такого Бессель не говорил?

— Сказал, что дом не должен исчезнуть. Есть такие точки в пространстве, на которые нельзя посягать.

— Понятно, — прошептала Мура. — А кто посягает, он не знает?

— Марьяна, — произнес Василий Васильевич грозно. — Не зли меня. Я и так... ничего не понимаю. Ну, ничего! Где я должен искать изумруд?! И Кристину?..

— Не нужно искать Кристину, — сказала Мура удивлённо. — Зачем?

— Как?! Бессель велел.

Мура сморщила нос. Когда она гримасничала, нос ещё немного задирался вверх, и казалось, что она вот-вот захохочет.

— Нет, нет, он имел в виду не Кристину, — сказала она. — С ней всё в порядке, я точно знаю.

— Откуда?

Мура сделала движение рукой.

— Ну-у, так. Никаких возмущений с той стороны, всё спокойно. Она сама найдётся. Нужно искать другую.

Меркурьев прошёл к креслу, плюхнулся в него и обеими руками взялся за голову.

— Что это такое? — жалобно спросил он Муру. — Галлюцинации?

— Наведённая галлюцинация может быть очень реальной, — ответила Мура. — Вась, дай мне джинсы, ты на них сел. Отличить её просто — если ты не можешь приблизиться к объекту, даже если он от тебя в двух шагах, значит, наведённая галлюцинация.

— Кем наведённая?

Мура пожала плечами и отвела глаза.

— Да нет, — сказал Василий Васильевич, подумав. — Я к нему приближался и отдалялся тоже! Я вставал дрова в камин подбросить. Потом к столу вернулся. Он всё время в кресле сидел.

— Значит, не галлюцинация.

— Я в интернете посмотрел, — признался Василий Васильевич совсем упавшим голосом. — Там есть портреты Фридриха Бесселя. Так вот это — он. Ночью у меня был именно он. А я, представляешь, не могу вспомнить его неравенство! Неравенство Бесселя мы проходили в университете, интересная штука.

Мура одевалась за выступом стены. Меркурьев потянулся, чтобы подсмотреть, вовремя опомнился и застыдился.

— Всё равно получается, что нас тут травят! Если у меня видения!.. Я нормальный мужик, а видения бывают только у истеричных старух!

— Кто травит? — спросила Мура, слегка запыхавшись, и выглянула из-за стены. — Виктор Захарович?

— Не знаю.

— А я не знаю, какую девушку мы должны найти.

— Спроси у Канта. Он тебе ответит.

— Почему ты так решил? — живо спросила она, появляясь. Светлые волосы торчали в разные стороны, щёки были розовые — должно быть, от температуры.

— Он же явился, когда ты его позвала! Значит, должен ответить. Ты температуру мерила?

— Нет, конечно. Да она невысокая, максимум тридцать семь и три. И голова у меня не болит, можешь не спрашивать! Только шишка, вот с этой стороны. — Она покопалась в светлых волосах, показывая ему шишку, и словно остановила сама себя. — Я не могу понять, почему мне ничего не сообщили, а тебе сказали? Ты же... не веришь. Ты даже не слушаешь их!..

— Кого?! — опять заревел Василий Васильевич. — Вот ответь мне — кого я не слушаю?! Духов?! Призраков?! Привидений?!

Мура подошла, села рядом и уставилась в пол.

— Нет, они не призраки и не привидения, — сказала она серьёзно. — Духи — пожалуй, но не в том понимании, как мы привыкли. Помнишь тень отца Гамлета?

— Началось в колхозе утро, — пробормотал Василий Васильевич. — Кто же не помнит тень его отца!..

— Я точно не знаю, — продолжала Мура. — Я вообще знаю пока слишком мало. Они могут, конечно, принимать вид тени, но не всегда, и вообще они это не очень любят. Им удобней оставаться теми, кем они являются. Как бы это объяснить...

Василий Васильевич пристально смотрел на неё, силясь понять. Ему вдруг захотелось её понять. Она потёрла нос.

— Смотри, для себя я это объясняю так: вот есть человек, допустим, великий врач Парацельс. Или философ Кант. Или математик Бессель. Или писатель Толстой.

— Ну, ну?..

— Каждый из них предназначен для определённого дела, и только для него. Толстой не годился для составления неравенств, Кант не мог написать про Наташу Ростову, Парацельс не способен сочинять сонеты.

— Так, и что?

— Так вот никаких этих людей нет и никогда не было, — неожиданно заключила Мура. — Подожди, не возмущайся! Есть определённый набор молекул или каких-то волновых схем, не знаю чего, который отвечает за медицину, математику, литературу. Эти молекулы или схемы появляются здесь, в нашем мире, чтобы создать Сикстинскую капеллу, «Евгения Онегина» и аэроплан. У них на это есть определённое время. Потом они отправляются туда, откуда пришли.

— То есть куда?

— Я не знаю! — умоляюще произнесла Мура. — Там они занимаются тем же, чем и здесь, — живут, думают, сочиняют. Потом, когда у них всё придумается, их опять отправляют сюда. И так до бесконечности.

— Н-да, — протянул Василий Васильевич, помолчав. — Теория.

— Поэтому они никакие не призраки в... привычном для нас понимании. В белых саванах не ходят, в воздухе не висят. Они такие же, как мы, только не мы. Их можно увидеть, услышать, поговорить. Не всегда, разумеется!.. Они не очень любят общаться с нами вот так, оттуда, между... длительными визитами сюда, которые называются человеческая жизнь, понимаешь? Может, у них правила такие, чтобы сюда особенно не соваться, когда они там.

— Правила кто устанавливает?

Мура посмотрела на него и сказала, совсем как Бессель:

— Догадайся сам.

— Так, — подвел черту Меркурьев. Голова у него трещала. — То есть все люди на самом деле не люди, а призраки с того света. Прибывают в командировку и убывают обратно.

— Я не уверена, что все, — призналась Мура. — Может, только некоторые. А может, нас, если допустить, что со временем мы все станем, как они, считаное количество. Не бесконечное множество.

— У-у, — протянул Василий Васильевич. — Начались сказки про реинкарнацию и переселение душ.

Мура покачала головой.

— Нет никакого переселения, Вась. Этот набор молекул или волновых схем всё время одинаковый. Ты видел Бесселя, как на портрете, потому что это он и есть.

— Какая ахинея! — пробормотал Василий Васильевич. — А я, главное, её слушаю!..

Тут она, кажется, обиделась.

— Ну и не надо, — сказала Мура. — Сам спрашиваешь и сам не хочешь слушать!..

Меркурьев встал, прошёлся по комнате и взялся за богдыхана с отломленной головой.

— Что ты все ходишь вокруг него?! Зачем он тебе?..

Василий Васильевич приставил к туловищу голову, которая сразу же опять отвалилась.

— Приклеить, что ли? — сам у себя спросил он. — Какую же девушку я должен искать, а? И зачем?

— Я не знаю, — пожала плечами Мура. — Я подумаю и спрошу.

Меркурьев усмехнулся:

— Канта спросишь?

И она кивнула.

— У меня есть клей универсальный, — сообщил Меркурьев. — Я принесу и приклею ему голову. И ещё нам нужен градусник.

— Не нужен!

Но Василий Васильевич не слушал. Он сбежал по лестнице, разыскал Нинель Фёдоровну, очень озабоченную по утреннему времени, и сказал, что Мура болеет и её нужно спасать. При этом он впился взглядом в доброе морщинистое лицо, словно намеревался найти следы преступного умысла — если кто и подмешивал галлюциногенные препараты в еду, то только домоправительница!

Нинель заохала, закачала головой, произнесла всё, что в таких случаях произносят взрослые заботливые женщины в адрес бестолковых детей: что нужно было как следует одеваться — и обязательно надеть шапку! — не таскаться вдоль моря на ветру, надеть носки, а уж если простыла, полоскать горло и нос, вон, хоть содой, полежать на диване под пледом, а Мура с Василием вчера притащились в самую дождину, и так далее.

Она дала ему термометр и сказала, что завтрак принесёт в комнату.

— Тебе тоже принести, Вася?

Он подумал и согласился.

— Молока горячего и кашки, да?

Василий Васильевич попросил яичницу с колбасой, булку с маслом и кружку кофе со сливками и сахаром, большую. Она рассмеялась, а он спросил:

— Вы не знаете, где Кристина, Нинель Фёдоровна?

— Должно быть, в город уехала, — ответила та. — Вещи все здесь, вернётся!.. Как бы заявлять не поехала, что перстень-то пропал. Понаедут дознаватели, расследователи, что делать тогда?.. Всех гостей распугают.

— Не распугают, — успокоил ее Василий Васильевич. — Мы все уже прижились, Нинель Фёдоровна. Или вы новых ждёте?

— Так ведь не последний день живём, Вася! А на следующий год кто к нам поедет, если узнают, что здесь воруют?

— Всё равно Виктор Захарович дом продаёт, — осторожно напомнил Василий Васильевич. — Какой следующий год?..

Она посмотрела на него, хотела что-то сказать, удержалась и махнула на него рукой.

— Ступай, завтрак вскоре будет!..

Меркурьев побежал было на второй этаж, но с полдороги вернулся, прошёл коридором, заглянул в камин — его явно давно не топили, — и вышел в вестибюль.

Книга «Философия Канта» лежала страницами вверх на круглом столе возле готического окна.

— Страница пятьдесят семь, — неизвестно для кого объявил Василий Васильевич, в вестибюле было пусто. — «Философ не испытал в жизни ни сильных радостей, ни сильных страданий, которые приносят с собой страсти». — Оглянулся по сторонам и спросил, задрав голову: — Я угадал?

Словно в ответ тихонько звякнули подвески на старинной люстре.

Он подошел и прочитал:

«Философ не испытал в жизни ни сильных радостей, ни сильных страданий, которые приносят с собой страсти. Его внутренняя жизнь всегда находилась в состоянии равновесия... В глазах современников Кант представлял образец мудреца...»

— А Бессель сказал, что ничего подобного, — так же громко продолжал Василий Васильевич. — Он вообще признался, что в университете считал философию лженаукой!..

И прислушался. Ничего не происходило, даже подвеска не звякала.

— Не хотите, как хотите, — пробормотал Василий Васильевич, захлопнул книгу и сунул ее на подоконник. — Постой пока тут.

Кто может с ним играть? Кто его дразнит? Кристины со вчерашнего дня в доме нет. Мура-Антипия уходила на маяк, и оттуда он её почти на руках принёс, точно не она!

Тогда кто? Лючия? Софья? Меркурьев был уверен, что таким образом ставить его в тупик может только женщина.

Он зашёл в свой номер, разыскал клей и спирт и постучал к соседке.

Мура сидела возле окна и смотрела на улицу. Выражение лица у неё было странное.

— Ты чего? — удивился Василий Васильевич.

— Я думаю, — сказала она, и больше Меркурьев к ней не приставал.

Он разложил на салфетке тюбик, спички и пузырёк со спиртом, в ванной, оглядевшись по сторонам, добыл пару ватных дисков и устроился клеить богдыхана.

Когда в дверь постучали, он крикнул:

— Войдите!

Мура даже не шевельнулась.

Нинель Фёдоровна внесла уставленный поднос, поставила его на стол и первым делом пощупала Мурин лоб.

— Ты температуру мерила?

Та посмотрела так, словно ее не узнала.

— Есть, но невысокая, — не обращая внимания на странную Муру, продолжала Нинель Фёдоровна. — Вася, я там вареньица положила в маленькую баночку, малинового. Пусть она с чаем выпьет, а потом сразу под одеяло! Верное средство, температуру снимет как рукой. Слышишь, Вася?

— Слышу. — Меркурьев спиртом протирал голову богдыхана. — Нинель Фёдоровна, вот эта штука где стояла?

Она подошла и посмотрела.

— Это не наша, — сказала она уверенно. — А где ты её взял?

— Нашёл, — буркнул Василий Васильевич.

— Да и бросил бы там, где лежала. Ещё клеить её!..

— Точно она не из дома?

Домоправительница ещё раз посмотрела.

— Надо у Вити спросить, может, с чердака или из подвала. Я там порядок давно не наводила!.. Побегу, некогда мне.

— Нинель Фёдоровна, если Кристина объявится, сообщите мне! — вслед ей крикнул Меркурьев.

Он приставил голову богдыхану, придержал, сильно нажимая, отпустил и полюбовался своей работой. Голова села крепко.

— Давай завтракать. Или ты в астрале?

Мура оглянулась и сказала про богдыхана:

— Господи, ещё и голову приделал! Что от тебе покоя не даёт?!

— Посмотри, он как новый. Нет, даже лучше нового!..

Мура подошла к столу, откинула с подноса салфетку и потянула носом.

— Ничего не чувствую, — пожаловалась она. — Когда не пахнет, есть неинтересно.

— Придётся поесть, — тоном собственной бабушки сказал Василий Васильевич.

Он налил себе кофе — большую кружку, — Муре заварил чаю, разболтал в нём полбанки малинового варенья и принялся за яичницу. Мура ковыряла ложкой золотистую пшённую кашу.

— Что у нас есть, — начал Василий Васильевич. — Первое, труп. Ванюшка свалился с маяка. Все двери в доме были заперты, следовательно, кто-то видел, как он вышел, и дверь за ним закрыл. Но никто не признаётся.

Мура посмотрела на него и кивнула.

— Второе. На верхней площадке маяка ты нашла фонарь. Ванюшка шёл с фонарём, следовательно, к походу готовился. Друг Саня уверен, что Ванюшка просто рисковый пацан, любит шалости и в этот раз тоже шалил, но неудачно. Фонарь Саниным выводам противоречит.

— Согласна.

— Третье — у Кристины пропал изумруд. Двери у нас никто не запирает, кроме меня, изумруд мог взять кто угодно. Или она сама его потеряла.

— Нет, — перебила Мура, отхлёбывая чай из варенья. — Не потеряла.

— Откуда ты знаешь? А, от Канта с Бесселем, да? Ну хорошо, пусть его украли, а не потеряла. Вокруг изумруда какая-то непонятная возня. Лючия сразу сказала, что это не драгоценный камень, а подделка, Бессель сказал, что мы должны его найти, ещё я слышал разговоры в коридоре, тоже про камень. Кто там мог разговаривать, я так и не понял.

— Мало ли кто, — туманно заметила Мура.

— Но их интересовал изумруд, — повысил голос Василий Васильевич. — Четвёртое — Саня и Кристина куда-то провалились. Куда, непонятно. Или она всё же сама спрятала перстень, или Саня его украл и решил уехать от греха подальше.

— В том, что он столкнул друга, ты его не подозреваешь?

— Нет, — сказал Василий Васильевич твёрдо. — Хотя я думал об этом. Смотри: если Ванюшка собирался ночью на маяк, значит, вряд ли он был сильно пьян. Он даже фонарь приготовил, дошёл и по лестнице влез! То есть до положения риз он явно не набрался. Выпили они порядочно, мягко говоря. Виктор Захарович вёл учёт выпитого. Значит, налегал один Саня. К ночи он на ногах не стоял, кое-как добрался до отведённой ему комнаты и там упал замертво. Утром мы все его видели в столовой. Такое похмелье не сыграешь!..

Мура внимательно слушала, жевала кашу.

— Пятое — вот эта штука, — Меркурьев показал на богдыхана, который ласково улыбался глазами-щёлками. — Кто и зачем положил его тебе в кровать?

— Чтобы мы выяснили, кто убил Ванюшку, — быстро ответила Мура. — Это как раз ясно.

— То есть здесь, в доме, есть некто знающий, кто Ваню убил, и жаждущий разоблачения злодея, да? Тогда кто это?.. Дальше. Лючия ведёт себя странно. Она с кем-то встречается в лесу. Кстати сказать, завтра должна опять встретиться.

— Откуда ты знаешь?

— Я подсматривал, — признался Василий Васильевич. — И подслушивал. Она сказала про перстень — подделка, хотя даже мне очевидно, что в нем очень дорогой камень.

— Я прочитала про изумруды, — сообщила Мура. — Оказывается, чем он крупнее, тем в нём больше примесей. Больших камней чистой воды встречается так мало, что они ценятся дороже бриллиантов.

— Вот видишь. Непонятно, почему Лючия так сказала.

— Может, не рассмотрела?

— Всё может быть, — то ли согласился, то ли не согласился Василий Васильевич. — За Лючией наблюдает Стас. Зачем он это делает, я тоже не знаю.

— С чего ты взял?

Меркурьев доел яичницу, одним глотком допил кофе и сразу же налил себе ещё.

— Она ушла к развалинам охотничьего домика одна, едва от него отвязалась. В лесу встречалась с незнакомцем, я их видел. Потом я пошёл через лес, дал крюка, вышел на пляж и столкнулся со Стасом. Он спрашивал, не собираюсь ли я приударить за Лючией. Если собираюсь, то он переключится на кого-нибудь ещё, чтобы времени не терять.

— Ты собираешься за ней приударить?

— Нет пока. Ещё Стас говорил, что не ходит в лес, но на одежде у него были репьи, а на сапогах семечки травы. То есть на пляж он тоже вышел из леса!..

— Может, он её приревновал и следил за ней! — предположила Мура.

— Не может. Если бы ревновал, он не стал бы мне втирать, что ему всё равно, за кем ухаживать.

— Наверное, ты прав.

— И ещё книга «Философия Канта», — добавил Меркурьев. — Она всегда открыта на пятьдесят седьмой странице. Там сказано, что философ никогда не испытывал ни сильных страстей, ни сильных страданий. Когда бы я ни появился в вестибюле, она всегда открыта на этой странице!.. Это не ты развлекаешься?

И уставился ей в лицо ястребиным взглядом, чтобы распознать, когда она станет морочить ему голову.

Мурино лицо зашевелилось, задвигался кончик носа, и она громко, от души чихнула.

— Будь здорова, — пожелал Василий Васильевич.

Она кивнула.

— Мне нужно поговорить с Емельяном Ивановичем, — сказала она как будто виновато. — Я думала, думала и ничего не придумала. О какой девушке говорил твой Бессель?

— Это твой Бессель! Они все исключительно твои приятели, не мои!

— Я допью чай и схожу к нему. Если он... если он в доме.

— А они тебя не предупреждают, когда перемещаются туда-сюда между мирами и вселенными?

— Вася!

— Плохо, — заключил он. — Девушек у нас в избытке. Ты сама, Кристина, Лючия и Софья. Выбирай на вкус. Из вас пропала пока только одна Кристина, но искать её мы не должны. Ты так говоришь.

— Не должны, она сама объявится. Но тогда кого искать?..

Они съели и выпили всё, что им принесли, Мура натянула тёплую длинную кофту с какими-то висюльками и бахромой. Странным образом кофта подчёркивала и обозначала её формы, и Василий Васильевич засмотрелся.

— Ты что? — спросила она и вдруг покраснела.

Он подумал, что потусторонние силы, должно быть, читают его мысли, Муре они моментально становятся известны, и покраснел тоже.

— Я совсем не об этом подумал, — пробормотал он в полнейшей растерянности. — Я думал о колебаниях мембраны. Бессель описывал как раз колебания мембраны. Они очень отличаются от колебаний струн.

Во время его речи Мура одобрительно кивала. Конечно, он думал о мембранах, а вовсе не о колебаниях её бюста!..

— Ты не станешь мазать лицо и рисовать на лбу точку?

— Бинди, — подсказала Мура. — Третий глаз называется бинди. И гримироваться я не буду.

— Почему? Ты же мне втирала, что без грима никуда не выходишь!..

— Это уже неважно, — загадочно сказала Мура. — Я больше не боюсь.

— Кого ты боялась?

— Канта, — ответила Мура серьёзно. — Я не знала, что они всё про меня понимают, Вася! Когда он пришёл, мне стало так страшно! Я же сразу поняла, что это именно Кант и что он явился, потому что я его звала! Ты даже не можешь себе представить, как это страшно.

— Не могу, — согласился инженер Меркурьев. — Ты мне лучше не рассказывай, я сразу злюсь.

Емельян Иванович жил в круглой башне на третьем этаже, прямо над комнатой Кристины. Чугунная лестница приветственно загудела, когда Василий Васильевич с Мурой стали подниматься.

— Пожалуйте, — откликнулись изнутри после того, как Меркурьев громко и деловито постучал.

Он открыл дверь, пропустил Муру и вошёл.

Было совершенно очевидно, что в комнате никто не живёт — она оказалось чистой и словно нетронутой. На круглом столе букет астр, рядом с кроватью квадратный восточный коврик, на покрывале ни морщинки. Ни вещей, ни книг, ни проводов, без которых немыслима и невозможна жизнь современного человека.

Собственно, и самого Канта в комнате не было.

Василий Васильевич закрыл глаза и снова открыл.

Опять начинается вся эта мистика, чтоб ей пусто было!.. Ведь кто-то сказал — пожалуйте! Он, Меркурьев, слышал это собственными ушами!.. Он не мог не верить себе и всё же не верил, мозг жаждал разумных и правильных объяснений, но их не было, не было!..

— Здравствуйте! — излишне громко поздоровалась Мура. — Можно?

— Искренне рад, — раздалось в ответ, и они посмотрели друг на друга.

Больше смотреть было не на кого.

— Да ну, не может быть, — пробормотал Меркурьев.

Они продолжила оглядываться, и ни один из них не заметил, как в кресле возле холодного камина появился человечек в старомодном двубортном пиджаке.

Только что никого не было, в следующее мгновение появился человек! Он приятно улыбался и потирал маленькие ручки.

— Сегодня прохладно, — благожелательно сообщил он. — Вы не находите, молодые люди? Не желаете сесть?

Мура с решительным и немного испуганным лицом подошла и села напротив Емельяна Ивановича — на самый краешек кресла. Меркурьев остался стоять.

— У вас созрели вопросы ко мне?

— Кто сбросил с маяка человека? — быстро спросил Меркурьев.

— Нет, нет, — перебила Мура. — Совсем не этот вопрос созрел, извините нас!..

Емельян Иванович развёл руками.

— Вы разве не поняли? — мягко спросил он. — Я не смог бы вам ответить, даже если бы желал всей душой. Я не знаю.

— Кто вы такой? — продолжал наседать Василий Васильевич. — Откуда вы?

Мура скорчила Меркурьеву зверскую рожу.

— Из Кёнигсберга, — откликнулся человек. — Не переживайте, фрейлейн, не стоит. Сложно вместить в разум то, что туда никак не помещается. Всё равно что пытаться впихнуть в китайскую шкатулку английский комод!.. Со временем ваш друг сможет уложить новые знания и ощущения в свой разум и даже проанализировать их.

— Вы обо мне говорите? — осведомился Меркурьев.

Емельян Иванович кивнул, приятно улыбаясь.

— А сами вы — Иммануил Кант, профессор Кёнигсбергского университета, автор «Критики чистого разума» и основоположник немецкой классической философии?

— В этом нет никаких сомнений.

— Но это невозможно! — крикнул Меркурьев в отчаянии. — Сейчас день, и у меня точно нет галлюцинаций! Галлюцинаций нет, а вы есть! Как это объяснить?!

— Вася, перестань, — возмутилась Мура. — Или подожди меня в коридоре.

— Вы делаете ошибку, пытаясь объяснить всё что угодно, стоя на одной-единственной позиции. Это невозможно. Материальный и сиюминутный мир вы рассматриваете с той же стороны, что и мир нематериальный и вечный. Почему? — Емельян Иванович посмотрел на Меркурьева. — Вам не приходит в голову сомневаться в существовании Полинезии, господин инженер?

Тот страшно удивился.

— Нет. А что, должно приходить?

— Вы же не видите Полинезию своими глазами и всё, что вы о ней знаете, сообщено вам посторонними людьми, доверять которым вы не можете, потому что не знаете их. И тем не менее не сомневаетесь, что она существует!

— Да, — согласился Меркурьев, ошарашенный такой примитивной логикой. — Но есть объективные данные — спутников, например.

— Вы видели эти данные самолично? Знаете, кто собирал их и обрабатывал? Вы летали на спутнике?

— Не летал, — признался Меркурьев.

— Но верите, хотя своими глазами не видели, — заключил Кант. — Отчего тогда вы не верите в то, что видите своими глазами?.. Отчего существование Полинезии кажется вам вернее, чем моё?

— Не знаю, — сказал Меркурьев. — В вас я не верю, потому что вас не может быть.

Кант засмеялся.

— Есть заблуждения, которые нельзя опровергнуть. Впрочем, мы утомляем фрейлейн. Что вы намеревались у меня узнать?

— Девушка, — начала Мура. — Ваш... коллега Фридрих Бессель говорил о девушке, которую нужно найти.

— Ах, да, да.

— Кто она?

Кант немного подумал.

— Всё же очень холодное утро сегодня, — проговорил он задумчиво. — Буря принесла с собой холод. Так часто бывает в наших краях.

Он не пошевелил и пальцем. Раздался лёгкий хлопок, потом треск, и пламя побежало по сухим поленьям в камине. Вспыхнуло сразу, весело и сильно, словно огонь только того и ждал.

— Я уже видел этот фокус, — пробормотал Меркурьев.

— Нам привычнее с огнём, — пояснил Кант. — Мы жили, а рядом горел огонь — свечи, камина или печки.

Он протянул к камину сухие ладошки.

— Итак, девушка, — продолжил он задумчиво. — Она здесь, и она хранительница дома. Видите ли, мои юные друзья, сей дом не просто помещение под крышей. Это обиталище. На этом месте дом был всегда. Он неоднократно перестраивался, но я запомнил его именно таким. И его нужно сохранить, чтобы не произошли фатальные и трагические изменения. Мы со своей стороны тоже прикладываем усилия, но этого мало. Вам также придётся приложить.

— Мы бы приложили, — сказал Меркурьев. — Если бы знали к чему.

— Нужно найти хранительницу и оберег. Соединённые вместе, они выправят положение. Точнее даже не положение, а некий наметившийся перекос.

— Я ничего не понял, — признался Меркурьев.

— Как её найти? — спросила Мура.

— Положение хранительницы передаётся по наследству, — сообщил Кант, пожалуй, печально. — Это единственное, что я могу сказать. Ищите наследницу дома.

— Подождите, — перебил философа Меркурьев. — Наследницу? Дочь Захарыча, что ли?

— Возможно.

— Но она живёт в Москве уже тридцать лет!

— Откуда ты знаешь? — прошипела Мура.

— Оттуда, что Захарыч её тоже ищет и найти не может.

— Она здесь, — сказал Кант. — Среди нас. Времени осталось маловато, и нужно спешить.

— Я в пятый раз слышу разговоры про то, что времени мало, — сердито заговорил Василий Васильевич. — Что это значит? Когда стрелки пробьют двенадцать, дом прекратится в тыкву, а кучер в крысу?

— Примерно так, — согласился Кант. — Если в определённый момент наследница не заявит свои права, дом исчезнет сразу на всех осях — из времени и из пространства. Его обитатели погибнут.

— Когда? Сколько у нас времени в запасе?

— Как только ноябрь сменится декабрём. Декабрь — самоё трудное время.

Меркурьев попытался вспомнить, какое сегодня число, и не смог.

— А камень? — спросил он. — Кто его попёр?

Кант неожиданно засмеялся мелким, приятным смехом.

— Я не в силах, — он опять развёл руками. — Не в силах ответить на этот вопрос. Вам придётся установить истину самолично, без моего вмешательства. Вы забавный молодой человек. Вы не верите в меня, но хотите, чтобы я разрешил все ваши затруднения! Что-то ещё, фрейлейн?

Мура поднялась и прижала руки к груди.

— Спасибо вам, господин профессор, — сказала она. — Я... мы постараемся.

— Я всегда утверждал, что женщины способны на многое, — заметил Кант. — Хотя удел женщины владычествовать, а мужчины — править. Владычествует страсть, а правит ум.

Мура сделала что-то вроде неловкого книксена и потянула Василия Васильевича за рукав.

— Ступайте, — сказал Кант, доброжелательно кивая.

— И ещё я не понял, — пробормотал Меркурьев на прощание, — при чём тут Полинезия?

Кант опять засмеялся, а Мура вытолкала Василия Васильевича в коридор.

— Что ты к нему привязался? — прошипела она за дверью. — Что ты хочешь, чтобы он тебе сказал?! Преступник такой-то, имя, фамилия и отчество, деяния подпадают под статью за номером таким-то УК РФ? Изумруд украден лицом сяким-то, прописано лицо там-то и там-то?..

— Хорошо, если бы он это сказал!..

— Откуда ты знаешь про дочь хозяина?

— Он сам мне рассказал. Подожди секунду.

Сбежав с лестницы, Василий Васильевич подошёл к готическому окну. Давеча он поставил на подоконник «Философию Канта» в самом углу.

Сейчас «Философия» лежала на столе раскрытая, страницами вниз.

— Я даже смотреть не стану, — вздохнул Василий Васильевич, а Мура взяла книгу и заглянула. — Страница пятьдесят семь. «Философ не испытал в жизни ни сильных радостей, ни сильных страданий!» Точно?

— Точно.

— Нет, вот скажи мне, при чём тут Полинезия?

В это время со стороны гостиной послышались шаги и в вестибюль вышел хозяин.

— Василий Васильевич, — сказал он, словно долго искал Меркурьева и наконец нашёл. — Подойди к телефону, сделай милость. Тебя всё утро спрашивают, а я не знаю, где ты есть?

Очень удивлённый, Меркурьев подошёл к конторке вишнёвого дерева, где лежал увесистый гроссбух с именами постояльцев и стоял допотопный телефон с толстым шнуром в оплётке из крапчатой ткани. Меркурьев потрогал шнур и приложил к уху тяжелую эбонитовую трубку.

— Василий, привет, — сказал в трубке незнакомый голос.

— Привет, — ответил Меркурьев осторожно.

— Это я, Крис.

— Слушай, куда ты пропала?! — во весь голос заорал он. — Мы даже волноваться стали!

— Ты можешь приехать? Сюда, в город?

— Когда?

— Прямо сейчас. Ну, или когда сможешь!.. Нам нужно с тобой поговорить.

— Кому вам? — уточнил Василий Васильевич. — Ладно, потом расскажешь. Приеду, конечно, говори — куда.

— Мы будем ждать тебя в зоопарке возле бегемота, — продолжала Кристина так же быстро. — Приезжай один.

Меркурьев вернул трубку на рычажки, повернулся и нос к носу столкнулся с Лючией. Муры не было видно.

— Вы собираетесь в город? — спросила красавица, и голос её, низкий, переливающийся, словно тёплый бордовый шёлк, опять ошеломил его.

— Да, — промямлил Василий Васильевич. — Мне надо... в одно место.

— Я могу вас подвезти. Хотите?

— Хочу. Спасибо.

— Тогда через полчаса жду вас у подъезда.

Она повернулась и не спеша поплыла по коридору, придерживая маленькой рукой узкую юбку. Меркурьев смотрел ей вслед.

Зачем она подошла? Чтобы послушать, о чём и с кем он говорит? Или шла мимо?

И куда девалась Мура?..

Он заглянул в вестибюль — книга на месте, а Муры нет, потом в гостиную — там Софья, о которой он совсем позабыл, набирала что-то на планшете и, завидев Василия Васильевича, тут же планшет бросила и сказала, что он ведёт себя по-свински.

— Мы же собирались гулять в парке, — она поднялась, откидывая волосы. — А ты пропал!..

— Мы погуляем, — пообещал Меркурьев. — Только я сейчас не могу, мне в город нужно.

— Я с тобой.

— Нет, у меня встреча, я попросил человека меня подвезти, мы с тобой в следующий раз, да? — бормотал Василий Васильевич, продвигаясь к двери.

Оказавшись в коридоре, он опрометью кинулся к деревянной лестнице, Софья что-то кричала ему вслед.

Он постучал и зашёл, не дожидаясь ответа.

Мура лежала на кровати, подтянув к груди джинсовые колени. Под щекой у неё была коричневая обезьяна.

— У тебя температура поднялась?

— Нет.

— А почему ты легла?

— Просто так.

Василий Васильевич ничего не понял. Он постоял посреди комнаты, потом взял в руки богдыхана и подёргал его за голову. Голова сидела крепко.

Меркурьев с богдыханом в руках сел на край кровати.

— Мура, — спросил он. — Ты что?.. Тебя опять кто-то напугал? Или ты чувствуешь возмущение поля и прочие тонкие материи?

— Меня никто не пугал, — отозвалась она и перевернулась на другой бок, спиной к Меркурьеву. — А возмущение я чувствую. Я его чувствую всякий раз, когда ты обмираешь от восторга перед этой Лючией.

Василий Васильевич чуть не уронил богдыхана.

— Мне не нравится, когда ты смотришь на неё, как телок! Она что, такая неотразимая красавица, что ты не можешь себя в руках держать?

— Ерунда какая, — пробормотал Василий Васильевич и взъерошил волосы, почти как Фридрих Вильгельм Бессель. — Она просто подошла и спросила, не нужно ли мне в город, я ответил, что нужно, и тогда она сказала: я вас подвезу, а я ей — спасибо, и больше мы ни о чём таком не разговаривали...

Он бормотал всё медленнее, понимая, что говорит чепуху, оправдывается, а оправдываться ему не в чем, он не виноват!

Он не виноват, конечно, но отчего-то ему было совестно, как будто он и впрямь сделал нечто постыдное.

Василий Васильевич перестал бормотать и посмотрел Муре в затылок. Светлые блестящие волосы немного подрагивали, словно Мура беззвучно плакала.

Он взял её за плечо и повернул.

Она не плакала, но вид у неё был несчастный. И ещё эта коричневая обезьяна!.. Из-за того, как Мура прижимала обезьяну к себе, Меркурьев прямо-таки наливался жалостью, будто он сентиментальная старуха.

— Ты ревнуешь, что ли?

Она отвела глаза.

— Меня? — уточнил Василий Васильевич. — К Лючии?..

Она опять отвернулась.

— Лучше поехали со мной в Кёнигсберг, — предложил Меркурьев, не зная, как нужно выходить из таких деликатных положений. — Кристина сказала, что хочет со мной увидеться, чтобы я приезжал один, но я думаю, что мы вполне можем приехать вместе.

Мура перевернулась на спину и теперь смотрела в потолок.

— Поедем, — повторил Меркурьев, маясь от неловкости. — Пойдём в зоопарк. Я сто лет не был в зоопарке. В прошлом году приезжал и не ходил.

— Поедем, — согласилась Мура, и он сразу воспрянул духом. — Я понимаю, что Лючия очень красивая женщина и такая загадочная!.. Наряды у неё, как из журнала. Держится как Жаклин Онассис.

— Самая загадочная из всех известных мне женщин, — признался Меркурьев, — это ты. Ты же вещунья и духовная дочь Сантаны. Кто такой этот Сантана?..

Мура села и посмотрела на него.

— Знаменитый йог и учитель. Учит, как достичь просветления.

— Ты достигла? Просветления?

— Вася, это довольно трудно. Ты поставь себя на моё место. То и дело ты видишь и слышишь то, чего больше никто не видит и не слышит! Сначала вообще страшно, и кажется, что вот-вот свихнёшься или уже!.. Постепенно привыкаешь, но всё равно это не помогает. Понимаешь, не только я их дёргаю, когда мне вздумается! Но и они меня!

— Что это значит?

Она повозилась и села на пятки. Обезьяну пристроила рядом с собой.

— Ну, вот я вызываю дух Канта, прошу его прийти. Он меня в любом случае слышит. А если кому-то из них приходит в голову позвать меня, они тоже зовут, и я их слышу! Я могу пропустить зов мимо ушей, но я же его слышу!..

Василий Васильевич согласился, как это может быть.

— С ума сойдёшь, — сказал он в конце концов. — Если так.

Мура несколько раз кивнула.

— Я и на всякие курсы для экстрасенсов записывалась, и в разные организации вступала, думала, этим можно как-то управлять. Оказалось, что нельзя.

— Ты что, экстрасенс?

— Ну нет, конечно!.. Я вообще не знаю, кто такие экстрасенсы. По-моему, с ними никто не разговаривает. Я имею в виду из тех, кто с другой стороны. Я ни разу не слышала, чтобы дух разговаривал с экстрасенсом! Я же постоянно всех слышу, кто сейчас... в эфире.

— Да ладно, — не поверил Меркурьев, и Мура опять кивнула.

— Мне папа таблетки выписывал, он у меня знаменитый невропатолог и думал, что у меня душевная болезнь. Таблетку примешь, спать хочется, в ушах шумит, но всё равно всех слышно.

— А видно? — спросил заинтересованный инженер Меркурьев.

— Нет, видно, только когда они сами появляются.

— А тебя они видят?

Она задумалась.

— Не знаю, Вася. Нужно спросить у Емельяна Ивановича. Я многого ещё не знаю! И духа вот так близко вижу первый раз. Когда он появился, я решила, что в комнате буду сидеть, с ним рядом не могу, страшно. Я же понимаю, что это дух. Я вижу.

— Объём в кино не видишь и на ступеньках падаешь, а тут видишь?

Она пожала плечами.

— Н-да, — вздохнул Меркурьев. — История. Колебания мембран и струн.

— Что ты говоришь?

— Ничего не говорю. Я молчу.

Василий Васильевич взял её за подбородок, повернул к себе и поцеловал в губы. Ему давно хотелось её поцеловать, пожалуй, с тех пор, как он впервые увидел её умытой и беленькой, с брызгами веснушек на носу. И когда она шмыгала носом — хотелось, и когда ела пшённую кашу.

Кажется, Мура поначалу очень удивилась и даже подалась от него назад, но потом перестала вырываться, обняла его и прижалась.

Руки у неё были худые и горячие.

Меркурьев хватил воздуха и ещё раз поцеловал. Мура поднялась на коленях и прижалась к нему всем телом.

Ах, как это было — остро, серьёзно, от всей души. Сердце у него молотило в грудную клетку, и, кажется, там, куда оно било, оставались дыры. И сквозь эти дыры в него вливались сила и страсть.

Дыхание опять кончилось, они оторвались друг от друга, и Василий Васильевич спросил поспешно:

— А когда мы целуемся, ты тоже слышишь разговоры Канта с Бесселем?

Мура засмеялась, обняла его за шею, Меркурьев стиснул её, они вместе повалились на кровать, сбросив на пол коричневую обезьяну, тут же вскочили, как ошпаренные, и уставились друг на друга.

Василий Васильевич немного взмок от переживаний, руки покрылись «гусиной кожей».

— Поедем, — сказала Мура, не глядя на него, и слезла с кровати. — Мне нужно одеться.

— У тебя есть куртка или пальто? — спросил Василий Васильевич и даже сделал озабоченное лицо, как будто только что на кровати ничего такого не произошло. — Там холодно и дождь может в любую минуту пойти.

— Пальто, — повторила Мура, словно это и впрямь имело значение. — Хорошее такое пальто...

Они договорились встретиться у подъезда между липами, так романтично это звучало — между липами! Меркурьев, лихорадочно собираясь, всё вспоминал, как они целовались, как он её держал, как она пахла и как двигалась, и совершенно не остывал, а, наоборот, распалялся.

Когда он выскочил на улицу, Мура бродила по брусчатке в некотором отдалении, смотрела себе под ноги и, кажется, что-то бормотала.

Распалившийся Василий Васильевич встал как вкопанный и уставился на неё.

Она была в коротком сером пальто, голубой клетчатый шарф намотан кое-как. Ноги в чёрных джинсах казались бесконечными. Волосы заправлены за уши, как у девочки.

Мура, подумал Василий Васильевич. Вот она какая.

Он подошёл к ней, снова взял за подбородок и поцеловал. Невозможно было удержаться.

— Вася! — возмущённо прошипела Мура, когда он её выпустил.

Стукнули тяжёлые двери, и они одновременно оглянулись.

Из дома выходила Лючия, укутанная в меха и шелка, на ходу надевая тёмные очки, хотя солнца никакого не было, низкие тучи наползали с моря, и казалось, вот-вот пойдёт снег.

— Вы с девушкой, — проговорила Лючия низким голосом. — Это приятно. Познакомьте нас скорее.

Василий Васильевич весело сказал, что знакомить их нечего, они знакомы, в одном доме живут, в одном месте обедают.

Лючия перевела взгляд на Муру и медленным движением сняла очки.

— Нет, не узнаю, — сказала она, рассматривая Муру. — Впрочем, что-то знакомое есть, я вас где-то видела...

— Я Антипия, — призналась Мура. — Это моё второе имя.

Лючия так удивилась, что вытаращила глаза и чуть не уронила очки.

— Нет, этого не может быть! Впрочем, всё возможно. — И она расхохоталась. — Нет, какие разительные перемены! Это всё благодаря вам, Василий?

— Мура любит представать в разных ипостасях, — проинформировал Меркурьев. — Сколько нам добираться до города?

Лючия ответила, что минут сорок, и они погрузились в белый «Кадиллак» следующим порядком — Лючия за руль, Мура назад, а Меркурьев рядом с Лючией.

Хозяйка машины так распорядилась.

Ехал Василий Васильевич преимущественно спиной вперёд, лицом к Муре. Он моментально соскучился, оказавшись рядом с Лючией и так далеко от Муры, — «Кадиллак» был просторен, широк и длинен, и Мура сидела словно в отдалении.

Лючия разговаривала с Меркурьевым, а он разговаривал с Мурой, и хозяйка машины в конце концов рассердилась.

— Сядьте как положено, Василий, — велела она довольно резко. — Нас сейчас оштрафуют.

Василий Васильевич сел «как положено», но очень быстро опять оказался лицом к Муре и спиной к лобовому стеклу.

— Мы с отцом в Калининградскую область приезжали каждый год, — увлечённо рассказывал он Муре. — Он полковник, служил в ВВС, ему путёвку давали в Светлогорск, в военный санаторий. Когда маму не отпускали с работы, мы с ним вдвоём ездили. В Светлогорске пионерский лагерь был, имени Гайдара, и меня стали туда отправлять. Но я не любил жить в лагере и всё время оттуда мотал, а меня ловили! Я любил жить в санатории.

— С пенсионерами? — уточнила Лючия.

— С пенсионерами, — весело согласился Меркурьев, глядя на Муру. — Они все, военные дядьки, играли со мной в холле в пинг-понг и плавали на время в бассейне. Почему-то там всегда была холодная вода. А по вечерам мы ходили в кинотеатр «Прибой», где крутили старые комедии.

— Ужасная жизнь, — сказала Лючия, и тут Василий Васильевич, всё это время скучавший по Муре и не отводивший от неё глаз, посмотрел на водительницу.

— Почему ужасная? Прекрасная!..

— Но ведь скука смертная.

Меркурьев посмотрел в окно, вспоминая.

Он помнил только радость жизни, только веселье, удовольствие от комедий, пинг-понга, холодного моря, горячего песка, отцовских приятелей, покупавших ему квас из бочки — кружка была тяжелой, мокрой и холодной, сами они угощались пивом у соседней бочки, — а никакой смертной скуки не помнил.

Старые немецкие липы с белыми полосами на могучих стволах летели по обе стороны узкой ухоженной шоссейки, за липами простирались поля и холмы, низкое небо, перелески на горизонте, и хотя моря не было видно, чувствовалось, что оно рядом.

— Я никогда здесь не скучаю, — произнес Меркурьев задумчиво. — И не скучал! Какая бы ни была погода или время года. Однажды мы поехали с мамой, наоборот, отец не смог. Мне было лет одиннадцать. Я всё время хотел есть, а в санаторной столовой кормили ужасно. Было ничего, а стало совсем плохо. Ну, как положено в столовых!.. Всё холодное, клёклое, противное. Макароны я любил, но они тоже были совсем холодные и в свекольном соке. К макаронам и котлете полагалась тёртая свёкла, она текла, и вся еда была в соке. Я не мог её есть!.. Я ел сухари. На стол ставили большую миску сухарей, должно быть, хлеб оставался и его сушили, но есть хотелось страшно. А мама решила, что я капризничаю! Она говорила — ешь, что дают. Все едят, а ты выпендриваешься!..

— Ты не выпендривался, — сказала Мура с сочувствием. — Я понимаю. У меня та же история с манной кашей была. Бабушка тоже думала, что я придуриваюсь, а я просто не могла её проглотить!

— Как трогательно, — пробормотала Лючия. — Общие воспоминания.

— Потом позвонил папа, — Меркурьев продолжал предаваться этим самым воспоминаниям, — мама ему пожаловалась, что я не ем. И он сказал, хватит его воспитывать, покорми лучше где-нибудь в другом месте! Он сказал: я же дал вам денег, вы можете с утра до ночи есть в кафе! И мы пошли в кафе. — Меркурьев засмеялся. — Оно называлось «Хромая лошадь», не знаю почему. На манер Среднего Запада, должно быть, хотя при чём тут Средний Запад! Там я съел салат, две порции, куриную лапшу, две порции, и венский шницель с капустой.

— Две порции? — уточнила Лючия.

— Одну! Но к нему полагалось украшение — зелёный горошек и кукуруза в формочках, вырезанных из лука. Из самого обычного репчатого лука! И я съел горошек с кукурузой вместе с формочками из лука!..

Они с Мурой разом захохотали.

Лючия посмотрела в зеркало заднего вида, и Мура, встретившись с ней взглядом, пристыженно отвернулась. Ей стало неловко.

— Какая провинция, — проговорила Лючия, — какая скукота. Прибалтика хороша в Юрмале. В Сигулде приятно. В Эстонии на мызах тоже забавно, меня один раз туда приглашали. Я выдержала только один день, но было довольно мило.

— Тогда зачем вы здесь? — спросила Мура.

— А вы?

— Она приехала на шабаш, — пояснил Василий Васильевич. — Кстати, я не понял, ты была на нём или прогуляла?

— Прогуляла.

— На какой шабаш? — дрогнувшим голосом спросила Лючия. — Она что, ведьма?

— Нет, нет, — поспешно сказала Мура. — Это просто так называется.

— Собираются гадалки, экстрасенсы, ясновидящие и дурят друг другу голову, кто лучше, — продолжал Меркурьев. — Наша Мура не такая. Она общается с духами по-честному. Она их приглашает, и они к ней приходят.

— Вы шутите? — уточнила Лючия.

— Шутит, шутит, — заверила Мура. — Вася, ну что такое?

— Если вы ясновидящая, значит, должны знать, куда делось колечко этой девочки, студентки. Вы знаете?

— Нет, — призналась Мура.

— Я решила все свои драгоценности отвезти в банк, — сообщила Лючия. — Арендовать ячейку и запереть на замок. Если уж на её безделушку позарились!

— С чего вы решили, что перстень — безделушка? — спросил Василий Васильевич и повернулся лицом к Лючии. — По-моему, в нём редкий и дорогой камень.

— Вы специалист? Разбираетесь в драгоценностях?

— Увы.

— А я разбираюсь, — сказала Лючия с нажимом. — Таких изумрудов не существует, уж поверьте мне. А те, что есть, находятся в Грановитой палате! Вы хоть представляете себе, сколько может стоить такой камешек?

Василий Васильевич признался, что не представляет.

— Несколько миллионов евро, — сообщила Лючия. — И вообразить, что девочка носит его на пальце! Немыслимо.

— Возможно, вы правы, — согласился Меркурьев осторожно. — Но мне показалось, что камень самый настоящий. Хотя я держал его в руках всего ничего...

— Если бы такой камень был в Калининграде, — продолжала Лючия, — мне бы об этом было известно.

— Вы здесь живёте? — вдруг спросила Мура.

— Я всю жизнь жила в Москве, — ответила Лючия. — Но в прошлом году пришлось переехать. Никак не могу привыкнуть. Просто с ума схожу от скуки и серости. И от климата! Это ужасно, то дождь, то ветер, то вдруг жара в августе, и все едут на это проклятое море, а оно ледяное!.. Только забежать и выскочить. И никаких условий, ну просто никаких! Все пляжи городские, представьте себе! Или дикие — полоска песка, и всё!

Она говорила со страстью, которую в ней трудно было заподозрить. Меркурьев теперь смотрел на неё внимательно, совсем позабыв про Муру.

— Я мечтаю вернуться домой, — продолжала Лючия. — И вернусь, чего бы мне это ни стоило. Больше никогда не сделаю такой страшной ошибки.

— Какой? — спросила Мура.

Лючия снова посмотрела на неё в зеркало заднего вида:

— Никогда не уеду из Москвы, вот какой! Я, должно быть, совсем потеряла разум, когда согласилась!.. Но ничего, ничего, немного осталось.

— До чего? — уточнил Василий Васильевич.

— До Москвы, — ответила Лючия и улыбнулась. — Вы ведь из Бухары, вам меня не понять.

— Я работаю в Бухаре, — сказал Меркурьев. — Уже давно. А жили мы везде, и на Дальнем Востоке, и в Пензе, и в Саратове. Отца переводили, и мы переезжали вместе с ним.

— И вам везде нравилось?

Меркурьев улыбнулся и опять посмотрел в окно, за которым уже начался город — звенел и грохотал трамвай,

«Кадиллак» потряхивало на брусчатке, старые липы и тополя стояли голые, зябнущие, в тучах вдруг открылся ослепительно-голубой просвет, и оттуда ударило солнце!..

— В Калининграде мне нравится, — признался Василий Васильевич. — Я бы здесь жил. Вот сейчас у театра можно остановиться, мы выйдем.

— Вам нужно в театр?

— Нет, но отсюда совсем близко. Спасибо вам, Лючия.

Она притормозила возле старинного здания с колоннами.

— Хотите, я могу отвезти вас обратно, — предложила она великодушно. — За такси с вас сдерут прилично.

— Спасибо, — с чувством поблагодарил Меркурьев. — Если дадите телефон, я вам позвоню. Или мы сами доберёмся!..

Мура выбралась наружу и не переставала благодарить и кланяться, пока «Кадиллак» не уехал и Меркурьев не сказал ей:

— Прекрати. Ты перебираешь.

Стоя на тротуаре, они огляделись.

Газоны были зелёными, словно только что трава взошла, деревья чёрными, как нарисованными тушью, небо голубым, будто летним, а жизнь прекрасной.

— Зоопарк в той стороне. — Меркурьев взял Муру под руку. — Здесь близко.

И они зашагали.

— Кёнигсбергский зоопарк, — говорил Меркурьев тоном экскурсовода, — был лучшим в Германии. Горожане проводили там целые дни. Зверей держали не в клетках, а в вольерах, они гуляли, и на них можно было любоваться сколько угодно. Ещё в зоопарке находились теннисные корты, играл духовой оркестр и можно было пойти в читальный зал. Или в ресторан, рестораны там тоже были!

— В зоопарке? — уточнила Мура.

Василий Васильевич подтвердил — да, в зоопарке. И ещё Восточнопрусский этнографический музей.

— Всё же почему Лючия здесь живёт, если ей так не нравится? — прервала Мура его лекцию. — Мне кажется, она может жить где угодно, деньги у неё явно есть.

— Мы ничего о ней не знаем, — справедливо заметил Василий Васильевич. — Уж тем более о её деньгах.

Он прижал локтем Мурину руку и пожаловался:

— Плохо, что ты не ясновидящая и не можешь заглянуть ей в голову. Мы бы всё давно поняли.

— Не могу, — согласилась Мура.

Зоопарк Меркурьев с детства знал как свои пять пальцев. Он ещё застал времена, когда при входе в круглом вольере держали подрастающих медвежат, там была устроена площадка молодняка. Теперь, судя по надписи, в вольере жили еноты-полоскуны, но никаких енотов не было видно.

— Холодно, должно быть, — сказал Василий Васильевич и повлёк Муру через крохотный горбатый мостик.

С левой стороны на небольшом холме среди облетевших рододендронов и гортензий виднелась странная скульптура, похожая на Бременских музыкантов — звери стояли на спинах друг у друга.

Мура подошла и прочитала, скульптура отчего-то называлась «Выжившие».

— Бегемот, ослик, лань и барсук, — сказал Меркурьев. — В зоопарке было две тысячи зверей, после штурма в сорок пятом году остались эти четверо. Ты не знала?

Мура покачала головой. Он вздохнул.

— Во всех учебниках по военной истории в разделе «Штурм Кёнигсберга» есть отдельная глава, называется «Бой за зоопарк». Его долго штурмовали. Здесь всё было залито кровью и завалено трупами. Звери все погибли. Кроме этих четверых.

Мура взяла его за руку.

— Бегемот был ранен, тяжело. И его чуть не расстреляли как фашистского прихвостня. На войне никому нет дела до бегемотов. Какой-то генерал увидел его и приказал бегемота не расстреливать, а лечить. Его звали Ганс.

Мура улыбнулась, но Меркурьеву показалось, что она сейчас заплачет.

— Был мужичок, зоотехник по фамилии Полонский. Он стал его лечить. Пошли, — Меркурьев потянул её за собой. — Нам сейчас до слоновника и налево. Кристина сказала, что будет ждать меня возле вольера с бегемотом.

— Нет, расскажи дальше.

— Ну, бегемот не ел, от боли, наверное, или от страха. Зоотехник здесь, в горящем Кёнигсберге, — город весь горел, целые кварталы выгорали после бомбёжек, — разыскал немецкого старичка-фельдшера. Тот посмотрел бегемота и велел поить его водкой. Ну, не в прямом смысле, просто подливать водку или спирт в молоко. Можно в воду. По два литра каждый день.

— Разве бегемот станет пить водку?

— Да он и не пил. Двое солдат держали ему пасть, а третий лил из ведра микстуру эту. После водки бегемот стал есть и потихоньку-полегоньку оклемался. Семь раз он был ранен и выжил. А зоотехник, который его выходил, страшно переживал, что бегемота снимут с довольствия и он не переживёт зиму. Рапорты писал, чтоб его в Москву забрали, в московский зоопарк. Выдумывал, что дрессирует бегемота для катания на нём граждан и детей, как-то так в рапорте было сказано. То есть убеждал начальство, что бегемот не зря проедает харчи, а может их отрабатывать — катать детей.

— На бегемотах не катаются, — пробормотала Мура и шмыгнула носом.

— Ну, конечно, нет, — согласился Василий Васильевич. — Но зоотехник боялся за него. Считал, если он будет приносить пользу, за ним будут ухаживать.

— Бегемот не умер?

— Прожил ещё лет десять! Этого бегемота Ганса знает и помнит каждый порядочный калининградец.

— Я теперь тоже буду помнить, — пообещала Мура.

— В Ленинграде, — продолжал Василий Васильевич, — блокаду пережила бегемотиха Красавица. А слон погиб. Он боялся налётов, прятался от них в свой дом. Как налёт, так он туда бежал. Дом развалили фугасом, убили слона.

Мура остановилась и вытащила у него руку.

— Зачем ты мне всё это рассказываешь? — спросила она дрожащим голосом. — Чтоб я заревела, да?! Чтоб я теперь постоянно о них думала, об этих зверях?

— Ты же приличный человек, — сказал Василий Васильевич. — Ты должна об этом знать. И вспоминать время от времени. На всякий случай.

В зоопарке было пустынно и красиво — деревья облетели не все, и ветер ворошил кучи разноцветных листьев. Реликтовое дерево гинкго — так его назвали на табличке — было совсем зелёным. Мура засмотрелась на него и чуть не упала, Меркурьев поддержал её под локоть.

— Вон там летом живут обезьяны, — показывал он. — Видишь стеклянный павильон? А справа фламинго. Целое стадо!.. Или что бывает у птиц, косяк? Косяк фламинго — звучит не очень, да?.. А дальше какая-то птица-секретарь. Мне сто раз объясняли, почему она так называется, но я так и не понял.

— Как про Полинезию? — уточнила Мура.

Меркурьев сверху посмотрел на неё.

— Тебе-то, конечно, всё ясно, а я человек серый, девственный!..

Они обогнули большое старинное здание с треугольной крышей, просторной площадкой и рвом с водой. Меркурьев сказал, что это и есть слоновник.

Слона на площадке не было.

Меркурьев объяснил, что слону сейчас гулять холодно.

— Бегемоты там, — продолжал он, кивнув на следующий павильон. — А где Кристина?

И они стали оглядываться по сторонам. По аллеям прогуливались неторопливые пенсионеры, на лавочках сидели молодые мамаши с колясками.

— Дальше летний бассейн, — сказал Меркурьев. — Может, бегемотов ещё не перевели? Посмотрим?

Они обогнули павильон, и тут Василия Васильевича окликнули. Он оглянулся.

Кристина бежала через площадь, совсем с другой стороны.

— Вася, привет. А мы в кафе зашли погреться. Мы здесь давно... Здрасти, — сказала она Муре. — Я Кристина, мне бы с Васей поговорить.

— Это Марьяна Антипова, — представил Василий Васильевич. — Погоняло Антипия. Духовная дочь Сантаны и последовательница самого Пуришты. Кстати, я забыл спросить, кто такой Пуришта.

— Антипия?! — поразилась Крис. — Да ну, Антипия чёрная, а не белая.

— Кристина, это я, — сказала Мура раздражённо. — Вась, что ты меня людям как циркового пуделя показываешь?..

— Из уважения, — объяснил Василий Васильевич подобострастно. — Исключительно из уважения к твоим сверхспособностям и умению ходить на задних лапах!.. Ты у нас вообще уникальный пудель — прямоходящий и с третьим глазом!..

И тут развеселившийся до невозможности Меркурьев поцеловал Муру, по которой сильно соскучился.

Кристина от неожиданности охнула и засмеялась.

— Ты правда и есть Антипия?

Мура вздохнула и сквозь зубы процедила, что это её имя для сообщества колдунов, магов, целителей и экстрасенсов.

Кристина оглядела её с ног до головы.

— Нет, ну тебе так лучше! Когда ты чёрная, то какая-то старая! А сейчас молодая!.. А зачем тебе такое странное имя?

— Затем.

— Чтобы дурить людей, — объяснил Василий Васильевич с удовольствием. — Кто поверит ясновидящей с именем Мура? Антипия — другое дело. Или Жасмин. Или Упанишада.

— Ты хоть знаешь, что такое «Упанишады»? — строго спросила Мура, которой надоела его резвость.

— Какая разница, — перебила Крис. — Вася, мы решили кое-что тебе рассказать. Ты человек разумный.

— Кто мы?

— Пойдёмте, — сказала Кристина. — Во-он там кафешка. Сидеть негде, всё на стоячка, но хоть тепло.

— А слон выходил? Там указаны часы кормления, на табличке! Он выходил кормиться?

— Выходил, — ответила Крис совершенно серьёзно. — Мы смотрели. Какие-то ребятишки и мы.

Втроём они добежали до стеклянного павильончика, разукрашенного рекламой пива и мороженого. Пиво было нарисовано очень натуралистично, а мороженое кое-как. Василий Васильевич предположил, что это потому, что рекламу заказали молодому студенту, а всякому студенту пиво ближе и дороже, чем мороженое.

Девицы подумали и согласились.

Внутри павильончика играла музыка — «Ах, какая женщина, какая женщина, мне б такую!», — и не было ни единой живой души, только возле столика у окна ворочалась какая-то туша, похожая на бегемота.

— Нам туда, — сказала Кристина и между столиками побежала к туше.

Тут и Василий Васильевич её признал.

Возле столика у окна маялся и вздыхал пропавший из его номера Саня, друг покойного Ванюшки.

— Александр Фёдорович, — вскричал Меркурьев. — Вы как здесь?! Я был уверен, что вас черти уволокли!

— Здоров, дядь, — сказал Саня довольно хмуро и сунул Меркурьеву руку. — Я смотрю, ты уж симпопулю себе приискал.

Последовали объяснения, что это никакая не «симпопуля», а ясновидящая Антипия, Саня видел её в гостинице на завтраке.

— Чё-то не припомню, — усомнился Саня и поморщился.

Он был абсолютно трезв, только глаза казались воспалёнными, больными. Белый свитер крупной вязки и кожаная лётная куртка на меху делали его похожим на истребителя из довоенного кино. Не хватало только унтов на ногах и рядышком полной блондинки с бантом в волосах.

— Слышь, дядь, — протянул Саня с тоской. — Мне Крыска сказала, чтоб я с тобой того, побазарил. Хотя о чём мы с тобой будем базарить, я не догоняю.

— Сань, мы же всё решили, — твёрдо заявила совершенно не похожая на полную земляничную блондинку Кристина, которую Саня называл Крыской. — Он тело твоего приятеля нашёл, всё своими глазами видел.

— Какой он мне на фиг приятель! Он мне брат родной, даже больше!..

— Вот об этом и нужно поговорить. Только где? Здесь неудобно, на стояка-то!..

— Ты как тут оказался, Саня? — спросил Василий Васильевич. — Я же тебя в своей комнате запер. С бутылкой. Возвращаюсь, ни тебя, ни бутылки. Я думал, ты в трубу вылетел.

— Он в окно вылез, — сообщила Кристина по прозвищу Крыска. — Я из дома вышла, смотрю — человек с балкона на втором этаже прыгать собирается. Я ему кричу — вы что, с ума сошли?! А он мне оттуда: отойди, я в десантуре служил.

— Я сидел, сидел, — подхватил Саня. — И что-то оно мне надоело. Я в дверь, а она заперта. Я в окно, а там второй этаж!.. Ну, велика важность — второй этаж, мы в армии не такие высотки штурмовали. Ну, перелез, раскачался, подтянулся, там выступ такой, я на него, а оттуда уж спрыгнул. А Крыска внизу на терраске стоит и вроде как за меня болеет.

— Так и было, — подтвердила Кристина.

— Ну, приземлился я, и мы с ней тут прямо на кресла сели и погутарили малость.

Меркурьев слушал, не перебивая, время от времени посматривал на Муру. Она тоже слушала, у неё было внимательное и заинтересованное лицо, только ровные густые брови слегка приподняты, отчего смешливое лицо казалось совсем весёлым. И солнце из окна заливало её всю, от светлых волос и до красных ботинок.

Эх, хороша была Мура!..

— Я ей объяснил, что мне в город надо, к похоронам готовиться, а как к похоронам лучшего друга готовиться, я не знаю!.. А она мне пожаловалась, что кольцо у ней спёрли невиданной красоты и цены неописуемой и что теперь всё пропало.

— Ну?.. — поторопил Меркурьев.

— Ну и поднялся я к себе в комнату, пиджак надел и портфель взял, и поехали мы в город. Крыска обещала мне помочь с Ванюшкой-то. — Саня мотнул головой. — И сегодня целый день по всяким телефонам названивала. Правда помогла, не обманула.

— Я зачем вам понадобился?

Кристина и Саня посмотрели друг на друга, совершенно как Мура с Меркурьевым. И она ему кивнула, словно что-то разрешая.

Мурины брови поднялись ещё выше.

— Поговорить надо, дядь, — повторил Саня и, прищурившись, посмотрел за стекло. — Как отзвонились, сразу сюда приехали. Я люблю зоопарк, ещё когда пацаном был, полюбил. Тут звери всякие. Бегемот в войну был, Гансом звали, слыхали про такого бегемота?.. Легендарная скотина!

Мура и Василий Васильевич вразнобой подтвердили, что слышали.

— Когда мне подумать надо, я всегда к бегемотам хожу, — продолжал Саня. — Я это, типа, патронаж над ними держу. У нас так принято. Кто может, тот деньги даёт на зверей. Я на бегемотов даю.

— Поговорить с тобой — это моя идея, — призналась Кристина. — Саня считал, что не имеет смысла, но я его переубедила.

— Это всё я давно понял, — сказал Василий Васильевич. — Я только не понял, о чём вы хотите говорить, что за секретность такая. Сань, ты чего, сам дружбана с маяка спихнул?

— Больной, что ль, дядя?!

— Тогда в чём дело?

— Здесь разговаривать неудобно, — повторила Кристина. — Поехали куда-нибудь. У нас на стоянке машина.

— А из гостиницы до города вы на чём добирались?

— На такси, — удивилась Кристина. — Саня хотел шофёра вызвать, а я сказала, что шофёра ждать долго. Ну, и позвонила в такси.

— Хоть бы ты Захарычу позвонила, — пробурчал Василий Васильевич. — Или мне!.. Мы же не знали, что ты с Саней уехала. Волновались.

— Я тебе говорила, что не нужно волноваться, — вставила Мура. — С ней всё в порядке.

— Ну чё? Поехали? Ща, заплачу только!.. — Саня похлопал себя по карманам и пошёл к длинной пластиковой стойке, над которой были развешаны разноцветные надувные шары с надписями «С днём свадьбы» и «С новым учебным годом!»

— Зачем ты с ним поехала? — спросил Меркурьев Кристину, когда Саня оказался под одним из шаров и не мог их слышать. На шаре было написано «Happy Birthday!».

— А что? — сразу ощетинилась Кристина. — Его одного нужно было бросить?! Он чуть с балкона не свалился!.. И горевал так, что смотреть тошно!.. И потом! Мне нужно было домой.

— Ты заявление о пропаже перстня написала?

Кристина посмотрела на Меркурьева как на сумасшедшего. Мура хмыкнула, довольно отчётливо.

— Ты что? Ума лишился? — Кристина покрутила пальцем у виска. — Какое ещё заявление?! Да и разве в заявлении дело?!

— Он ничего не знает, — сообщила Мура.

— А ты? Почему не рассказала?

— Как я могу? — Мура даже руками всплеснула. — Рассказать может только та, кому принадлежит перстень!..

— Опять, — возмутился Меркурьев. — Эти ваши штучки!.. То призраки, то духи, то кольцо! Оно обладает магической силой?! Мы должны вернуть его хоббитам?!

— Нам же всё объяснили, — сказала Мура. — Ты так и не понял?..

— Я расскажу, — пообещала Кристина. — При чём тут хоббиты, Вася! Сань, догоняй, мы на улице!..

Саня оглянулся от стойки, кивнул и махнул рукой.

Они вышли на улицу. После пластмассовой тесноты и духоты воздух показался вкусным, как вино. Мимо прошаркал сторож с метлой и пролетел пацанёнок на велосипеде. Пацанёнок с разгону врезался в кучу опавших листьев, которые разлетелись в разные стороны, и сторож сразу заругался.

— Как хорошо, — Мура потянула носом. — Жалко, я не чувствую ничего!.. Смотри, смотри, слон! Вышел!

И схватила Василия Васильевича за рукав.

— Это не слон, а слониха, — поправила Кристина. — Видишь, у неё во-он там вязанка хвороста? Это специально приготовлено! Она хоботом берет хворостины и чешет себе спину! Так прикольно!

И обе девицы — ясновидящая и студентка — с восторгом устремились к вольеру. Меркурьев пошёл за ними.

— А летом её из шланга поливают, — говорила Кристина. — Это она тоже очень любит. Разевает пасть и пьёт!.. Прямо из шланга!.. Я сколько раз видела! А Саня говорит, что бегемоты всё равно круче. Но мне кажется, слоны. И ещё жирафы. Ну что бегемот? Лежит в бассейне и лежит, как свинья.

Василий Васильевич хотел было сказать, что Сане бегемоты нравятся, потому что он чувствует в них родственную душу и определённое сходство с самим собой, но промолчал.

— Ну чё, народ? Двинули?

Девиц с трудом удалось увести от слонихи, они то и дело оглядывались и наперебой делились впечатлениями. Саня смотрел себе под ноги. Василий Васильевич раздумывал.

Кристина сказала, что выйти лучше всего по дорожке мимо медведей, это тоже оказалась долгая история — до медведей было совсем не близко. А потом, когда они дошли, ждали какого-то медвежонка, который так и не показался, но и от взрослых медведей девиц было не оторвать. Медведи прыгали со скалы на скалу, валялись и плюхались в круглый бассейн. Потом отряхивались, смешно садились на круглые зады и энергично жестикулировали передними лапами — выпрашивали вкусное.

Василий Васильевич заметил, что медведям, по-хорошему, давно пора впасть в спячку, но ему сказали, что он ничего не понимает. В дикой природе, может, и пора, а в зоопарках медведи ложатся спать гораздо позже.

Потом опять ждали медвежонка, но он всё не выходил. Саня стоически выносил все девчачьи восторги, а Василий Васильевич, человек пустыни, сильно продрог, зуб не попадал на зуб, и скулил, что пора уходить.

— Как с тобой скучно, — в конце концов сказала Мура. — Ужас.

Кажется, примерно то же самое сказал ему Фридрих Бессель.

Меркурьев, который считал себя остроумным и компанейским парнем, заспорил, они вышли из зоопарка, когда уже закрылась касса, и служитель на велосипеде объезжал аллеи, предупреждая гуляющих о закрытии.

— Куда поедем? — спросила Кристина у Сани. — Есть охота страшно.

— Может, ко мне? Правда, еды никакой нету. Но можно в ресторане заказать.

— Её везти будут три часа!

Кристина огляделась по сторонам, словно в поисках ресторана, и вдруг её осенило.

— Ребята, за зоопарком на улице Чайковского есть прекрасное место! Бежим туда!

— Чё это мы побежим! — возразил Саня. — Доехать можно.

— Сань, зачем ехать? Чайковского близко, на той стороне зоопарка. И на Брамса одностороннее движение, будем круги нарезать!

— Зоопарк здоровый, — сказал Саня.

— Давайте лучше на машине, — стуча зубами, попросил Меркурьев, и Саня развеселился.

— Ты чё, дядь? Уморился? А ещё бегаешь, мускулатуру развиваешь!

— Да я замёрз просто!..

Он втиснулся в Санин джип, тоже отдалённо напоминавший бегемота, включил обогрев и повернул на себя решётку отопителя. В зеркале заднего вида он увидел на стоянке белый «Кадиллак» и повернулся, чтобы его рассмотреть, но Саня уже тронул с места, и ничего Василий Васильевич не рассмотрел.

Ехали три минуты.

Саня затормозил возле трёхэтажного особняка, свежеоштукатуренного и выкрашенного голубой краской. Перед входом горели старинные фонари, подсвечивали снизу старые липы, брусчатка блестела, как полированная.

— Если нас сейчас пустят, — говорила Кристина, вылезая из джипа, — считайте, что нам повезло! У них тут вечно народу полно.

— Нам народ не к чему, — пробормотал Саня. — И с чего это нас вдруг не пустят?

— Что тут такое? — спросила Мура, оглядываясь по сторонам. По её носу Меркурьеву было видно, что ей всё нравится — и липы, и брусчатка, и особнячок.

— Ребята открыли гостиницу, только не как у нашего Захарыча, а самую настоящую. Ну, на самом деле тоже не совсем настоящую! У них тут что-то вроде адвокатской квартиры. Внизу ресторан, и очень вкусно! А наверху номера и всегда всё занято, командированных много приезжает, уж больно место хорошее! Мы тут ужинали пару раз. На мамин день рождения и на мой. Заказывать заранее нужно, мест мало, а вкусно невозможно!

«Гостиница «Чайковский», — было написано затейливым шрифтом на медной табличке. За переплётом стеклянных дверей горел уютный свет.

— Проходите, проходите!..

Первое, что увидел Василий Васильевич, был рояль. На его сверкающей крышке стояла небольшая фигурка балерины, отражалась в чёрной глубине, как в омуте. Двустворчатые распахнутые двери с правой стороны вели в небольшой зал, разделённый на две части. Здесь были не только столы, но ещё и полосатые диваны, старинный буфет и торшеры с нефритовыми шариками.

Кристина заглянула куда-то налево.

— Можно у вас поесть? — спросила она, и Василий Васильевич мог поклясться, что своими глазами видел, как заискивающе вильнул её хвост. — Нас четверо, мы долго сидеть не будем!..

— Конечно! — вскричали из глубины «адвокатской квартиры». — Проходите, пожалуйста!

В коридор выпорхнула молодая дама в элегантном платье и удивилась, увидев Саню.

— Привет, Катюх, — сказал он буднично.

— Что ж ты не предупредил? Мы бы подготовились!

— А я так, Катюх! Этим самым!.. Эскортом, правильно я сказал?

— Экспромтом, — поправила Кристина, не моргнув глазом. — За какой столик можно?

— Таким гостям — за любой, — пригласила Катюха. — Водочки, Саня?

— Не, не, не, — перепугался он. — Я её за последние дни столько выпил, что самому страшно. И за рулём я. За рулём из принципа не пью!..

— Сейчас принесут меню, а вы располагайтесь!..

Они уселись за самый красивый стол — круглый, у окна, скатерть с подбором, вокруг стулья с бархатными спинками.

Меркурьев мечтал тяпнуть водки и тёр о джинсы замёрзшие руки — грел, Мура оглядывалась по сторонам, Кристина радовалась, что они «попали», их «приняли» и будут кормить, а Саня удручённо смотрел в скатерть.

Стены были украшены фотографиями балерин и композиторов в резных антикварных рамках, торшеры горели не ярко, но и не слишком интимно, посуда за дверцами буфета переливалась и сверкала.

— Никогда здесь не был, — признался Василий Васильевич и перестал тереть руки.

— А зря, — откликнулся Саня. — Хорошее место. К нам когда с Москвы большие люди едут, мы их всегда тут селим. Культурно, глазу приятно. Самый центр опять же!

Он явно маялся и страдал, как раненый бегемот Ганс, и невозможно было понять, в чём дело. Кристина посматривала на него с сочувствием.

За ними внимательно и ненавязчиво ухаживали — то ли Сане положены были такие ухаживания, то ли здесь так ухаживали за всеми гостями.

Когда они заказали еду и Меркурьеву принесли водки в запотевшем графинчике, а девицам вишнёвой наливки, и все выпили, Кристина сказала, что пора.

— Чё пора-то? — вдруг окрысился Саня. — Вот чё пора?! Чё ты понимаешь-то в моей жизни? А туда же, указания даёт!

— Не хочешь, не говори ничего, — обиделась Кристина. — Поужинаем, да и разойдёмся. Больно мне надо тебя уговаривать! Полдня уговариваю!

Саня перепугался.

— Крыска, ты чё? Не, ты не думай, это я не на тебя попёр, тошно мне, вот и всё.

— Вы что-то узнали о покойном друге? — вдруг спросила Мура. — Неприятное и неожиданное?

Саня, который не отрывал глаз от Кристины, моргнул и вперил взгляд в Муру.

— Эка, — сказал он в замешательстве. — Это как понимать? Крыска, ты уже насвистела, что ли?

Кристина и Мура возмутились одновременно:

— Ничего я не свистела!

— Я просто предположила!

Василий Васильевич следил за представлением с интересом.

— Короче, дело вот в чём, — начал Саня. — Приехал я, значит, в офис наш. Ванюшкиным последним делом заниматься, на тот свет его снаряжать. Крыска со мной приехала. Она по телефону названивала во всякие похоронные конторы, а я у него в кабинете засел. Надо было мне бумажонки посмотреть. Ещё секретарша его там крутилась, то мне кофе предлагала, то чаю, то виски с колой! Насилу выгнал её.

— Саня, говори, в чём дело, — велел Василий Васильевич. — Что за скандинавские саги!..

— Саго с детства терпеть ненавижу, — уныло поддержал Саня. — Самая отвратная каша!..

Невозможно было передать всем этим посторонним людям то, что он узнал о лучшем друге Ванюшке — рисковом и безбашенном пацане, первом кореше и надёжном плече. Невозможно и неприятно!.. Как будто он, Саня Морозов, предавал мёртвого друга, хотя всё оказалось наоборот — получилось вроде, что друг его предал, когда был жив и здоров.

— Короче, — рассердившись на себя, выпалил Саня, — все бумаги на покупку дома он собирался подписывать единолично. Договор составлен на него, а мной там и не пахнет! Даже через нашу общую фирму ничего не проходит.

Василий Васильевич очень удивился. Он всё ждал мистики, чудес, превращений — например, полез Саня в ящик стола покойного Ванюшки, а оттуда на него выскочил единорог или варан! Такой прозы жизни — переделанного договора, — Меркурьев не ожидал.

— Вы приехали в нашу гостиницу подписывать договор с Виктором Захаровичем?

— Так точно.

— Договор был у вас с собой?

— Ясный-красный.

— На кого он был оформлен? На вас обоих?

— Да на фирму нашу, говорю же!.. Нормальный договор на покупку недвижимости, стандартный.

Меркурьев подумал немного. Мура отпила ещё наливки. Занятно было наблюдать, как она пьёт спиртное из крохотной хрустальной стопки — маленькими чопорными глоточками вместо того, чтоб опрокинуть одним махом.

— А в столе ты нашёл совершенно другой договор на покупку этой же недвижимости?

— Я те о том и толкую, дядя.

— Покупателем выступал твой друг Ванюшка — сам по себе? А кто продавец? Виктор Захарович?

Тут Саня улыбнулся. Лицо у него разгладилось, на щеках заиграли ямочки.

— Вот ты прям в корень смотришь, дядь!.. То-то и оно-то, что ни фига не Захарыч.

— А кто? — спросила Мура.

— А хрен знает! Никто. Договор переделанный на Ванюшку. А продавец вообще не указан, нет его. Словно он сам не знал, кто продаёт, но покупать один собрался, без меня.

Василий Васильевич ещё немного подумал.

— И чем это можно объяснить?

Саня опять уставился на скатерть.

— Без понятия. Только чего-то он задумал, дружок мой. А чего, не понимаю я.

— Получается, что Ванюшка, — заговорила Кристина, — или вообще не собирался тот, первый, договор подписывать и заготовил рыбу второго, или знал, что подписание не состоится. Вопрос — что именно он мог знать?

— Суть в том, — подхватил Саня, — что мы с ним все дела на двоих делали, и никаких секретов друг от дружки не имели. А теперь получается, что он имел и меня за нос водил, что ли?.. Или чего?..

Василий Васильевич пожал плечами.

— Может, и водил, только непонятно зачем. Особенно если у него в договоре продавец не указан!.. Ну, переделал на себя, и дело с концом, но он продавца не стал вписывать!

— Во-во.

Принесли еду, и все накинулись на неё, словно три дня не ели.

Странное дело, думал Меркурьев, хлебая огненный борщ и заедая его чёрным хлебом с чесноком и салом. С одной стороны — Кант, Бессель и прочая невозможная бессмыслица. С другой — переделанный договор и пропавшее украшение, сплошная проза жизни. Как всё это совместить?

Допустим, все верят в существование Полинезии, хотя мало кто видел её собственными глазами, но не верят в то, что видят и слышат сами, — парадокс, и об этом можно подумать на досуге перед камином, но при чём тут убийство? Человек погиб здесь, а не в придуманном мире духов, и договор — штука материальная, и перстень с изумрудом тоже!..

— Хорошо, — сказал Меркурьев и вытер салфеткой вспотевший от борща лоб. — Ванюшка переделал договор. А тот, первый, который вы привезли с собой, где?

— У меня в портфеле, где ему быть!.. Его теперь тоже переделывать надо, только обратно на меня, потому как нет больше Ванюшки.

— Это правильное заключение, — одобрил Меркурьев.

— Вот как теперь понять, что Ваня задумал? — спросила у него Кристина. — Мы не знаем, да, Сань? Может, его из-за этого второго договора и столкнули с маяка! Хотя Саня считает, что он сам упал. А я считаю, что не сам!

— И я считаю, что не сам — согласился Василий Васильевич. — Мы с Мурой так оба решили.

— Мать вашу за ногу, если его столкнули, я должен найти убийцу! — вскричал Саня и положил ложку. — И покарать.

Василий Васильевич передразнил:

— Покарать!..

Некоторое время они молча ели, Саня сопел и шевелил лицом.

— А что за история с твоим камнем, Крис? Почему это тайна за семью печатями и её никто не может рассказать?

— Такой уговор, — пояснила Кристина. — Такой порядок. Это не я придумала, так задолго до меня установилось. То, что он пропал, ужасная беда, и дело не в том, сколько он стоит.

Василий Васильевич отдал официантке пустую тарелку, положил локти на стол, подпёр подбородок ладонью и попросил душевно:

— Может, уже расскажешь? Сейчас самое время.

Кристина огляделась по сторонам, словно желая убедиться, что никто не подслушивает, но в зале, кроме них, никого не было — как по заказу.

— Слушайте. Этому камню шестьсот лет.

— Что-то больно много, — заметил Василий Васильевич, и Мура на него шикнула.

— На самом деле, наверное, больше. Никто не знает, когда и кем изумруд был добыт и особым образом огранён. Но известен он со Средних веков. Он охраняет женщин.

Меркурьев поперхнулся клюквенным морсом.

— Каких женщин? Как охраняет?

Кристина помедлила, словно искала слова.

— В Средневековье женщин пытали и жгли. Считалось, что церковь так борется с ведьмами. На самом деле, нам трудно себе представить... масштабы той борьбы. Их же сожгли не сотню и не две. В Европе их жгли тысячами на протяжении нескольких столетий.

— Да ладно, — сказал Саня.

— Да не ладно! — Кристина посмотрела на него презрительно. — Я изучала вопрос! Даже в Ленинку ездила, там всякие инкунабулы хранятся.

— Это чё такое?!

— Ну, книги, книги!.. Есть такой «Маллеус малефикарум», «Молот ведьм», его знает всякий историк, изучающий Средневековье. Эту книгу написали два просвещённых немецких монаха — Инститор и Шпренгер, кажется. Она огромная, эта книга, чуть не полметра толщиной. В ней описаны пытки. Как нужно пытать женщину, чтобы она созналась, что состоит на службе у дьявола. Просто так сжечь нельзя, тогда не удастся изгнать дьявола, нужно непременно пытать, и чем страшнее, тем лучше.

Саня моргнул.

— Там описаны признаки, как отличить ведьму. Ну, во-первых, она должна быть красива. Во-вторых, умна и хитра. Ну и так далее. И они так старались, что за несколько столетий истребили почти всех красивых и умных женщин. Те умерли в страшных мучениях.

— Слушай, — вдруг сказал Саня. — А я-то думаю, чего это бабы в Европе страшнее атомной войны?! Просто всех красивых повывели, оказывается!..

— Пытки, написано в «Молоте», должны быть страшнее десяти смертей, только тогда они будут действенны. Главное, пытали просто так — мучили ради мучений. Никаких тайн не выпытали, просто потому что их не существовало.

— Твой изумруд тут при чём? — грубо спросил Меркурьев, у которого разыгралось воображение.

Он вдруг представил себе Муру в Средневековье. Муру наедине со всем этим мракобесием, Инститором и Шпренгером, и некому ей ни помочь, ни спасти!..

— Изумруд тоже описан в этой книге.

— Как?!

— Считалось, что он охраняет ведьм. Та, у которой находится этот камень, не может быть поймана и предана суду Святой инквизиции. Она становится словно невидимой для глаз святых отцов и недоступной для их пыток, и все окружающие ведьмы тоже. Но как только он попадёт в чужие руки, начнётся страшное бедствие! Считалось, что, если передать изумруд инквизиции и поместить его в кафедральный собор, во время особой службы отцам церкви откроются все ведьмы, какие только есть на Земле. И Земля избавится от скверны.

— То есть церковь их запытает, — уточнил Василий Васильевич, Кристина кивнула.

— Изумруд прятали, как могли. Есть легенда, что церковь ни при чём, его просто вожделел какой-то испанский монарх, именно поэтому камень так старательно искали. Монарх мечтал украсить им свою корону. На поиски камня были брошены лучшие слуги Господа, учёнейшие монахи, инквизиторы, алхимики, но изумруд найти не могли. Скольких женщин запытали, когда искали, никто не знает. Много. Сань, налей мне тоже морсу.

Кристина глотнула из стакана и продолжила:

— Одна из женщин нашего рода, хранительница камня, когда поняла, что ей не спастись, отправила дочь в варварскую и дикую лесную страну под название Русь. На Руси ничего такого не происходило.

— Да?! — обрадовался Саня.

— Тут много другого происходило, — отмахнулась Кристина, — но в православной церкви никогда не было такой чудовищной борьбы с ведьмами. Камень отправился вместе с дочерью хранительницы и с тех пор жил здесь.

— Жил, — усмехнулся Василий Васильевич. — Камень!..

— Он передаётся исключительно по женской линии, — продолжала Кристина.

— А если дочерей нет?

— На этот случай наверняка тоже существуют инструкции, — серьёзно сказала Кристина. — Но в нашем роду у всех всегда были дочери. Наверное, это тоже уговор. Каждая женщина в нашем роду получает изумруд от матери на восемнадцатилетие и носит его до восемнадцатилетия собственной дочери. Моя мама его носила, сколько я себя помню, каждый день. Когда мне стукнуло восемнадцать, она мне его отдала и рассказала, что я должна его хранить, беречь и, самое главное, носить!

Его нельзя держать в коробке, в сейфе, в банке! Он должен каждый день чувствовать женское тепло, иначе он погибнет и вместе с ним погибнет весь женский род. Истребление начнётся снова.

— Да ладно, — сказал Саня не слишком уверенно. — Сейчас не Средние века.

— Да дело не в веках! — перебила Кристина. — Когда я стала учить историю и читать всякие такие книги, в том числе и те, что у нас дома хранятся, я решила написать диплом как раз о германском Средневековье. И получилось, что моя пра-пра-пра-и-так-далее бабка жила где-то в этих местах. Ну, которая отправила дочь в Княжество Московское и спасла и её, и камень.

— Они жила в нашем доме на взморье, — сказала Мура тихо.

— Кант нашептал? — спросил Меркурьев. — Или Бессель?

— Нет, но я знаю. Я видела и слышала.

— Изумруд нужно найти, — вмешалась Кристина. — Иначе дело плохо. Он не может оставаться в чужих руках, даже добрых и благородных. Он охранитель, а не украшение и не безделушка.

— Добрые и благородные руки не крадут чужих камней, — заметил Василий Васильевич.

— Как нам его найти? — спросила Кристина, словно и на этот счёт существовали «инструкции». — Что для этого нужно сделать?

— Перемотать время назад, — предложил Василий Васильевич, — поставить во все комнаты и коридоры видеокамеры, повесить на все двери амбарные замки, а тебе не зевать по сторонам и лучше его сторожить.

— А ещё что?..

Никто не знал.

В то, что на Земле вновь может грянуть инквизиция и вернётся Средневековье, Меркурьев не верил, но точно знал, что камень нужно найти. Пусть Кристина с Мурой убеждают друг друга в чём угодно, но кража есть кража!..

— Ты должна написать заявление о пропаже камня, — сказал он. — И ждать, когда его найдут профессионалы. После этого его нужно застраховать на бешеные деньги и молиться, чтобы с ним больше ничего не случилось.

— А мы сами? Не сможем его найти?

— Нет, — буркнул Василий Васильевич.

— Его не сможет найти никто, кроме меня, — сказала Кристина, — и моих друзей и помощников. Камень ни к кому не пойдёт в руки.

— Началось в колхозе утро, — пробормотал Василий Васильевич. — Алё! Он уже пошёл, Крис! В чьи-то руки! Не добрые и не благородные!..

— Нужно вызвать всех обитателей нашего дома на спиритический сеанс, — решила Мура. — Я попрошу духов нам помочь. Вряд ли они знают, кто его взял, но могут догадываться.

— Иммануил с Фридрихом сказали, что ничего не знают, — мстительно напомнил Василий Васильевич.

— Возможно, к тому времени они уже будут знать.

— Я отказываюсь, — объявил Меркурьев. — Я в таких делах не участвую.

— Вась, тебе жалко, что ли? — спросила Кристина. — Ну, не веришь и не верь, но ради нас ты должен!

— Не могу. Это мракобесие, а я мракобесие презираю, — стоял на своём Василий Васильевич.

— На здоровье, — сказала Мура, — ты можешь не участвовать. Если нам откроется, где камень, мы без тебя решим, что нам делать дальше.

— Вы решите! — воскликнул Василий Васильевич. — Это уж точно!..

Он выбрался из-за стола и стал раздражёнными шагами мерять «адвокатскую» гостиную — от высокого окна, за которым горели синие фонари, до двустворчатых дверей и обратно.

Он ходил, думал, но толком ничего не придумывалось.

В день пропажи камня по номерам кто только не ходил! Приходила Нинель Фёдоровна предупредить, что завтрак задерживается. Приходил Стас с новым паролем вай-фая. Саня шатался по комнатам, искал его, Меркурьева! А когда Кристина ушла на завтрак, в комнату мог зайти вообще любой из постояльцев, включая Канта с Бесселем!

— Кстати, а эти гаврики, которые из потустороннего мира, могут захватить с собой материальный предмет? — спросил Меркурьев в основном для того, чтобы позлить Муру. — Одеяло-то у меня пропало!

— Я не знаю, — сказала та сдержанно. — Я многого ещё не знаю. Но я могу у них спросить.

— Вы сейчас о чём, братва? — осведомился Саня. — О каком таком потустороннем мире? Или вам всё шутки шутить?

— Вон Мура лучше знает!..

Меркурьев дошёл до окна, машинально взглянул в него, двинул было обратно, но притормозил, подошёл и осторожно выглянул.

На противоположной стороне тихой улицы, чуть в отдалении под липой стоял белый «Кадиллак». Синий свет фонаря отражался от полированной крыши.

— Интересно, — пробормотал Меркурьев. — Очень интересно. Слушай, Сань, ты куришь?

— Балуюсь иногда. Особенно как поддам!..

— Пойдём покурим, — предложил Василий Васильевич. — Хоть ты и трезвый.

Саня заворочался, как бегемот, выбираясь из-за стола.

— Ну, пойдём, если тебе охота. Девчонки, мы щас!..

Мимо чёрного рояля с белой балериной на крышке они вышли на высокое узкое крылечко, под затейливый чугунный козырёк.

Вновь зарядил дождь, частые мелкие капли торопливо летели в свете фонаря, и брусчатка сверкала, как отполированная.

Саня вынул из внутреннего кармана «лётной» куртки мятую пачку и сунул Меркурьеву.

— Я не курю, Сань.

— Да ну? А чего тогда звал?

— Там «Кадиллак» стоит, во-он чуть подальше. Мне кажется, на нём Лючия ездит.

Саня смотрел на него, явно не понимая, о ком он говорит.

— Ну, красотка из нашей гостиницы! В мехах ходит.

— А!.. И чего? Пусть себе ездит!

— До этого я похожий «Кадиллак» возле зоопарка видел, когда мы в твою машину садились.

— А-а, — Саня уважительно посмотрел на Меркурьева, немного подумал и заключил: — Не, я не понял. И чего?

— А до этого она нас привезла в город.

— Ты можешь яснее говорить, дядя?

Не отвечая, Василий Васильевич сбежал с крыльца, накинул на голову капюшон и аккуратно выглянул из-за угла. Саня наблюдал за ним. В дождливом полумраке виднелся огонёк его сигареты.

— Нет, отсюда не видно, — негромко сказал Меркурьев Сане. — Номеров не разглядеть! Подожди, я сбегаю, гляну.

— Давай, — махнул рукой Саня.

Меркурьев поглубже натянул капюшон — по всем правилам маскировки, — выскочил на тротуар и побежал в противоположную от «Кадиллака» сторону. Пробежал несколько шагов до кафе-стекляшки, при входе в которую маялся мокрый бездомный пёс. Он порывался войти, когда в стекляшку заскакивали посетители, и не успевал протиснуться в двери.

Меркурьев немного постоял возле кафе, словно прикидывая, зарулить на кружку пива или нет, повернул обратно, перешёл улицу и заспешил — ни дать ни взять, работяга возвращается домой после трудового дня!

За спиной послышалась ругань — охранник выдворял мокрую дворнягу, видимо, прорвавшуюся внутрь.

Меркурьев вздохнул.

С его точки зрения, ничего не было и не могло быть хуже на свете, чем нищие старики, брошенные дети и бездомные собаки.

Отворачиваясь, словно от дождя, он проскакал мимо белой машины, ещё раз оглянулся, дошёл до перекрёстка и по другой стороне вернулся обратно.

— Ну? — с крыльца спросил Саня.

— Её машина, — Меркурьев откинул капюшон и стряхнул с него воду. — И сама там.

Саня подумал немного.

— И что это значит?

— Это значит, ей что-то от нас надо. И она не хочет выпускать нас из виду.

— Может, у неё мать в соседнем доме живёт?

— А в зоопарке отец служит привратником, — поддержал его Василий Васильевич. — Говорю тебе, это неспроста!

Мокрый пёс, оглядываясь, бежал по противоположному тротуару и через дорогу свернул к ним.

— Как это они под дождём бегают, — как юный натуралист поразился Саня. — И на снегу лежат. Не холодно им.

— Да может, холодно, — возразил Меркурьев. — Они нам не говорят. А мы не спрашиваем.

Мокрый пёс сделал круг по двору, задрав голову, посмотрел на мужиков и стал забираться по ступеням. Он был совсем небольшой, с нелепыми ушами, слишком большими для острой морды и кургузого тела.

Саня щелчком отправил сигарету в урну, — она описала дугу и точнёхонько попала куда надо, — неожиданно присел на корточки и погладил пса по башке. Тот смотрел вопросительно.

— Вась, — произнёс Саня озабоченно, — ты тут постой, не отпускай его. Уличные, они все бестолковые, утечёт, и всё!.. А я схожу мясца принесу.

И скрылся за стеклянной дверью. Меркурьев остался наедине с мокрой собакой. Пёс настропалил свои дурацкие уши и смотрел вслед Сане.

— Он пошёл за мясом, — объяснил Василий Васильевич, ругая себя за то, что брезгует его погладить. — Сейчас принесёт, хоть сыт будешь.

Пёс переступил короткими мохнатыми лапами и настропалился ещё больше.

— А когда сыт, — от неловкости и стыда перед ним за только что съеденный борщ, тёплую куртку и сухие ноги продолжал разглагольствовать Меркурьев, — жить сразу легче.

Потом они некоторое время стояли молча. Когда за переплётом стеклянных дверей показался Саня, пёс неожиданно вильнул хвостом.

В руках у Сани была тарелка в фарфоровых завитках, а на ней приличный кус жареного мяса, кое-как накромсанного.

— Вот, — сказал Саня, присел и поставил тарелку перед псом. — Ешь. Только что сготовили.

— Это твоё, что ли?..

Пёс недоверчиво посмотрел на тарелку, а потом — по очереди — на обоих мужиков.

— Пошли, — Саня потянул Меркурьева за куртку. — Видишь, он стесняется.

И втащил Василия Васильевича внутрь. Тот шёл и всё время оглядывался.

Пёс на крыльце жадно ел, встряхивая ушами, ходили подведённые бока.

Они сняли куртки, пристроили их на вешалку возле рояля и вернулись за стол.

— Куда ты мясо поволок? — тут же спросила Кристина. — Только принесли!..

— Да так, — неохотно сказал Саня. — Ну что? Делать-то чего станем? Сухари сушить?

— А что ты будешь есть? — не отставала Кристина. — Хочешь, я тебе свою котлету отдам? Или давай пополам!

— Давай, — согласился Саня, и они принялись за котлету — по очереди.

Василий Васильевич смотрел на них во все глаза.

Что-то явно не сходилось у него в голове, делилось на странные части, как неравенство Бесселя. В первый раз увидев Саню, он заключил, что перед ним самая обыкновенная свинья, каких в последнее время развелось великое множество, — пьющая, жрущая, нахрапистая. Люди должны держаться от них подальше, свиньи не разбирают, что есть, где спать, и могут нагадить!.. От них много мороки и грязи, с ними нет никакого сладу. Все части уравнения сходились.

Потом началось странное: Саня вполне по-человечески страдал, когда друг свалился с маяка, потом он оказался в обществе Кристины, а сейчас на крыльце пожалел никчемную собаку — и не просто пожалел, а накормил!.. Теперь никакие части не сходятся, да и уравнения нет, а есть как раз неравенство!

— Там, под липами, Лючия, — проинформировал он тех, кто не участвовал в вылазке. — Она и возле зоопарка была, я видел ее машину. Выходит, она за нами следит. И её очень интересует твоё кольцо, Крис.

Кристина перестала жевать и уставилась на Меркурьева.

— Зачем ей за нами следить?

— Я не знаю!

— Кольцо её действительно интересует, — поддержала Мура. — Хотя она настаивает на том, что таких изумрудов не бывает и это просто стекляшка.

— Она что, знаток? — обиделась Кристина. — Слушайте, а может, она его и украла?

— И теперь ездит за нами, чтобы вернуть, — продолжил ее мысль Василий Васильевич. — Нет, тут что-то другое.

Он налил себе согревшейся водки, выпил и захрустел солёным огурцом.

— Кстати, на маяк твой друг пошёл вполне подготовленным, — сообщил он Сане. — С фонарём! Ты не видел у него фонарь? Вечером, когда вы пили?

— Какой, на фиг, фонарь?!

— Автомобильный, чёрный. Довольно мощный.

Саня смотрел на Меркурьева и жевал всё медленнее.

— Это я к тому говорю, — продолжал Василий Васильевич, — что он не по пьяни на маяк полез, а за каким-то делом. И об этом деле ему было известно заранее. Я уверен, что он выпил-то всего ничего. Скорее всего, только тебе подливал.

— Да чё ты гонишь-то?! — вдруг взбеленился Саня и швырнул вилку. Кристина взяла его за руку.

— Если так, — продолжал Василий Васильевич, — новый договор тоже объясняется тем, что старый он подписывать и не собирался. Ну, тот, который вы привезли! У него был план. Он должен был что-то узнать или получить в тот вечер, когда вы приехали. Видимо, свидание ему назначили на маяке, и это почему-то не вызвало у него никаких подозрений. Он собирался повстречаться с тем, кто назначал свидание, получить нечто, вернуться в город и окончательно переделать договор. Исключить из него тебя и включить нового собственника, который в новом договоре не указан. Думаю, не указан он потому, что Ванюшка сам не знал, кто этот собственник. Думаю, он ждал, что ему сообщат про него на маяке. А его столкнули. И вот вопрос: при чём тут изумруд?

— А при чём тут изумруд? — повторила Кристина как заворожённая.

— Могло быть так, что его украл Ванюшка в обмен на это самое нечто, что ему пообещали, если он придёт на маяк?

Кристина подумала, а Мура покачала головой.

— Когда он... он умер, кольцо было ещё при мне, — сказала Кристина. — Вы все помните!

— Может быть, не он сам, — вкрадчиво произнес Василий Васильевич. — Может, он попросил кого-нибудь?

Тут они все трое повернулись к Сане.

— Я?! — спросил тот с изумлением. — Я изумруд спёр, по-вашему?! Ну, конечно! Ванюшка только меня и мог попросить, так?!

— Не так, — твёрдо сказала Кристина. — Что ты всё на свой счёт принимаешь, как будто тебе судья приговор зачитывает! Вася спрашивает, мог ли твой Ванюшка кого-нибудь подрядить кольцо украсть! И если да, то кого! Вот что он спрашивает!

— Да я откуда знаю! Я с вами одурел совсем и запутался! Как он мог кольцо спереть, если он мёртвый был, когда оно пропало!

— Не сам, — повторил Василий Васильевич. — Кого он мог нанять, твой друг Ваня?

— Да я-то откуда!..

— Нужно в его бумагах порыться, — деловито предложила Кристина. — Мало ли, может, записи остались!

— Какие записи? — заревел Саня.

— А мы посмотрим и узнаем, — энергично пообещала Кристина. — А ты, Вася, на Лючию намекаешь, да? Она украла?

— Нет, — покачал головой Василий Васильевич.

— Как?!

— Мне кажется, она тоже ищет изумруд, — медленно произнёс Меркурьев. — Я не знаю зачем, но ищет. Если бы он был у неё, она давно бы уже исчезла из нашего поля зрения, а она вон! Под липами. Следит.

— Если б она исчезла сразу после кражи, её заподозрили бы, — возразила Кристина.

— Кто? — поинтересовался Василий Васильевич. — Мы? Кому какая разница, кого и в чём мы подозреваем? Мы можем подозревать, что изумруд похитил Реджеп Эрдоган, турецкий президент! И что? И ему наплевать, и нам удовольствие, такую шишку подозреваем, как-то возвышаемся!

Все молчали и смотрели на него.

— Ты сама сказала, что обращаться в органы не станешь, — продолжал Василий Васильевич. — И Мура, она тогда была Антипия, тебя поддержала. Вор, если это слышал, наверное, возликовал и до сих пор ликует. Ему от наших подозрений ни тепло, ни холодно. Его за них на зону не отволокут.

— Изумруд мог взять кто угодно, — напомнила Мура. — Лючия в том числе.

— И всё-таки я думаю, что она не брала.

— Ты так думаешь, потому что от неё у тебя слюни текут, — ни с того ни с его отчеканила Мура. — Красивая женщина не может быть замешана в воровстве, так?

Василий Васильевич засмеялся.

— Не хочется, чтобы была замешана, — поправил он с удовольствием. — И не текут у меня слюни!..

Мура отвернулась.

— И ещё деталь, — продолжал Меркурьев, наслаждаясь её ревностью. — Мы о ней забыли. Утром все двери в доме были заперты. То есть Ванюшка ушёл на маяк, а за ним кто-то запер. Или столкнул его, вернулся в дом и только тогда запер двери.

— И чего нам делать-то теперь? — спросил Саня, набычившись. — В ментуру бежать? Так от них толку никакого не будет, дело закрыто — свалился пьяный, мало ли их падает!..

— Нужно установить точно, кому принадлежит дом на взморье, — сказал Меркурьев. — Саня, это ты сделаешь.

— Да я проверял перед покупкой. Захарыча дом.

— Нужно ещё раз проверить. И попробовать узнать, где может находиться дочь Виктора Захаровича, сколько ей лет и кто она.

— Какая дочь? — спросила Кристина. — При чём тут его дочь?

Меркурьеву не хотелось вдаваться в подробности — тогда пришлось бы объяснять и про Канта с Бесселем, а это было невозможно в зале, где пахло вкусной едой, горел уютный свет и белая балерина кружилась на крышке рояля!..

Он сказал, что слышал, как старик рассказывал, что ищет дочь, и вполне возможно, дом принадлежит не ему, а этой самой дочери, мало ли какая бывает возникнуть путаница в документах, особенно если у дома длинная история.

— Я разузнаю, кто такая Лючия. Сань, ты мне поможешь. У тебя тут наверняка все свои — и в ГИБДД, и в паспортном столе.

— На том стоим, — пробурчал Саня. — На своих, в смысле. Никаких дел не поделаешь, если кругом чужие. А когда свои...

— Нужно найти изумруд, — подала голос Мура. — Это сейчас самое главное.

Весь вечер она больше слушала, чем говорила, вытирала салфеткой нос, и в конце концов кончик его совсем покраснел.

— Ты похожа на кролика, — сообщил ей Меркурьев, поднимаясь. — Зачем ты то и дело трёшь нос?

Они вышли на крыльцо, в дождь и синий свет фонарей. Давешний несуразный пёс жался боком к кирпичам стены, тарелка с фарфоровыми завитками была вылизана до блеска.

— Так ты ему мясо отдал? — спросила Кристина, рассматривая пса. — Вот этому?

Пёс шевельнул хвостом. Он переводил настороженный взгляд с одного на другого, поднимал и опять опускал уши, словно вспоминал о чём-то и пугался.

— Дождь, — сказала Мура безучастно.

— Я ща машину подгоню, — Саня скатился с крыльца, хлопнула дверь, заурчал мотор, зажглись фары. В столбах света летели частые капли.

— Ну, держись, — сказал псу Меркурьев. — Будь осторожен, впереди зима.

Они старательно не смотрели друг на друга, и на собаку, которая всё молотила хвостом, тоже не смотрели.

— Пошли, пошли, — Василий Васильевич подтолкнул девиц в спины.

— Чё вы там застряли? — в окно крикнул Саня. — Поехали!.. Нам неблизко!..

Меркурьев сбежал с крыльца, распахнул заднюю дверь, в салон первой пролезла Кристина, а за ней Мура. Меркурьев плюхнулся на переднее сиденье, и тяжёлая машина, перевалив через бордюр, выбралась на дорогу.

— Включи радио, — попросила Кристина, когда молчание стало невыносимым.

Саня смотрел на дорогу, стучали «дворники». Меркурьев повернул тюнер, и в салоне грянул шансон.

— А, вашу мать, — прорычал вдруг Саня, вывернул руль, корпус дрогнул, и джип заскакал по трамвайным путям. Двигатель возмущённо взревел, а Саня поддал газу.

Никто не говорил ни слова.

Они влетели на тихую улицу, колёса застучали по брусчатке, вывеска «Чайковский» надвинулась на них.

Саня приткнул джип рылом прямо в ступеньки, распахнул дверь и побежал наверх. Василий Васильевич встал на подножку, накинул капюшон и выглядывал, вытягивая шею.

Пёс по-прежнему сидел, привалившись боком к кирпичам, и вид у него был неважный. Согнутая спина выражала отчаяние. Он ведь почти поверил — после мяса и руки, которая гладила его по загривку!.. Он почти поверил, хоть и знал, что верить нельзя никому и никогда.

Но он был ещё очень молодой, полгода не исполнилось ему, и поэтому он поверил!.. А потом машина уехала, и на ней уехала его последняя надежда. Так бывает. Каждый для кого-то последняя надежда, хоть и не подозревает об этом и не хочет этого.

Саня двумя руками — за холку и худосочную задницу — поднял его с камней, прижал к белому свитеру, к меху «лётной куртки» и побежал вниз. На последней ступени он чуть не упал — скользко было, — но удержался, добежал до распахнутой двери джипа и зашвырнул пса в салон.

Меркурьев быстро сел и захлопнул за собой дверь.

Саня нажал на газ, и они опять поехали, на этот раз совсем в другую сторону.

Пассажиры и водитель молчали. Дождь шёл. Пёс мелко дышал.

В молчании они выбрались из города, в свете фар навстречу летели стволы старых немецких лип, опоясанные белыми полосами.

В салоне воняло мокрой псиной.

— Как назовём? — наконец спросил Саня, и все как-то разом выдохнули, задвигались, заговорили, словно вдруг наступило невиданное облегчение.

Василий Васильевич оглянулся назад и свесился между сиденьями, Мура полезла гладить и рассматривать морду, а Кристина радостно сообщила, что пёс виляет хвостом.

— Смешная какая собака! — сказала она с восторгом. — Ну, просто невозможный урод!..

— Нас в дом не пустят, — добавил восторгов Меркурьев. — Сань, ты под курткой его спрячешь, а я буду усыплять бдительность.

— Да ладно, чего там, пустят, не пустят! Если не пустят, мы с ним в город уедем!

Остальные члены концессии заревели и запротестовали — как это в город, разве можно в город, когда они только что встретились и должны как следует узнать друг друга!..

— Мы с Саней его вымоем, — без умолку говорила Кристина, — а завтра я сбегаю в посёлок, куплю ошейник и поводок, а то он удерёт. По-моему, он маленький совсем, щенок ещё!

— Ты разбираешься в собаках?

— Нет, но у него щенячье выражение лица.

— Назовём-то его как?

Саня взглядывал в зеркало заднего вида и улыбался, на щеках обозначались ямочки.

— Подожди, — сказала Мура. — Как же! На него нужно сначала как следует посмотреть, а уж потом называть.

В пылу и радости никто не обратил внимания на белый «Кадиллак», который отстал, когда Саня развернулся через трамвайные пути. Вряд ли водитель «Кадиллака» предполагал, что Саня вернётся за собакой, и в этот момент упустил его.

Меркурьев вспомнил про Лючию, только когда они свернули с шоссе и покатили по брусчатке к дому. В доме горели все окна, даже в круглой башенке, где на третьем этаже жил призрак Иммануила Канта, и из труб поднимался дымок. Тянуло морем и горящим углём.

Ни одной машины не было на площадке перед подъездом.

— Вот и хорошо, — себе под нос пробормотал Василий Васильевич, выбираясь из джипа.

Саня аккуратно пристроил пса за пазуху, до подбородка подтянул молнию и быстрым шагом двинул в подъезд. Кристина потрусила за ним.

Меркурьев и Мура проводили их глазами.

— Я тебе говорила, что о ней не надо беспокоиться, — сказала Мура наконец и взяла его под руку. — А об изумруде нужно.

— Я беспокоюсь. Про спиритический сеанс ты всерьёз?

Она кивнула, и он на всякий случай посмотрел — действительно всерьёз!

— Ты считаешь, что это может помочь найти камень?

Она опять кивнула. Он рассердился.

— Что ты киваешь?! Вот что ты киваешь, как лошадь?! Это всё чушь собачья и невежество махровое!..

— Вася, не злись. Ты допусти хоть на минуту, вдруг у меня получится! И все загадки будут решены.

— И на все вопросы, — негромко подсказал рядом кто-то, — найдены ответы.

Они разом оглянулись. Рядом с ними под козырьком подъезда стоял кудрявый человек в вельветовой куртке с поднятым воротником. Он смотрел на дождь, летящий в свете фонаря, глубоко сунув руки в карманы.

— Добрый вечер, господин Бессель, — буркнул Меркурьев.

— Рад приветствовать, господин инженер. Фрейлейн, — и он слегка поклонился.

Мура спряталась в тень за Василия Васильевича.

— Нет и не будет никаких готовых ответов, — продолжал Бессель. — Хотя всем хочется их получить, желательно разом! Но уверяю вас, это невозможно.

— Я говорю то же самое, — подхватил Меркурьев. — Скажите ей! Не помогут спиритические сеансы!..

Бессель пожал плечами.

— Видите ли, в чём дело. Чтобы получить ответ, нужно задать вопрос. Чтобы получить правильный ответ, нужно задать вопрос тому, кто его знает. Я не знаю ответов на ваши вопросы, и меня бессмысленно спрашивать! Но допускаю, что есть тот, кто знает, и его можно спросить.

— Опять рассуждения ни о чём, — вздохнул Меркурьев.

— Кто может знать? — из тени спросила Мура. — Кому может быть известно имя похитителя камня?

— Тому, кто за ним наблюдает, — ответил Бессель. — Кто его охраняет.

— Что-то неважно его охраняют, — Василий Васильевич хмыкнул. — Взяли и спёрли.

— Подумайте, фрейлейн, — посоветовал Бессель. — И попросите помощи. Вам не откажут.

Мура помолчала, потом спросила:

— Камень всё ещё в доме?

— Уверен, что да.

— Его можно найти?

— Перерыв весь дом? Вряд ли, фрейлейн. Надо же, какой дождь!.. Я так люблю кёнигсбергскую погоду! Хотя в своё время она изрядно мешала мне в астрономических наблюдениях. Небо всё время было затянуто тучами, и приходилось ловить мгновения, когда оно освободится. Агнесса сердилась — я вскакивал среди ночи и бежал в обсерваторию.

— Хорошо, — буркнул Меркурьев. — Если не хотите помогать, не надо.

— Вася!..

Но он не обратил на Муру никакого внимания.

— Скажите хотя бы, камень и смерть гостя связаны между собой? Его убили, чтобы заполучить камень?

Теперь хмыкнул Бессель.

— Здесь нет логики, господин инженер. Покойный гость не имел никакого отношения к камню и даже не знал о его существовании.

— Вот как, — произнёс Меркурьев задумчиво. — Понятно. Спасибо и на этом.

— Изумруд украли, чтобы продать, — продолжал Бессель. — Исключительно ради выгоды. Вор не имеет никакого представления о его магической силе. Он видит только самую примитивную и простую грань — денежную выгоду.

— Ну, — хмыкнул Василий Васильевич, — красть его ради магической силы вряд ли пришло бы кому-нибудь в голову! Возродить инквизицию и охоту на ведьм — на редкость идиотская идея.

Бессель подставил руку под струю дождевой воды, лившейся с козырька.

— Тем не менее несколько раз это удавалось, — возразил он. — Изумруд крали, и в разных точках планеты начиналось истребление людей. Не только женщин! Истребляли просвещённых: учёных, книгочеев и с ними заодно всех подряд. Потом он возвращался к владелице, и бедствия затихали.

— Истребление людей? — переспросил Меркурьев. — Вы хотите, чтобы мы нашли изумруд, чтобы не началось истребление?

Бессель молчал, держал руку под дождём.

— Это не наш вопрос! — возмутился Меркурьев. — Не может быть нашим! Мы с Мурой не можем отвечать за благополучие человечества! Зачем вы это говорите? Какие из нас вершители судеб?

— Откуда вы знаете, какими бывают вершители? — спросил Бессель. — И кому назначено за всё отвечать? Видите ли, я не могу сделать вашу работу за вас, господин инженер! Я бы с радостью, но у меня нет на это ни сил, ни возможностей.

— А у меня есть? — осведомился Меркурьев, и Бессель кивнул.

— Вы что-то путаете, уважаемый господин математик!

— Найдите того, кто хочет продать камень, потому что за него дорого дадут. И тогда загадка будет разгадана. Полностью и целиком.

— Спасибо за ценный совет, но изумруды воруют исключительно ради того, чтобы их продать и нажиться! Никто не ворует драгоценности ради их магических свойств!..

— Бывает по-разному, — не согласился Бессель. — Побеседуйте с тем, кто больше всех остальных интересуется камнем.

— С Лючией? — живо уточнил Меркурьев.

— А считать координаты на временных осях я вас научу, — пообещал Бессель, пожалуй, с удовольствием. — Это не такая уж хитрая математика. Если знать, как вывести формулы. Я никогда не запоминал формул!.. Я вообще не способен их запомнить! Я учился их выводить, и только тогда они начинали на меня работать.

— Я тоже учился выводить, — пробормотал Меркурьев. — Только всё равно я на них работал, а не они на меня!..

Бессель рассмеялся.

— Ваш приятель Саня сегодня нашёл себе бесценного друга, — сказал он с удовольствием. — Когда он уехал, я уж решил было... Впрочем, что теперь об этом говорить, когда он за ним вернулся! Расскажу Иммануилу на сон грядущий, он любит такие истории. Доброй ночи.

Василий Васильевич открыл рот, чтобы ещё что-то сказать, но никого уже не было под чугунным козырьком. Только Мура крепко держала его за локоть.

— Чего он нам наплёл? — раздражённо спросил Меркурьев. — С чего он взял, что мы с тобой вершители судеб и отвечаем за всё человечество?!

— Ему с той стороны виднее, — заметила Мура.

— Так не бывает, — возразил Василий Васильевич с силой. — За человечество отвечают особые люди! Политики, короли, папа римский, Вильям Шекспир! Мы-то тут при чём?!

Мура подставила руку под дождь, как только что делал Фридрих Бессель.

— Я не знаю, — сказала она. — Может, в разное время за человечество отвечают разные люди?

— Кто сегодня дежурный? — козлиным голосом проблеял Меркурьев.

— Ну да! Может, сегодня дежурные мы?

— Ну тебя к лешему.

С дороги свернули фары и стали медленно приближаться сквозь пелену дождя. Вот они нырнули в лощинку, где протекал ручей, вот опять вынырнули.

— Она? — спросил Меркурьев у Муры. — Белый «Кадиллак» пожаловал?

Машина, урча форсированным мотором, словно яхта, вырулила на брусчатку, причалила, качнулась и затихла. Погасли мощные фары, сверкнув полировкой, распахнулась дверь.

— Добрый вечер! — прокричал Василий Васильевич из-под козырька. — Льёт-то как!.. А ведь ничто не предвещало!..

— У вас есть зонт? — спросили из «Кадиллака». — Проводите меня под крышу!..

Меркурьев зашёл в дом, из чугунной корзины вынул длинный зонт-трость, на улице распахнул его — по выпуклому куполу забарабанили капли, — и галантно подставил Лючии руку кренделем.

— Прошу.

Она выбралась из салона, внимательно глядя под ноги, чтобы не наступить в лужу.

— Как было в зоопарке? — спросила Лючия, когда они добрались до козырька и Меркурьев сложил зонт.

— Почему вы решили, что мы были в зоопарке?

— Я просто предположила, — улыбнулась Лючия. — Вы разве не были? Все приезжие первым делом мчатся в зоопарк!..

Она слегка кивнула Муре, помедлила, ожидая, что Меркурьев откроет перед ней дверь, и вошла — когда он открыл.

— Зачем она за нами следит? — задумчиво спросил сам у себя Василий Васильевич. — Да ещё так топорно? Просто ездит на машине!..

— Может, ей нужна Кристина? — предположила Мура. — Ты же именно с Кристиной разговаривал по телефону, когда подошла Лючия и предложила тебя подвезти?.. Мы не знали, где она, и Лючия не знала тоже! Она поехала с нами и узнала.

— А Кристя ей нужна, чтобы... чтобы... Зачем ей Кристина?..

— Может, Лючия тоже ищет камень, ты сам говорил.

— Ищет! — фыркнул Меркурьев. — Камень!..

Они зашли в дом, и первым делом Василий Васильевич посмотрел книгу на круглом столике возле готического окна.

Ясное дело, она была раскрыта на пятьдесят седьмой странице, где речь шла о том, что философ не испытал в жизни ни сильных радостей, ни сильных страданий.

— Я думал, это ты меня дразнишь, — пробурчал Меркурьев, захлопнул книгу, подумал и сунул её на каминную полку в коридоре. — А потом понял, что не ты.

— Не я, — сказала Мура.

В гостиной горел свет и сидела Софья, о которой все забыли. Она мрачно смотрела в планшет, на столике перед ней стоял наполовину пустой стакан.

— Дождь льёт весь день, — пробурчала она, едва увидев Меркурьева с Мурой. — Если б я знала, что здесь такая скукотища, лучше бы в Сочи поехала!..

— В Сочи хорошо, — поддержал ее Василий Васильевич, которому совершенно некогда было отдыхать в отпуске, не то что скучать!

— В городе не было дождя, — заметила Мура.

— Когда следующий сеанс? — спросила у неё Софья. — Давайте хоть духов вызывать, чего так-то сидеть, впустую!..

— Я собираюсь его провести, — пообещала Мура. — Только пока не знаю когда.

— Да прямо сейчас и проводи! Чего тянуть-то!..

— Так сразу нельзя, — растерялась Мура. — Нужно подготовиться.

Софья фыркнула:

— Да ты же раньше не готовилась! Нацепила тряпки, звезду во лбу пририсовала, и вся подготовка! Давай сеанс! Мне одну штуку узнать надо. Я даже хотела в программу про экстрасенсов писать на телевидении.

— Я не экстрасенс.

— Да какая разница-то! Все вы одним миром мазаны, маги и колдуны! Одно шарлатанство. Вон у меня подруга Майка, а у ней муж Колян. — Софья оживилась и отложила планшет. — Главное, пока они вместе работали, она в бухгалтерии, а он в охране, всё как у людей было. Ипотеку взяли, когда кредит за машину выплатили, к матери в Луховицы каждые выходные ездили, у нее там домик с участком.

Василий Васильевич затосковал и спросил у Муры, не хочет ли она джина с тоником. Мура сказала, что джина не хочет, а чаю, пожалуй, выпьет. Меркурьев налил себе джина — изрядно и включил чайник.

— А как он в другую фирму перевёлся, — продолжала Софья с энтузиазмом, — так и закрутилось!.. Домой стал приходить в ночь-полночь, одеколон французский купил за три тыщи и, главное, на фитнес записался!.. Разжирел, говорит, я что-то в последнее время. И вот на этот фитнес каждый вечер прётся! Майка и забила тревогу. Оказалось, любовница у него. Из отдела продаж! Главное, не так чтоб молодая, тридцать с гаком, ребенок у ней, мужа нет, конечно. Мне мать покойная так и говорила: если мужик стал красоту наводить, точно у него любовница завелась! Мать тогда ещё жива была. Майка поревела, ну, волосы ей повыдрала, любовнице-то из отдела продаж. У подъезда подкараулила и выдрала! — Софья засмеялась с удовольствием. — А Колян как баран — любовь, говорит, у меня на всю жизнь! И упёрся.

Василий Васильевич отпил джина и поболтал в бокале лёд.

Ему хотелось взять Муру за руку и пойти с ней по тёмной лестнице на третий этаж в комнату Сани. Там наверняка сейчас интересно! Там наверняка Кристина и новый друг Сани, о котором Бессель сказал, что он — бесценный.

Ещё ему хотелось расположиться у камина с бумагой и карандашом и прикинуть, как можно вывести формулу координат временной точки в пространстве. Он заранее знал, что ничего не выйдет, но подумать стоило. И знаменитое неравенство Бесселя можно погонять туда-сюда, у них так говорили в университете: гонять формулы.

— Мы и решили к колдунье пойти. Нашли какую-то поприличней по объявлению в газете. Первый сеанс пятьсот рублей!.. Я в коридоре ждала, а Майка с ней была. Попросила на себя приворот сделать, а от любовницы отворот. За приворот дорого берёт, тыщ восемь, что ли. Отворот отдельно!

— Так нельзя, — заметила Мура. — Это всё просто ерунда и надувательство.

— Да ты же сама экстрасенс! — удивилась Софья. — Небось ещё дороже дерёшь! У тебя-то духи столы крутят и блюдца роняют, а у той ничего этого не было!

— Я не экстрасенс.

— Ну вот. Сделала колдунья отворот от той, а к Майке приворот. Ждём-ждём, а дело ни с места. Колян к этой из отдела продаж переехал и живёт. Мальчика её на машине катает, а тачку-то они с Майкой покупали, и ипотека на неё оформлена, в общем, совсем всё сахарно получается. Пошли опять к колдунье. А мне мать-покойница и говорит: это всё напрасный труд и трата денег. Есть верный способ: в церкви свечку ему, живому-здоровому, за упокой поставить и с обратного конца ее поджечь! Прибежит как миленький!..

— Прошу прощения, — сказал Меркурьев и допил джин. — Пойду я, пожалуй.

— А чего? — засмеялась Софья. — Стыдно стало? Сам такой? Все вы, мужики, как под копирку деланные! Жена небось в Бухаре сидит, плов варит, а сам-то на курорте с колдуньей погуливаешь, да?

— Жена моя, — сообщил Василий Васильевич больше Муре, чем рассказчице, — осталась в далёком студенческом прошлом!.. На один Новый год поженились, на другой развелись.

— Ой, да все вы холостые-неженатые, особенно в отпуске или в командировке!.. Морочите нам голову, а мы потом остаёмся слёзы проливать, хорошо если без довеска! Вон Майка с двумя довесками осталась! Мать моя так всю жизнь маялась. Меня только пилила день и ночь, что я ей жизнь испортила, а чем я виновата? Тем, что родилась, а папаша нас бросил? Так я не виновата, что родилась-то!.. Она у меня совета не спрашивала, рожать или не рожать!..

— Так вернули Коляна? — спросил Василий Васильевич. — Или отпустили на свободу?

Софья махнула рукой и показала на планшет:

— Вот до чего я не люблю, когда в книжках неправду пишут! Прям терпеть ненавижу! Такая там у всех жизнь правильная, любовь до гроба, мужики все как на подбор — и богатые, и красивые, и щедрые! Я бы писателей этих, которые так пишут, всех под суд отдала, чтобы женщинам голову не морочили!.. Читать тошно, одно враньё!

— То есть не вернули Коляна? — уточнил Меркурьев.

— Это в книжках только все возвращаются и живут счастливо, я же говорю! — горько сказала Софья. — А в жизни всё по-другому выходит!

— Так чего с Коляном-то? — продолжал докапываться Меркурьев.

— Вася, — тихо сказала Мура. — Что ты привязался?..

— На Север Колян уехал. — Софья махнула рукой. — Завербовался на прииск и золото моет. Правда Майке деньги шлёт, тут всё по-честному у них. Хоть она и подозревает, что любовнице тоже шлёт! Всё выведать собирается, только не знает как. А писателей всех под суд и на общественные работы!..

Василий Васильевич согласился и предложил всех мужиков-козлов тоже под суд. Софья подумала и сказала, что вот так всех разом, пожалуй, не выйдет. Мура заявила, что пойдёт спать — устала и немного простужена.

Меркурьев догнал её на лестнице.

— Так нечестно!

Он легонько хлопнул её по джинсовой попе. Она повернулась, очень удивлённая, и Василий Васильевич так смутился, что защипало в глазах и шее стало жарко.

— Нет, — пробормотал он, не глядя на Муру, — правда. Ушла, а я остался всё это выслушивать.

Мура посмотрела на него, сказала:

— У тебя уши горят, как фонари.

И стала подниматься.

Меркурьев постоял немного, а потом в два шага опять догнал её. Они прошли свой этаж, поднялись на третий и постучали к Сане.

— Открыто! — отозвались с той стороны, и она вошли.

Саня сидел на полу перед камином. Несуразный пёс лежал рядом, настороженный и словно удивлённый. Время от времени, устав быть бдительным, он клал голову Сане на коленку, глаза у него начинали закрываться, но тут он подскакивал, словно вспомнив что-то, встопорщивал уши и напружинивал спину.

Кристина сидела с другой стороны, тоже на полу, и смотрела на пса, словно никогда в жизни не видела собак.

— Мы не стали его мыть, — сообщила она, когда Меркурьев с Мурой подошли и тоже стали смотреть, — чтобы не нервировать. Я у Нинели взяла котлету, сказала, что хочу в комнате поесть. И кипячёного молока.

У Саниной ноги стояли пустая тарелка и кружка.

— Пёс молоко из кружки пил? — удивился Василий Васильевич.

— Ну да, — кивнула Кристина, — я ему наклонила ее немножко, так он всё до конца вылакал.

— Если вы будете его каждую минуту кормить, он превратится в бегемота Ганса, — предупредил Василий Васильевич. — Это же уличная собака, а вы ей такие разносолы, и котлеты, и молоко!..

— Да надо же человеку поесть как следует! — возразил Саня и почесал пса между ушами. Санина рука была огромной, а собачья голова маленькой. — Он, может, никогда досыта не ел.

Мура присела и тоже стала гладить пса по голове. К Муре он отнёсся настороженно, косился на неё и шевелил ушами.

— Хозяевам не признались, что собаку в дом притащили?

Саня с Кристиной посмотрели друг на друга.

— Не-а, — ответил Саня. — Чего там!.. Они возражать не станут. А станут, так мы в город уедем. Да, Крыска?

— В какой ещё город! — с досадой воскликнул Василий Васильевич. — Изумруд надо искать, а не в город ехать!..

— Ты хороший пёс, — говорила Мура. — Ты молодец, что к Сане прибился, всё правильно сделал.

— А как его назвать, мы ещё не решили, — продолжала Кристина. — Саня говорит, Шарик, а я думаю Аскольд!

И неожиданно они оба захохотали, словно с этим Аскольдом было связано что-то на самом деле смешное и не предназначенное для чужих ушей.

Меркурьев почувствовал себя лишним. Ему и так было неловко, а тут стало окончательно понятно, что пора уходить.

Он за руку вытащил в коридор Муру, которая всё порывалась обратно и сердито говорила, что она вполне может посидеть ещё. Саня с Кристиной и псом на их уход не обратили никакого внимания.

— Ты же сама ей предсказала, — выговорил ей Василий Васильевич на лестнице. — А сама ничего не понимаешь!

— Что предсказала?

— Что она вскоре выйдет замуж по любви и одновременно по расчету.

Мура посмотрела на него.

— Да, да, — подтвердил Меркурьев, — так оно и было. Ты за предсказания сколько дерёшь? По восемь тыщ?

Возле Муриной двери они поцеловались, и он понял, как соскучился по ней за день, когда они ни на минуту не оставались одни!.. Он прижимал её к себе, и в голове у него потихоньку шумело, как будто там начинался прибой: шу-уф, шу-уф!..

Мура всё время закрывала глаза, а ему хотелось, чтобы она непременно на него посмотрела, но попросить её он никак не мог.

— У тебя правда была жена? — спросила Мура, когда им понадобилась пауза, чтобы немного унять дыхание.

Меркурьев некоторое время соображал, о чём она спрашивает, потом понял и кивнул.

— А дети?

— Детей не было, — сказал он нетерпеливо, — и до сих пор нет.

И снова поцеловал. Её губы казались ему немного солёными.

Потом ему стало невмоготу, и непонятно было, зачем они целуются посреди коридора, когда есть дверь, которую можно за собой закрыть и не открывать долго!.. Можно несколько дней не открывать.

Он всем телом прижал Муру к косяку — она была тоненькая, лёгкая, будто бестелесная, но в то же время осязаемая, живая. Он гладил её по голове, трогал кончики светлых волос. Ладоням было немного щекотно, и от этого ощущения — щекотки, которая распространялась во все стороны, — он всё быстрее дышал.

Потом Мура неожиданно исчезла, пропала, словно растворилась в воздухе. Меркурьев замычал и попробовал вернуть её, но она уже скрылась за дверью.

— Спокойно ночи, — сказала она оттуда.

— Мура!

— До завтра.

И дверь закрылась.

— Так нечестно! — крикнул он в закрытую дверь, послушал: оттуда не доносилось ни звука, и пошёл к себе. Кажется, он это ей уже говорил сегодня.

Мура, думал он непрерывно, Мура. Как хороша Мура!..

Он повалился на кровать, потом встал и распахнул балкон — ему было жарко. Тотчас в комнату вошли негромкий и ровный шум дождя и отдалённые вздохи моря.

Василий Васильевич лежал и думал о Муре и о том, как у них всё будет.

Утро было совсем тёмным, как бывает в конце ноября — не поймёшь, то ли рассвет, то ли закат, одним словом — безвременье.

Меркурьев, которому снилась Мура и как у них всё будет, с трудом заставил себя встать — всё тело ломило, будто после тяжёлой работы, — нацепил спортивную форму и кроссовки и поплёлся бегать.

Всё же решение стать атлетом и добежать пляжем до лестницы, взять её штурмом и вернуться по шоссе мимо посёлка было принято, и он не намерен был отступать!..

В доме было тихо, все спали.

Меркурьев немного послушал у Муриной двери, мечтая, чтобы она неожиданно распахнулась и Мура упала в его объятия, но дверь была закрыта, за ней тишина, и Мура не падала.

Он сбежал по лестнице, открыл дверь на террасу, затянул «молнию» ветровки и побежал вниз к променаду.

Ночью выпал снег — первый в этом году, — и на пляже Меркурьев притормозил немного. Он никогда не видел снег на пляже!..

Его было мало, он волнами лежал на песке, на досках «променада» и на узких листьях камышей, заставляя их нагибаться и клониться к земле. Меркурьев подбежал и потрогал снег.

На пальцах он мгновенно растаял, будто и не было его, и ровные круглые дырки остались на коричневых досках там, где Меркурьев потрогал снег.

— Впереди зима, — сам себе сказал Василий Васильевич и пришёл в восторг.

Как хорошо, когда впереди зима!.. Когда есть время подумать, помолчать наедине с собой, полежать на диване с книжкой про Ходжу Насреддина, и не нужно суетиться, придумывая, как с толком использовать каждую минуту вожделенного лета!

В Бухаре Меркурьев поначалу радовался тому, что всё время тепло, потом стойко переносил жару, потом замучился делать и то и другое — радоваться и переносить. Теперь он просто терпел, зная, что за апрельской жарой придёт майская жарища, а потом три месяца как на раскалённой сковороде — ни спрятаться, ни укрыться, ни перевести дыхание. Он выходил из самолёта, и ему казалось, что он попал в раскалённую струю воздуха, которую гонят двигатели, и стремился поскорее из неё выйти, и не сразу соображал, что выйти не удастся, потому что нет раскалённой струи!.. Есть среднеазиатское лето. В нём придётся жить, мечтая о холодном море, шуме дождя за решёткой балкона, ледяном ветре — об осени, которой ему так не хватало!

В юности он ждал лета, как ждали все — каникул, длинных дней, радостного, разрешённого, легального безделья!.. Родители и их друзья всё пытались подгадать отпуска к моменту, когда «будет погода», и это удавалось нечасто.

«Будет погода» — это означало, будет жара. Можно ходить в сарафанах и сандалиях, на даче собирать крыжовник, ставить в холодильник бидончик с квасом. Кваса почему-то всегда не хватало, и маленький Вася страдал, не понимая, почему нельзя выпить ведро!..

В июне всегда было холодно и дождливо, все переживали и спрашивали друг у друга, будет ли лето, и вспоминали годы, когда в это время уже можно было купаться и по вечерам сидеть в одной футболке. В июле начиналась жара, и нужно было непременно успеть в отпуск, не потеряв ни одного тёплого дня!.. Отец бился за июльские путёвки как лев — всем хотелось ехать в санаторий именно в июле!..

В августе иногда случались первые заморозки, и от них чернела огуречная листва. Это называлось «заморозок побил». В августе ехать в отпуск считалось глупо — в любой момент погода могла испортиться, то есть жара могла кончиться.

Меркурьев тоже переживал за жару, особенно когда ходил в байдарочные походы. Сидеть днём в байдарке, а вечером в палатке под непрекращающимся дождём было скучно. Он любил жару, считал, что только жарой измеряется радость и удовольствие от лета, а осень терпеть не мог.

Со временем всё изменилось.

В жару Меркурьев становился вял, медленно двигался, с трудом соображал и стал понимать, почему восточные мужчины проводят жизнь в беседках и чайханах за зелёным чаем и игрой в нарды. Он стал ждать осени — чтобы вернулись бодрость, ясная голова, желание деятельности, а не лежание на топчане в тени винограда, чтобы подмёрзнуть в тёплой куртке и потом греться, радуясь, что нет жары!

Такого счастья, как снег на пляже, он даже не мог себе представить.

Нужно разбудить Муру и сводить её на море, посмотреть на снег. К обеду наверняка выйдет солнце, снег растает, и она ничего не увидит.

Василий Васильевич бежал по «променаду», заставляя себя немного ускоряться — бег должен быть атлетическим, просто так, ради удовольствия, бегают только пенсионеры и худеющие барышни!.. Он хвалил себя за то, что бегает каждое утро, и ругал за то, что всё еще не может взять штурмом лестницу.

Он должен это сделать!.. У него есть цель — каждый день кросс плюс лестница!..

Сумерки не рассеивались, а как будто сгущались — с моря шли низкие сизые тучи, растрёпанные по краям, и в просветах не было неба, а только другие, более высокие тучи.

Меркурьев добежал до поворота и ещё немного ускорился. Ноги несли его неохотно, и он сердился на них и подгонял.

После поворота стал виден маяк, время от времени Василий Васильевич посматривал на него, уговаривая про себя, чтобы он приближался быстрее. Маяк не двигался с места.

Тогда он перестал на него смотреть и засёк время, чтобы взглянуть через две минуты.

Он посмотрел через одну и остановился посреди променада, словно наткнувшись на непреодолимое препятствие.

На вершине маяка горел огонь.

— Ёрш твою двадцать, — пробормотал Меркурьев, не отрывая взгляда от маяка.

Огонь мигнул и погас.

— Да что ты будешь делать! — заорал на весь пляж Василий Васильевич, голос его заглох под обрывом.

Словно отвечая ему, огонь зажёгся снова.

— Да нет там никого и быть не может! — снова закричал Василий Васильевич и погрозил маяку кулаком. — Там сто лет уже никого нет!.. И электричества тоже нет!..

Огонь погас.

Меркурьев с размаху бухнул кулаком по перилам «променада», ушиб руку, заплясал и затряс ею.

Огонь загорелся вновь.

Тут ему пришло в голову, что на маяке, должно быть, засели какие-то хулиганы и балуются с мощным прожектором, а это до добра не доведёт — в таком мраке какой-нибудь незадачливый капитан приведёт судно прямо на мель!..

Эта мысль — единственно возможное объяснение — привела его в бешенство. Меркурьев побежал к маяку гнать оттуда наглое хулиганьё. Он бежал, сильно топая, доски настила сотрясались под ним, маяк приближался стремительно, хотя только что не двигался с места.

Василий Васильевич перемахнул перила, промчался напрямик через пляж и полез по валунам, наваленным в основании маячной башни. Время от времени он взглядывал вверх. Отсюда свет уже не был виден, но деться с маяка некуда, и он их накроет, кто бы там ни был!..

Он тряс головой, чтобы пот не попадал в глаза, но пот всё равно попадал, и приходилось стряхивать его рукой.

Меркурьев вылез на площадку, забежал с той стороны, где была дверь и во второй раз остановился как вкопанный.

Дверь была наглухо заколочена.

Он отбежал от двери и задрал голову, пытаясь рассмотреть в вышине свет. Он ничего не понимал.

Вернувшись к двери, Меркурьев подёргал её так и эдак — понятно было, что не открыть, — снова обежал вокруг и прикинул, можно ли забраться в окно.

Теоретически можно, заключил он, но на окнах решётки, сквозь которые не может пролезть человек. Зачем тогда забираться, вопрошал здравый смысл. Но в эту секунду ему наплевать было на здравый смысл!

Василий Васильевич заметался в разные стороны, взбежал на горку, нашёл поваленную ветром осину, подёргал её туда-сюда — она поддавалась с трудом. Меркурьев долго тянул её, пытаясь вытащить из путаницы кустов, корней и травы, и в конце концов богатырским усилием выволок и потащил.

Приладив осину под окно на манер стремянки, Меркурьев подпрыгнул, уцепился за холодный камень, ногой нащупал осину и опёрся на неё. Осина затрещала.

Василий Васильевич потянул на себя решётку, которая беззвучно и широко распахнулась, и он, потеряв равновесие, полетел спиной на камни.

Не почувствовав никакой боли, он вскочил, вновь приладил осину, подтянулся, взгромоздился в нишу окна и спрыгнул вниз в полумрак.

Тут он вытер лоб, расстегнул ветровку, опёрся руками о колени и закрыл глаза. Ему нужно было отдышаться.

Снаружи шумело море.

Меркурьев выпрямился и огляделся.

Дверь на самом деле была заколочена, он подошёл и подёргал — не открыть. Куда-то пропали ящики и брёвна, сваленные в середине круглого помещения.

Куда они могли пропасть? Ну, дверь заколотили, чтобы наверх не лазали и не падали оттуда, но кто стал бы отсюда мусор выгребать?! Да и не было поблизости никакого мусора — ни на площадке, ни на пляже!..

Похоже, что не только мусор вывезли, но и подмели, каменный пол был чист, никаких следов песка и уличной грязи.

Василий Васильевич прислушался. Ничего, только шум моря.

Он постоял в центре круглого помещения, помедлил и оглянулся на окно. Решётка была распахнута, путь к отступлению открыт.

Теперь, когда прошёл азарт — застать на месте, накрыть, разоблачить, — он почувствовал страх. Он изо всех сил старался не поддаваться ему, но было страшно, и вся его эскапада показалась ему нелепой — куда он мчался, зачем, что именно хотел увидеть?

Он хотел увидеть того, кто зажёг на маяке огонь, и теперь, когда до цели было рукой подать, Меркурьев понимал, что ничего этого он не хочет! Он хочет выбраться отсюда, добежать по «променаду» до дома и сидеть на веранде, приходя в сознание после атлетического кросса!..

— Кто тут есть? — крикнул Василий Васильевич вверх, но отозвалось ему только отсыревшее эхо.

Но огонь зажигался, он видел это собственными глазами и не мог им не верить!

Почему вы верите в существование Полинезии, спросил его философ Кант, хотя никогда не видели её своими глазами, но не верите в то, что видите и слышите?

Василий Васильевич обошел помещение по периметру. Остановился и прислушался.

Ему вдруг показалось, что где-то вдалеке звучит музыка — струнный оркестр.

Меркурьев зажал ладонями уши, послушал шум собственной крови, отпустил, и снова до него донеслась музыка.

Выходит там, наверху, кто-то слушает музыку!

Он дошёл до лестницы с обломанными зубьями развалившихся перил и стал подниматься. Вскоре за поворотом скрылось круглое помещение с распахнутой решёткой окна, надеждой на отступление.

Меркурьев продолжал подниматься.

Он сделал ещё виток, и взгляд его упёрся в низкую приоткрытую дверцу. Дверца выходила прямо на ступени и высота её была Меркурьеву примерно по пояс.

Он постоял, посмотрел сначала вниз, потом вверх и осторожно потянул дверцу на себя. Она открылась. Он нагнулся и сунул голову внутрь.

Там было совсем темно, и пока глаза привыкали, мозг рисовал страшные картины — скелет, прикованный цепью, летучие мыши, лошадиный череп, ржавое лезвие гильотины и собственная его голова, которая заскачет по ступеням, когда лезвие упадёт на беззащитную шею!..

Меркурьев зажмурился, вцепившись в холодный ржавый дверной косяк.

Постепенно выступили детали — тесное помещеньице с низкими сводами и чугунной винтовой лестницей. Лестница уходила вниз, во мрак, и вверх и там терялась в темноте.

Василий Васильевич отступил на шаг и снова огляделся по сторонам. Никого и ничего, только тихая музыка.

Странное дело, он не видел здесь никакой дверцы, когда поднимался в первый раз! Меркурьев прикрыл её и посмотрел на стену. Дверца на самом деле сливалась с кирпичной кладкой, разглядеть её, не зная о том, что она есть, было трудно.

Он постоял немного и решился. Согнувшись в три погибели, протиснулся внутрь, нащупал чугунную ступеньку и полез наверх. Он именно лез, карабкался, а не поднимался, ему почти ничего не было видно, он помогал себе руками, нащупывал ступень, одолевал её, нащупывал следующую, и всё продолжалось.

Если б у него был фонарь! Мощный автомобильный фонарь с широким и сильным лучом!

Музыки здесь, за толстыми каменными стенами, не было слышно. Зато Василию Васильевичу стало мерещиться, что он чувствует отчётливый и сильный запах только что сваренного кофе!..

Выходит, тот, кто засел наверху, не только слушал музыку, но и пил кофе!..

Неизвестно, сколько он поднимался, может, полчаса, а может, больше, но в конце концов по глазам, привыкшим к темноте, ударил ослепительный белый свет, и Меркурьев увидел щель в камнях — здесь была точно такая же дверца, как и та, через которую он попал в лаз. Из щели сочился слабый свет, показавшийся Меркурьеву ослепительным.

Он толкнул дверцу и оказался на основной лестнице, почти у самой площадки! Вверху за поворотом было ещё светлее, там начинался день, шумело море, и там было не так страшно!

Василий Васильевич рванул вперёд и выскочил на площадку.

Здесь было так ветрено, что после стоячего воздуха потайного хода он захлебнулся и закашлялся.

Ветер выл в башенке, море грохотало внизу, косматые тучи шли низко, почти задевая шпиль маяка. И никого вокруг!..

Меркурьев схватился обеими руками за парапет и посмотрел вниз, а потом вверх — он бы не удивился, что тот, кто зажигал здесь огонь, умеет летать!

Никого.

Он настороженно обошёл башенку по кругу, держась за холодные влажные камни. Мура здесь упала и ударилась головой. Её кто-то напугал, и она упала!..

Он попытался заглянуть за решётку, где когда-то горел огонь, но ничего не увидел. Там было темно и пусто. Никаких следов огня, никаких проводов и электрических ламп.

— Мать твою двадцать! — заорал Василий Васильевич в сторону моря. — Хватит! Хватит надо мной издеваться!.. Кто тут есть, выходи!

Море заглушило его вопль, ветер унёс его. Меркурьев понимал, что на маяке никого нет — возможно, кто-то и был, но сейчас, в эту минуту, он тут совсем один, и это не лезло ни в какие ворота!

Он видел свет. Он слышал музыку. Он даже чувствовал запах кофе!..

Возможно, всё это какие-то сложные галлюцинации — наведённые, как выражается Мура, — но и в собственные галлюцинации Меркурьев не верил! Кто и где мог подмешать ему в еду галлюциногены?.. Вчера в гостинице «Чайковский»?!

На всякий случай он ещё раз обошёл площадку с тем же результатом.

Василий Васильевич махнул рукой изо всех сил, плюнул и стал спускаться. Пробежав поворот, он остановился и оглянулся.

Волосы у него на голове зашевелились.

Маленькой дверцы, из которой он только что выбрался на свет, *не было*.

Меркурьев с силой набрал в грудь воздуха и так же, изо всех сил, выдохнул. Поднялся на несколько ступенек и спустился вновь. И опять поднялся. Он точно знал, что здесь была дверь, и *он только что из неё вышел!*

Никаких следов.

Он долго шарил пальцами по камням, приседал, вставал на колени и в конце концов нашёл!.. Он нашёл замурованный намертво проём, который только что был дверью. Ни петель, ни ручки, ни малейшего зазора, только почти незаметная арка свидетельствовала о том, что в стене есть лаз.

Меркурьев сел на ступеньку и посидел немного. В голове у него было пусто. Потом стал медленно спускаться.

На этой лестнице было светлее, из узких и длинных окон, похожих на щели, сочился хмурый свет, и вскоре Меркурьев оказался внизу.

Здесь тоже не было никакой двери, но Василий Васильевич нашёл её, точно такую же арку в стене, и больше ничего.

Меркурьев ощупал все камни вокруг арки, — они были холодны и неподвижны, — а потом потёр лицо.

Что происходит?

— Я сошёл с ума, — сказал он и прислушался.

Где-то играла тихая струнная музыка и сильно пахло кофе.

Стараясь не шуметь и не делать резких движений, Меркурьев трусливо, как крыса, пробежал к окну, поминутно оглядываясь, подтянулся, взобрался на подоконник и спрыгнул вниз.

Меркурьев проскакал по камням, выскочил на «променад» и помчался так, словно должен был убежать от чего-то настолько страшного, что при одном взгляде на это может оборваться жизнь.

Он мчался, мечтая спастись, добежать до людей, до своего привычного мира, который казался сейчас таким надёжным — в нём действовали формулы, существовали понятные законы, в нём Полинезия находилась на своём месте и никому не пришло бы в голову в этом сомневаться!

Он влетел в дом, захлопнул дверь и запер её на чугунную задвижку. Немного помедлил и подёргал, надёжно ли заперта.

— Что это с вами? — спросил за спиной низкий голос, похожий на бордовый шёлк, и Василий Васильевич подпрыгнул, словно укушенный скорпионом.

Лючия засмеялась:

— Доброе утро! — Она обошла его и взялась за ручку двери. — На вас лица нет, где вы его потеряли?

— Не ходите туда, — отрывисто сказал Меркурьев. — Там... я не знаю, что там.

Лючия взглянула на каменную террасу с балюстрадой. Левой рукой она поправляла на правой тесную перчатку.

— Там? — уточнила она. — Там осеннее утро на Балтике. Я хочу прогуляться. Ваш жуткий приятель притащил блохастую собачонку. По-моему, уличную. Она чешется на ковре посреди гостиной, и от неё воняет. Мне нужно на воздух.

Василий Васильевич беспомощно смотрел на неё. Она ещё повозилась с перчаткой, потом подняла на него глаза:

— Ну что же вы! Откройте мне дверь!

Он открыл.

Лючия вышла и неторопливо пошла по брусчатке.

— Не ходите туда, — прошептал он ей вслед.

Из столовой неслись весёлые утренние голоса, и он вдруг стал их слышать. До этого в голове не было никаких звуков, кроме рёва собственной тяжёлой крови и ударов перепуганного сердца.

Меркурьев бросился на звук, и когда он влетел в столовую, все вдруг повернулись к нему, и разговоры смолкли.

Первой пришла в себя Нинель Фёдоровна. Она поставила на буфет поднос с кофейником и молочником и прижала руки к груди.

— Ва-ася, — протянула она жалостливым голосом.

Мура поднялась из-за стола, стремительно подошла и посмотрела ему в лицо.

— Ты что, с ума сошёл? — спросила она, и голос у неё дрогнул. — Что у тебя с лицом?

— Я сошёл с ума, — согласился Василий Васильевич.

Стас присвистнул. Вчерашний пёс, который на полу лакал что-то из блюдца, оглянулся, отдуваясь, и громко гавкнул на него.

Саня переглянулся с Кристиной, тоже подошёл и заглянул Василию Васильевичу в лицо.

— Ты чё, братух, совсем уделался, что ли, на почве спортивных достижений?

— Давление ему нужно померить, — сказала Софья и откусила бутерброд. — Аппарат есть?

— Конечно, — растерянно ответила Нинель, — сейчас принесу!

Емельян Иванович Кант поклонился из своего угла и сказал, что разумная гигиена жизни — залог долголетия, а непомерные нагрузки, напротив, сокращают жизнь.

— Вася, — позвала Мура. — Посмотри на меня.

Меркурьев посмотрел. Она взяла его за руку.

И словно что-то случилось!..

В голове у него опять зашумело, потемнело в глазах, он непроизвольно вздрогнул, будто его ударило током, в голове ураганом пронеслось всё, что случилось на маяке. Пронеслось — и улеглось.

Он задышал свободнее, страх отступил, вернулась способность думать.

Василий Васильевич вытер на виске холодную каплю.

— Который час?

Саня стряхнул на запястье часы, застрявшие под свитером:

— Пол-одиннадцатого. А твой хронометр не работает, что ли?

— Как пол-одиннадцатого?! — не поверил Меркурьев и посмотрел сначала на свои часы, а потом на Санины, вывернув ему руку.

— Ты чё! — удивился тот. — Больно же!..

— Я тебя ждала, ждала, — проговорила Мура. — Стучала, но не достучалась.

— Я был на маяке, — ответил Меркурьев, и Мура кивнула как ни в чём не бывало.

Вбежала запыхавшаяся Нинель Фёдоровна с чёрным мешочком наперевес.

— Вася, — захлопотала она, — садись, милый, я тебе давление померяю. У тебя правда вид не очень! Убегался, что ли?..

— Не нужно мне ничего мерять, — воспротивился Василий Васильевич, уже почти ставший прежним инженером Меркурьевым. — Я пойду душ приму, и всё нормально будет.

— Вася! — прикрикнула домоправительница. — Сядь и сиди смирно!..

Кристина тоже подошла, теперь они все окружили его, как тяжелобольного, и смотрели с сочувствием и соболезнованием.

Василий Васильевич сел. Нинель ловко закатала ему рукав и надела манжету приборчика. Тонометр засопел, манжета начала надуваться.

Меркурьев посмотрел на Муру и отвернулся.

— Не вертись, — приказала Нинель.

Приборчик вздохнул, и манжета стала выдыхать.

— Ничего особенного, — объявила домоправительница. — Повышенное, конечно, но если ты бегал, так вроде и должно быть!..

— А лицом ты тоже бегал, братух? — спросил Саня и глупо заржал. Кристина ткнула его локтем в бок.

— Васенька, умойся и приходи завтракать, — ласково сказала Нинель Фёдоровна. — Пшённой каши и какао, да? Я сейчас сварю! Кофе не пей, воздержись пока.

— Проводить тебя? — сунулась Мура.

Василий Васильевич дёрнул плечом и встал.

— С ума вы все сошли! — заорал он. — Я сейчас приду.

Он поднялся к себе, открыл воду и пошвырял на пол вещи. Они все были насквозь мокрыми, как будто он в них стоял под струёй воды. Он посмотрел на себя в зеркало.

И пробормотал:

— Началось в колхозе утро.

Неудивительно, что там, в столовой, они сгрудились вокруг него и уставились со страхом и жалостью!

Всё лицо у него было в красной кирпичной пыли и потёках, словно он плакал. На лбу пятно сажи — должно быть, внутри башенки, где ранее горел огонь, осталась сажа, а он очень старался разглядеть, что внутри!.. На волосах и шее серая пыль.

Он стал под душ и долго тёр себя мочалкой, будто хотел смыть всё сегодняшнее утро, а оно никак не смывалось. Он три раза намыливал голову, лил в лицо горячую воду, отплёвывался и фыркал.

«Я мог остаться там. За незаметной дверцей в стене, и никто и никогда не нашёл бы меня! Я бы умирал долго и страшно, как в Средневековье, когда живых людей замуровывали в стены, и никто не пришёл бы мне помощь».

Меркурьев захлебнулся водой и закашлялся — он видел этот лаз в стене и знал, как там! Знал, что мог там остаться.

Он выбрался из душа, торопливо оделся и побежал к людям. Они не дадут ему пропасть, они его спасут, даже если его замуруют в стене!

В столовой все были на прежних местах, ещё добавилась Лючия — она сидела в эркере спиной к собравшимся и смотрела в окно. Стас старался заглянуть ей в лицо, но она не поворачивалась. Перчатки лежали на столе рядом с чашкой кофе.

— Васенька, наконец-то! Нет тебя и нет! Садись скорей, поешь и попей. — Нинель Фёдоровна поставила на Мурин стол кружку. — Может, бутерброд с сыром?..

Василий Васильевич плюхнулся рядом с Мурой и, обжигаясь, стал глотать какао.

— Нелегко тебе пришлось, — заметила Мура, и он взглянул на неё.

— Такая собака прекрасная, — сказала Кристина. — От Саньки не отходит! Пошли утром с ним гулять, а Саня за телефоном вернулся, так пёс весь исстрадался, пока его не увидел! Представляете?

— Ты бы его в кровать не таскала, — посоветовала Нинель. — Грязный же. Да и вообще животное в кровати — нездорово.

— Мы его помоем, Нинель Фёдоровна.

— Я был на маяке, — негромко сообщил Муре Василий Васильевич и против воли передёрнул плечами. Из кружки на свежую скатерть выплеснулось немного какао, образовалось коричневое пятно. Он поставил кружку на пятно — Там горел огонь. Я видел, правда!

Мура взяла его за руку и посмотрела в глаза.

— Я поняла, — произнесла она тоже негромко. — Ты не волнуйся. Поешь.

Меркурьев хотел что-то ещё сказать и не стал.

— Опять погоды нет никакой, — вздохнула Софья, поднялась и подошла к окну. — Из дома носа не высунешь! Хоть бы тренажёры, что ли, поставили! Я привыкла в фитнес ходить, а тут одна обжираловка и никакого движения!..

— Ничто не мешает вам двигаться, — произнесла Лючия, не поворачивая головы. — Вон по «променаду»! Можно даже бегом, как наш Василий Васильевич.

— Да что я, лошадь, что ли? Просто так туда-сюда бегать!

— Самый модный спорт, — заметил Стас. — Я по утрам в парке Горького бегаю, по набережной. Там не протолкнуться.

— Да-а-а? — удивилась Софья. — Ну, не знаю. Я привыкла в зале заниматься, у меня программа есть. А бегать так скучно, ужас! Голову нечем занять.

— А вы стихи сочиняйте, — посоветовала Лючия.

— Там никого не было, — продолжал Василий Васильевич Муре на ухо. — И кто-то был. Совершенно точно!

— Я знаю, — прошептала Мура успокаивающе. — Ты ешь, ешь.

— А когда спиритический сеанс? — спросила Софья. — Нет, ну правда! То хоть сеансы были, всё развлечение!

— Я проведу, — громко пообещала Мура, и Лючия засмеялась.

— Кого будем вызывать? — продолжала Софья. — В прошлый раз этот был, как его...

— Кант, — подсказал Стас.

— Во-во! Точно! Но он толком ничего не сказал.

— Может, он знает, кто украл моё кольцо? — предположила Кристина. Она сидела на полу и играла с собакой. — Давайте спросим?

— А что, вы ещё не нашли кольцо? — удивилась Лючия. — Наверное, на улице потеряли, иначе оно непременно обнаружилось бы.

— Ничего мы не теряли на улице, — возразила Кристина, взяв пса за передние лапы и дирижируя ими. — Кольцо у нас украли!

— Господи, кому оно нужно, дорогая? Такая нелепая безделушка.

— Это не безделушка, — продолжала Кристина, дирижируя лапами. — Это уникальный древний волшебный камень. И если бы у меня раньше была такая охрана, никто не осмелился бы даже близко подойти к моему изумруду!..

Пёс вопросительно вилял хвостом и поглядывал на Саню. Тот с шумом дотянул из кружки чай, поднялся и скомандовал:

— Пошли!..

Пёс вскочил, завертелся, задирая голову, чтобы ни на секунду не выпустить из поля зрения хозяина. Кристина тоже поднялась.

— Ну чё, братух, — Саня подошёл и опёрся обеими руками о стол Василия Васильевича. — Каков план? Я в город, что ль, рвану?

— Давай обсудим, — предложил Меркурьев. — Я доем, и поговорим.

— Лады, — сказал Саня. — Только не тут, не при народе.

— Мы на улицу выйдем, — встряла Кристина. — Заодно собаку прогуляем!.. Я думала, он убегать будет, а он от Сани не отходит! До чего умный пёс!..

И они — все трое — вышли.

— Уж это прямо сразу видно, — вслед им язвительно сказала Софья, — ума у него палата, у кобеля этого безродного.

— Скажите, чтоб они его не таскали в столовую, — приказала Лючия домоправительнице, которая убирала со стола. — По крайней мере, когда здесь все! Терпеть не могу грязи.

Нинель Фёдоровна вздохнула.

— Я скажу, — пообещала она. — А там как он захочет, Алексан Фёдорыч. Я ему указывать не могу, он тут вскоре полновластным хозяином станет.

— Да какая мне разница! — Лючия поморщилась. — Главное, чтобы здесь не было этой вонючей собаки.

— Я постараюсь, — пробормотала Нинель. — Виктора Захаровича привлеку...

Из столовой Василий Васильевич заглянул проведать «Философию Канта». Минувшим вечером он пристроил книгу на каминную полку.

Теперь она лежала на столе возле готического окна страницами вниз.

— Мура, — призвал Меркурьев. — Давай! Страница пятьдесят семь. Итак, философ не испытал в жизни ни сильных радостей, ни сильных страданий, которые приносят с собой страсти. Да? Нет?

Мура подошла, перевернула книгу и кивнула.

— Отлично, — похвалил Василий Васильевич «Философию». Подумал немного и сказал: — Дай-ка мне её сюда.

Он сунул книгу под мышку и пробормотал:

— А если я её в чемодан спрячу?

— Не нужно её прятать, Вася, — посоветовала Мура. — Ты же сам понимаешь, что не нужно.

— Почему? — строптиво поинтересовался Василий Васильевич. — В чемодан и на замок запереть!

— Ничего не изменится, — вздохнула Мура. — Ты ничего этим не добьёшься.

— А вот посмотрим!..

Он на самом деле засунул книгу в чемодан, запер и ещё подёргал замочек, надёжно ли. Заперто было надёжно. С балкона ему было видно, как скачет по серому от дождя песку Кристина, за ней мчится несуразный пёс, а за ними неторопливо шествует Саня — Александр Фёдорович, — прижав к уху телефонную трубку.

Меркурьев нацепил куртку, засунул в карман шапку, посокрушался над кучей вещей, которые он так и не удосужился разложить, и постучал к Муре.

— Ты в самом деле собираешься проводить спиритический сеанс? — первым делом спросил он, как только она распахнула дверь. — Или это шутка?

— Это не шутка.

Меркурьев вдруг как будто вернулся в сегодняшнее утро, на маяк. Он забыл обо всём, пока запивал пшённую кашу горячим какао и Мура держала его за руку, — словно кто-то приказал ему забыть!

А тут вспомнил.

Он собирался как следует поцеловаться с ней — долго, с чувством, — мечтал об этом и строил планы, но теперь ему стало не до поцелуев.

— Мура, — позвал он и с размаху сел в кресло. — Я тебе не рассказал. А я должен рассказать!..

— Не обязательно, — отозвалась Мура, и голос у неё был безмятежный. — Я тоже видела.

— Как?!

Она подошла, присела перед ним на корточки и заглянула в лицо.

— Когда ты пришёл, — сказала она совершенно серьёзно, — началось возмущение поля. Очень сильное. Я взяла тебя за руку, и мне всё стало видно.

И она снова взяла его за руку. Василий Васильевич высвободился.

— Что тебе стало видно? — свирепо спросил он. — Ах да, ты же ясновидящая, я всё время забываю!..

— Ты увидел огонь на башенке, — пояснила Мура. — И побежал туда. Ты влез в окно. Я не поняла, почему ты полез, дверь была закрыта?

Меркурьев кивнул, косясь на неё с опаской.

— Ты побежал наверх, ты был уверен, что там засели какие-то злодеи. Ты не думал, что именно будешь делать, если они действительно засели. Тебя обуял охотничий азарт.

— Это точно, — подтвердил Меркурьев. — Обуял.

— Ты нашёл потайную лестницу. Вернее, *тебе её показали*. По ней ты забрался на самый верх, но там никого не было, огонь не горел, и башенка была пуста.

— Да иди ты к лешему!

— Ты стал спускаться, и потайной ход оказался закрыт. Ты поискал его и с трудом нашёл дверь. Ты подумал, что тебя едва там не замуровали, испугался...

— Кто угодно испугался бы! — перебил Меркурьев.

— Выбрался в окно и вернулся, — продолжала Мура. — Я не знаю, станет ли тебе от этого легче, но никакой опасности не было.

Он посмотрел на неё. Она покачала головой — нет, не было!

— Я бы знала, — сказала она. — Мне бы сообщили. Никто не собирался тебя там запирать, правда, Вася.

— Откуда ты знаешь! Ах, ну да, я всё время забываю! Кант с Бесселем стоят на страже законности и порядка!.. И ясновидящая Антипия с ними!..

Он поднялся, толкнул Муру и стал ходить по комнате.

— И что? — спросил он, остановившись. — Зачем *мне его показали*, этот потайной ход?

— Я не знаю, — призналась Мура. — Только ты сам можешь ответить на этот вопрос.

— Как на него ответить?! — крикнул Меркурьев. — Там никого не было, понимаешь ты это или нет?! Никто ничего мне не показывал!

— Вася, — попросила Мура. — Ну не злись ты так! Подумай хорошенько. Огонь на башенке горел?

— Горел, — рявкнул Василий Васильевич.

— Дверь в потайной лаз была открыта?

— Открыта!

— А потом не оказалось ни огня, ни лаза, правильно?

— Правильно!

— И как это объяснить? — неожиданно спросила Мура.

— Не знаю. Никак. Там ещё играла музыка и пахло кофе. Я думал, эти козлы наверху развлекаются!..

— Кто-то развлекается, — согласилась Мура. — Но не козлы.

Меркурьев протянул ей руку и помог подняться с пола. Мура сочувственно поцеловала его в щёку. Он тоже её поцеловал — совсем не так, как хотел, совсем не так, как придумывал полночи.

— Потайной ход, — пробормотал Василий Васильевич. — Покойный Ванюшка был человек... корпулентный. И, насколько я понимаю, без фантазии. У таких, как они с Саней, фантазии обычно не бывает.

— Саня совсем другой, — заметила Мура, Меркурьев отмахнулся.

— Столкнуть его оттуда было, наверное, довольно сложно. Как столкнёшь-то? Он бы сопротивляться стал, и неизвестно, кто вышел бы победителем. Убийца поднялся по тайной лестнице. Ванюшка о ней не знал. О ней вообще никто не знал. Убийца поднялся и застал его врасплох.

— Значит, убийца о лестнице знал, — заключила Мура.

— И что нам это даёт? — осведомился Василий Васильевич. — Зачем мне знать, есть потайной ход или нет? Какой вывод я должен из этого сделать?

Мура молчала, Меркурьев ходил туда-сюда.

— Вывод такой, — сказал он, остановившись. — О потайном ходе могли знать только местные, то есть Захарыч или Нинель. Убил кто-то из них? Зачем? Чтобы не продавать дом? Никто не заставлял их продавать!

— Это Виктора Захаровича никто не заставлял, — произнесла Мура задумчиво. — А Нинель всей душой против продажи.

— И что из этого? — опять рассвирепел Василий Васильевич. — Подумаешь!..

Он подошёл к ней, взял за плечи, посмотрел в глаза и попросил слёзно:

— Мурочка. Кисонька. Скажи мне, кто со мной шутит все эти шутки? Ну, хорошо, допустим, Кант и Бессель отираются где-то рядом. Допустим, я поверил, примем это за рабочую гипотезу. Хотя это бред, бред! — вдруг закричал он и опять притих. — Но ведь на маяке балуются не Кант и не Бессель!..

Мура отрицательно покачала головой — ни тот, ни другой не балуются на маяке, она согласна!

— Тогда кто? Кто открыл дверь на потайную лестницу? Кто слушал струнный квартет? Кто кофе пил, а?!

Мура вдруг сильно покраснела, словно он спросил её о чём-то очень интимном.

— Я могу тебе показать, — прошептала она, не поднимая глаз. — Но не сейчас, Вася. Сейчас не получится.

— А когда? В полночь на Лысой горе?!

— Не сейчас, — повторила она.

— То есть ты знаешь, кто там шурует?

Мура кивнула:

— Мне кажется, да.

— И кто книгу читает?

— Да-а, — протянула она уверенно, — конечно!..

— Кто ты такая? — спросил Василий Васильевич. — Я не могу понять. Ты человек?

— Я человек, — подтвердила Мура.

— Тебе так кажется или — человек? — уточнил Меркурьев.

— Вася, я покажу тебе... — пообещала Мура. — Просто мне неловко, потому что ты считаешь, что я сумасшедшая. И чем дальше, тем больше. Мне трудно тебя постоянно убеждать, что я не вру. Я не вру, Вася. Я на самом деле знаю.

Он посмотрел на неё и отпустил.

— Ну ладно, — сказал он и вдруг решил: — Тогда я «Философию» с собой заберу. Из чемодана её можно вытащить. Кто угодно может ее взять, вон хоть Нинель!.. А из кармана вряд ли.

— Бросил бы ты её, Вася, — посоветовала Мура, но не тут-то было!

Меркурьев заскочил в свой номер, извлёк томик из чемодана, сунул в карман вельветовой куртки — благо тот был глубокий, — и они с Мурой вышли на улицу.

— Я хотел показать тебе снег, — спохватился Василий Васильевич. — Снег на пляже! Ты наверняка никогда его не видела!..

Весь песок при входе на «променад» был истоптан собачьими и человеческими следами, но под досками снег лежал — длинными, тонкими, белыми полосами. На траве он подтаивал, и на остриях длинных листьев висели крупные капли.

Мура — ах, как прекрасна она была! — опустилась на колени в мокрый песок и полезла под настил.

— Вася! — восторженно закричала она из-под настила. — Какая красота! И капельки на траве! Ты видишь?

Меркурьев присел рядом и посмотрел.

— Капельки, — согласился он, повалил Муру спиной к себе на колени и поцеловал так, как ему хотелось с ночи — изо всех сил, даже как-то отчаянно поцеловал Муру.

Они лежали на песке, ногами наружу, головами под «променадом» и целовались. Василий моментально взмок. У Муры горели щёки, холодные губы стали огненными.

Они путались в одежде, им хотелось быть как можно ближе, в тепле и запахе друг друга, а одежда мешала. Меркурьев стукнулся головой о доски и не заметил этого.

Неожиданно в их дуэт вклинился какой-то посторонний звук. Звук был странный, непонятный. Он то затихал, то вновь возникал.

Василий Васильевич открыл глаза одновременно с Мурой.

Кургузый колченогий пёс с развесистыми ушами вклинился между ними и с интересом обнюхивал их лица.

— Ёрш твою двадцать, — пробормотал Меркурьев, тараща глаза. — Началось в колхозе утро!..

Более сообразительная Мура уже выбралась из-под досок, поднялась и отряхивала джинсы.

— Алё, гараж! — издалека зычно прокричал Саня. — Чего это вы там залегли?

— Мы упали, — пробормотал Меркурьев. Он перекатился на коленки и встал.

— Не, а чего такое?

— Сань, отстань от них, — велела более сообразительная Кристина.

— Да не пристаю я! Может, случилось чего, откуда я знаю?!

— Я тебе потом скажу, что случилось.

У Меркурьева в брюки набился песок. Он попытался его вытряхнуть, делая странные антраша.

— Шу-уф, — говорило море, — шу-уф!..

— Мы искали янтарь, — сообщила Кристина. — И не нашли.

— Найдём! — пообещал Саня и обнял её за плечи. — Нам бы ещё колечко твоё найти, и всё в ажуре будет.

— И узнать, кто твоего друга с маяка спихнул, — добавил Василий Васильевич.

— Эт точно.

Пёс вертелся вокруг них, подбегал, тыкался Сане в ноги, словно проверяя, на месте ли он, отбегал, нёсся по песку к воде, останавливался на линии прибоя, брехал на ленивую волну, она отвечала ему: «Шу-уф!» и подкатывала к коротким мохнатым лапам. Пёс вновь заливался счастливым лаем и мчал к Сане.

— Как назвали друга-то? — спросил Василий Васильевич.

— Я придумала! — объявила Кристина. — Фамилия у него будет Онегин. Он же в гостинице «Чайковский» к нам прибился!.. А, Сань?

— Как Онегин, — не понял Саня, — если у Чайковского фамилия Чайковский?

— В честь оперы, — объяснила Кристина и засмеялась. — «Евгений Онегин». Ты в школе должен был проходить.

— Евгений, стало быть, Жека, — сообразил Саня. — Это другой коленкор!

— Жека Онегин — прекрасное имя для собаки, — согласился Василий Васильевич и посмотрел на Муру.

Они с Кристиной хохотали, Жека Онегин прыгал вокруг них, оставляя глубокие неровные следы.

Саня подобрал гладкую палку, вынесенную морем, и кинул собаке.

— Так чего мы делать-то будем, а, братух?

— Езжай в город, — велел Василий Васильевич. — Землю рой, но узнай, чей на самом деле дом. Кто мог навести твоего приятеля на мысль, что Захарыч не хозяин?

Саня пожал необъятными плечами:

— А шут его знает.

— Покопайся в его бумагах, — наставлял Василий Васильевич. — Без церемоний. Он же не собирался умирать, вряд ли он все концы подчистил!

— Ясно дело, ничего он не чистил.

Они медленно шли вдоль прибоя, Жека Онегин нарезал круги, не выпуская палки, позади хохотали девицы.

«Какой у меня отпуск, — вдруг подумал Василий Васильевич. — Я и знать не знал, что такое возможно. В первый раз в жизни у меня такой отпуск!..»

— Если что попадётся про дочь Захарыча, звони мне сразу. По идее, у него где-то дочь есть, вроде в Москве. Он её много лет ищет, найти не может.

— Чего это?

— Я не знаю! Мать уехала ещё в девяностые, увезла ребёнка и пропала. Хотя Захарыч говорит, что деньги он переводил на центральный телеграф до востребования, и она их регулярно получала.

— Сознательный, — заметил Саня. — Не то что мой папаша-оглоед. В глаза его не видел, а как стал подниматься потихоньку — ба, нарисовался папаша! Алименты, говорит, гони!.. Ты, говорит, мне обязан, потому как от моей плоти произошёл на свет. А я ему говорю — вали, папаша, отсюда со своей плотью вместе, пока я тебе рога не поотшибал! — Он посопел носом. — Вон у Крыски совсем другая диспозиция, она мне рассказывала. У ней папаша за них с мамашей голову оторвёт и скажет, что так и было!

— Это тоже бывает, Саня.

— А с камушком чего? Небось не простит папаша камушек-то, семейную ценность! А мне с ним разборки разводить нельзя. Мне ему понравиться нужно. И чтоб раз — и навсегда, без всяких!..

— Не знаю, — признался Меркурьев. — За Лючией я прослежу, конечно, но идей у меня никаких нет.

— А чё Лючия-то?

Меркурьев вздохнул:

— Её интересует кольцо — это очевидно. Это раз. Она за нами следила — это два. Я думаю, ей нужна Кристина.

— Крыску я в город заберу, — пообещал Саня. — Чего она тут без меня торчать будет! Да ещё Лючия какая-то!..

— Лючия ничего ей не сделает, — с досадой возразил Меркурьев. — И кольца она не крала, повторяю тебе. Она его, похоже, тоже ищет. В лесу её кто-то ждал, я в прошлый раз за ней ходил и видел.

— Партизаны, что ли? Самураи?

— В эту ночь решили самураи, — пропел Василий Васильевич задумчиво, — перейти границу у реки.

Некоторое время они шли молча.

— Негусто, — заметил Саня и посмотрел на Меркурьева. — Негусто мы с тобой надумали.

— Так и есть, — согласился тот. — Но я детективные загадки решать не умею. А ты?

— Дак и я не умею, братух! Только мне жизнь то и дело такие подбрасывает. Вот был у меня друг Ванюшка, на всю жизнь, понимаешь? А помер, так я теперь и не знаю, друг он мне или не враг! И вообще — кто он был такой?

— Это мы выясним, — неизвестно зачем пообещал Меркурьев.

— Ага, — согласился Саня. — Оно, конечно, выясним. И чего я дальше с этим делать стану? Забуду друга Ваню, как и не было его?

— Забудешь, — сказал Василий Васильевич, — если помнить не имеет смысла.

— Больно легко. По-твоему, захочешь забыть, и забыл! Так не бывает. Я вон до сих пор помню, как в детстве собаку принёс, а мать ее выгнала. Собака-то, главное дело, плёвая была, вроде Жеки! И голодная. Как я просил, чтоб она ее оставила! Обещал, что в школу буду ходить, без прогулов, без всего. Что сам выводить её стану, убирать за ней. Нет, выгнала мать собаку. А я, блин, её помню!.. Вот оно мне надо?

— Зато у тебя теперь другая собака, — глупо утешил Василий Васильевич.

— Да при чём тут!.. — сказал Саня с досадой. — Кому доверять-то? Лучшему другу нельзя. Матери тоже нельзя. Кому?

— Найдёшь, — пообещал Василий Васильевич. — Насколько я понял задумку, одного ты потерял — ещё неизвестно друга ли, недруга. Зато двоих нашёл, и они точно — твои.

Саня покосился на него и улыбнулся. На щеках обозначились ямочки.

— Мои, — сказал он и оглянулся.

Кристина бегала по пляжу за псом, отнимала у него палку.

— Эти точно мои, — повторил Саня. — Значит, поеду собственников дома искать. Ну и в собачий магазин. Не всё Жеке котлеты жрать, ему нормальная еда нужна, собачья. Слышь, братух, может, вискарика притаранить? Накатим с тобой вечером по маленькой?

— Саня, — сказал Василий Васильевич. — Вот объясни мне, почему ты меня сейчас называешь братухой, а вчера называл дядей?

Саня удивился. Так удивился, что даже в затылке почесал.

— Дак оно как-то само называется, Василь Василич. Вчера ты вроде старый был, а сегодня какой-то обратно молодой.

— Мура! — закричал молодой Меркурьев. — Где вы там отстали? Давайте, шевелитесь!..

Он проверил в кармане книгу — она была на месте, никуда не делась. Да и некуда ей деться, подумал Василий Васильевич с удовольствием. Дематериализации не существует, зато есть закон сохранения энергии! Само по себе ничего ниоткуда исчезнуть не может!..

В доме горел свет и вкусно пахло — на кухне готовили обед. Василий Васильевич любил принюхиваться и заранее определять, что будет вкусного. Он предвкушал удовольствие, и получалось, что таким образом растягивает его.

Мура сказала, что должна готовиться к спиритическому сеансу.

— Мне нужно собраться с мыслями, — твёрдо заявила она и захлопнула дверь перед самым носом Меркурьева, который мечтал её поцеловать по-настоящему, не в коридоре и не на пляже, а там, где есть дверь и её можно за собой закрыть!..

Ничего не вышло.

Нет, разумеется, предвкушение только растягивает удовольствие, но Меркурьев от нетерпения не знал, чем себя занять, и не мог ни о чём другом думать.

Он думал только: как хороша Мура!.. Ах, как она хороша!..

Не в силах сидеть в комнате, зная, что Мура находится в двух шагах, всего лишь за стенкой, всего лишь за одной дверью, и тоже думает о нём, по крайней мере, он надеялся на это — не может она о нём не думать! — это было выше его сил, и Меркурьев отправился на улицу.

В небольшом фруктовом садике, разбитом вдоль забора по ручью, он наткнулся на Виктора Захаровича. Тот в старом свитере, брезентовых брюках и рукавицах, вооружённый секатором, обрезал кусты. У решётки тлел небольшой костерок, дым висел низко, как туман.

— Бог в помощь, — поприветствовал Меркурьев, приближаясь.

Старик оглянулся.

— Здорово, Вася, — сказал он, сдёрнул рукавицу, пожал Меркурьеву руку и опять принялся за дело. — Где ты с утра пропадал?

— А, на маяк ходил, — ответил Меркурьев беззаботно. — Давайте я ветки потаскаю.

— Ты гость, — удивился Захарыч. — Тебе отдыхать положено.

— Я отдыхаю! — уверил его Меркурьев.

У старика был удручённый вид, Василий Васильевич спросил, в чём дело.

— Да так, — сказал Виктор Захарович и поморщился. — Всё на вынь тарары пошло. Человек погиб ни за что ни про что. Жалко его, молодой ведь.

— Вы тут ни при чём, Виктор Захарович, — утешил его Меркурьев, нагребая охапку мокрых тонких веток.

— Всё равно жалко! Теперь не знаю, продавать дом, не продавать!..

— Вы вроде решили продать.

— Знак плохой, — сказал Захарыч. — Хотел продать, а покупатель, считай, в моём доме и помер! Может, не продавать?

Меркурьев отнёс охапку к костру и свалил в огонь. Сразу сильно задымило, и он загородился рукой.

— Виктор Захарович, — спросил он, подумав, отчего бы и не спросить! — Дом вам принадлежит?

Старик не удивился, не переполошился, он вообще почти не обратил на вопрос внимания. Он продолжал работать.

— Мне, кому же ещё, — ответил он, нагибаясь, чтоб вытащить длинный прут. — От родителей ко мне перешёл. Завещан дочери, если она найдётся.

— А ваша жена?

— Покойницу дом не интересовал, — сообщил Захарыч. — Она уехала девчонкой совсем, какой дом! Да она тут и не жила никогда. У меня в городе квартира была хорошая в немецком доме, четырёхкомнатная! Батя-то в отставку генералом вышел, и я в пароходстве был человек не последний. Жена моя с дочкой там обитала, покуда я в море ходил.

— А сейчас?

— Что сейчас, Вася? Прими-ка у меня ветки, несподручно одному, видишь!

Василий Васильевич перехватил у него охапку и потащил к костру.

— Сейчас квартира кому принадлежит?

— Хорошим людям, — сказал Захарыч и улыбнулся. — Я ведь её продал, когда решил гостиницу открыть! Деньги нужны были, недёшевая это история, Вася. На ремонт, на лицензии всякие, на взятки. Всё ушло, и квартира, и сбережения мои. Я хорошо зарабатывал, а жил, считай, один!.. А чего ты спрашиваешь-то?

Василий Васильевич палкой разгрёб костер, чтобы лучше горело.

— Человек погиб, — произнёс он задумчиво. — Изумруд у Кристины украли. Какая-то странная история, Виктор Захарович. Всё одно к одному.

— Ох, изумруд этот ещё на мою голову!.. Не знаешь, написала она заявление, нет?

— Нет и не собирается.

Старик стянул рукавицы, вздохнул и опустился на скамейку.

— Вот и не знаешь, радоваться или что делать. Вроде хорошо, что не написала, гора с плеч. А с другой стороны, искать-то его надо, перстень этот!.. Великих денег стоит, так Кристинка говорит. А где его искать? Кто будет искать?..

Василий Васильевич сел рядом.

— Хорошее тут место, — сказал он, глядя в сторону моря.

— Хорошее, — согласился хозяин. — Чисто, тихо, просторно. Я в умной книжке читал, где маяк, всегда так. Он будто охраняет. Я всё детство на маяке провёл, вон с Нинулькой, с Нинель Фёдоровной! Мы оттуда не вылезали, всё в моряков играли.

Виктор Захарович засмеялся с тоской.

— Маяк наш старый, его ещё немцы закрыли. На дальнем мысу один остался, а этот закрыли. Говорят, смотритель ещё долго тут жил. Как в сказке — старик со своею старухой у самого синего моря. Домик у них поставлен был в лесочке, под обрывом. Сейчас от домика и следа не найдёшь, а я развалины помню, хоть и маленький был. Жена смотрителя, покуда жива была, в этом доме, который теперь мой, служила то ли кухаркой, то ли горничной, и хозяйка её отличала, любила, секретничала с ней. Товарками были, одним словом! Так рассказывали. Муж ревновал даже, говорил, мол, ты с в этом доме больше времени проводишь, чем в нашем!

Меркурьев слушал, не перебивая.

— На маяке потайной лаз наверх есть, — сказал старик и опять засмеялся. — Небось не веришь!

— Верю, — с запинкой вымолвил Василий Васильевич.

— Уж я тебе не скажу, зачем он там нужен, лаз этот! Вроде когда война, а корабль подходит, чтобы смотритель мог потихоньку подняться и дать сигнал — смотри, мол, в оба, берег близко! У нас на Балтике туманы такие бывают!..

— Откуда вы знаете про потайной лаз?

— Так мы с Нинулькой его и нашли! До нас-то о нём ни одна живая душа не знала! И сейчас не знает, тебе первому говорю. Мы нашли его и поклялись, что никогда никому не скажем!.. Перочинный ножик у меня был, отцовский подарок, ещё трофейный, так мы на крови поклялись, дураки малолетние. Я себя по ладони полоснул, а потом Нинулька себя полоснула. Она мою кровь как увидела, так вся позеленела, затряслась, но сдюжила, не отступила.

— Жил старик со своею старухой, — задумчиво проговорил Василий Васильевич, — у самого синего моря.

— То-то и оно.

— И никто не знал? Про потайную лестницу?

— Никто, Вася. — Виктор Захарович поднялся, вновь натянул рукавицы и продолжил неожиданно. — Ты молодой, Вася, береги время. Всё, что ни есть, до единой минуточки. Зря не растрачивай — на глупости, там, на ссоры, на злобу, на пустяки. Оно пройдёт, как песок просыплется, ничего не останется. А столько хорошего вокруг, Вася! Вон маяк, море, лес, дом. Моё время почти вышло, а жалко умереть и всё бросить. На том свете, поди, ни маяка нет, ни сада, ни молодости, ни старости.

— Подождите, Виктор Захарович, — сказал Меркурьев, подумав про Канта с Бесселем. — Не спешите. Как там, никто не знает, а здесь и вправду хорошо.

Он кинул в костер ещё одну охапку сучьев.

— Странно, что вы дочь не можете найти, — удивился он. — Не могла же она исчезнуть!..

— Может, куда за границу уехала.

— Может, и так, — согласился Меркурьев.

Они работали вдвоём довольно долго, Меркурьеву захотелось есть, и он совершенно забыл про книгу «Философия Канта», которая была у него в кармане...

В прошлый раз Лючия отправилась в буковый лес непосредственно перед обедом, Меркурьев прекрасно это помнил, потому что подкреплялся кофе в столовой, а потом беседовал со стариками — как раз о поисках дочери. С лесным человеком в кепке красавица условилась встретиться «в это же время», и Василий Васильевич решил отправиться в лес пораньше, чтобы засесть в кустах и наблюдать их встречу от начала до конца.

Меркурьев перетаскал в костёр все ветки и сказал старику, что пойдёт прогуляться. Виктор Захарович покивал и, засовывая рукавицы в карман штанов, отправился в сторону дома.

Меркурьев проводил его глазами. Никого не было на площадке, где скучал белый «Кадиллак», дом казался притихшим под низким небом.

— Как можно продать такой дом? — сам у себя спросил Василий Васильевич.

По дорожке, выложенной брусчаткой, он отправился в сторону разноцветного леса, не заметив, как в одном из высоких стрельчатых окон слегка отодвинулась белая штора и кто-то настороженными глазами провожал его, пока он не исчез под деревьями.

Вблизи муравейника, так поразившего его воображение, Василий Васильевич свернул с дорожки и пошёл лесом. Брюки и кроссовки моментально промокли, но он не обращал на это внимания.

Здесь пахло прелой сыростью, листьями и как будто орехами. Меркурьев остановился и вдохнул полной грудью — так хорошо, так вкусно пахнет!..

Он забрал влево так, чтобы развалины охотничьего домика остались по правую руку. В тот раз лесной человек пришёл совсем с другой стороны, от дороги, по всей видимости, у него там стояла машина.

Меркурьев старался зайти поглубже, чтобы на глаза не попались его следы в траве.

Развалины уже виднелись среди разноцветного буйства листьев. Впрочем, осень наступала на краски, лес стал прозрачнее и как будто выше. Василий Васильевич примерился и нырнул под куст. Отсюда его вряд ли можно заметить, особенно если не знать, что он тут прячется!..

Он перестал возиться и замер, прислушиваясь.

Ничего, только шумели в вышине деревья.

Он ждал довольно долго, сильно замёрз и согревался мыслями о Муре. Ах, как хороша его Мура, просто удивительно!.. Почему-то его забавляло, что она не может ходить на 3D-фильмы, и он с удовольствием думал, что её можно этим дразнить.

В кроссовках хлюпала вода, ледяные брюки прилипали к ногам, и ему хотелось, чтобы уж всё закончилось и он смог бы вернуться домой, к Муре и обеду, когда на дорожке показалась Лючия.

Она мелькнула между деревьями, пропала и появилась вновь.

Василий Васильевич высунулся из своего куста и тут же нырнул обратно. Лист сорвался и спланировал ему на плечо. Он аккуратно снял его.

Лючия шла быстро, опустив лицо в мех. Она дошла до развалин, остановилась и огляделась.

Меркурьев замер, потом медленно раздвинул ветки, пытаясь не упустить её из виду.

Что случилось в эту минуту, он не понял.

Перед его глазами ниоткуда, словно из воздуха, возник человек в кепке. Он скалил зубы, в руке у него был нож. В широком лезвии вдруг на миг отразился солнечный луч. Меркурьев так удивился, что даже и не подумал бежать или защищаться, да и времени у него на это не было. Человек действовал стремительно.

Он коротко и страшно замахнулся и убил бы Меркурьева, если бы сбоку на типа в кепке не прыгнул ещё какой-то человек. Тот, в кепке, всё же ударил, промахнулся, нож скользнул и пришёлся на «Философию Канта», так и болтавшуюся в кармане меркурьевской куртки. Василий упал, а те двое, сцепившись, молча покатились по траве. Они боролись, и самым страшным было то, что они не издавали ни звука.

Меркурьев, у которого отчего-то плыло и двоилось в глазах, встал, понимая, что он должен что-то сделать!..

Человек в кепке одолевал того, второго, и вдруг кто-то страшно завизжал, Меркурьеву показалось, что на весь лес!

Шатаясь, он кое-как выковырял из земли камень, должно быть, принесённый сюда ледником, примерился — это было трудно, потому что он плохо видел, — и ударил по кепке.

Клубок из тел сразу перестал шевелиться и замер, зато визг нарастал.

— Что вы кричите? — пробормотал Меркурьев и упал ничком на тех двоих.

— Да он тебя только задел!.. Ничего себе, задел, сколько крови! Так всегда бывает, когда ткнут в мягкие ткани! Господи, да сколько можно, я сейчас в обморок упаду!..

Говорили все разом. Василий Васильевич таращил глаза. Мура держала его за руку, была бледна и перепугана — всё как положено.

— Выходи за меня замуж, — сказал ей Василий Васильевич. — Пока тут все орут.

— Выйду, — моментально согласилась Мура.

— В свадебное путешествие полетим в Полинезию, — продолжал Меркурьев. — Проверим, на месте она или нет её.

— Вася, ну ты артист просто! — заорал Саня. — Тебе в боевиках играть, чеслово!..

— Спасибо, что от больницы меня отмазал, — с чувством выговорил Василий Васильевич. — Я бы там помер.

— Да не помер бы! Докторица сказала, нету у тебя никакого серьёзного ранения ни фига! Нож скользнул по рёбрам. А просто так на койке чего лежать, всё равно ничего толкового не вылежишь!

— Если бы не книга... — начала Мура, — которая у тебя в кармане была...

— Если бы не Софья, которая в лесу оказалась, — перебил Виктор Захарович, и все разом смолкли.

Софья сидела возле окна верхом на стуле и ухмылялась. Её чёрные волосы были собраны в косу, а лицо казалось очень бледным, остроугольным.

Василий Васильевич, водружённый на полосатую оттоманку, слегка отодвинул Муру, чтобы лучше видеть свою спасительницу.

— Чего вы уставились? — осведомилась Софья. — Мы все давно знакомы.

— Эт точно, — вдруг развеселился Саня. — Эт ты верно говоришь!..

Пёс по имени Жека и по фамилии Онегин сидел на ковре возле его ног и безостановочно молотил куцым хвостом. Кристина держала Саню за руку, как Мура раненого Василия Васильевича. Стас подкреплялся возле бара. Старики рядком расположились на диване, вид у обоих был измученный.

Емельян Иванович в уголке, отложив газету, внимательно наблюдал за происходящим.

Лючии не было.

— Ты кто такая, девочка? — добрым голосом спросил у Софьи Виктор Захарович. Она быстро на него взглянула и опять ухмыльнулась. — Как ты нашего Василия спасла?.. Откуда взялась?

Софья взлохматила свою иссиня-чёрную чёлку и попросила Стаса налить ей тоже чего-нибудь такого.

— Какого? — уточнил Стас брюзгливо.

С того момента, как Лючию увезла машина с синей полосой на борту, он стал мрачен.

— Можно джина с тоником, — разрешила Софья.

Она поднялась со стула, как будто из седла выбралась, и вышла на середину комнаты.

— Меня зовут Софья Карабанова, я сотрудник особого отдела МВД по охране государственных ценностей.

— Каких... ценностей? — опешив, переспросил Василий Васильевич.

Софья на него взглянула.

— Вася, — начала она проникновенно. — Эта твоя Лючия, от которой ты поначалу разум терял, знаменитая воровка. Специализируется на драгметаллах и — отдельно! — на уникальных камнях. Мы её три года разрабатывали.

— Мать честная, — пробормотал Саня и почесал за ухом — в точности, как его пёс Жека Онегин.

— Мы не выпускали из виду её и сообщника. Я имею в виду наш отдел, — пояснила Софья, как ни в чём не бывало.

Меркурьев слушал и только вздыхал. Вздыхать ему было больно из-за перебинтованного бока. Когда он морщился, Мура взглядывала на него испуганно.

— Когда Лючия, то есть Людмила Огородова, отправилась сюда, мы навели справки, прошерстили всех гостей и поняли, что на этот раз её цель — старинный изумруд редкой чистоты, необычайного размера и уникальной огранки.

— Мой? — зачем-то спросила Кристина.

— Твой, твой.

Стас поднёс Софье стакан. Вид у него стал менее мрачный. Он слушал с интересом.

— Они планировали украсть камень. Это очень просто! Двери здесь не закрываются, за кольцом по-хорошему никто не смотрел!

— Я смотрела, — пробормотала Кристина и опустила глаза. — Нет, я правда следила!

— Я видела, как ты следила! — возразила Софья.

— Подождите, — попросил Меркурьев на правах пострадавшего. — Получается, ты с самого начала знала, что Лючия охотится за кольцом?!

Софья, совершенно изменившаяся, закатила глаза.

— Ну, разумеется! Я и возле трупа того бедолаги не стала светиться, чтобы всю операцию не провалить! Я сидела здесь, в доме, и следила за Лючией. Поначалу я решила было, что её сообщник Стас, мы же не знали его в лицо!..

— Я не сообщник! — крикнул компьютерщик и покраснел. — Что за ерунда?!

— Да, я знаю, — отозвалась Софья хладнокровно. — Ты не сообщник. Тот ждал её возле развалин охотничьего домика. Меня на него навёл Вася, который решил проследить за Лючией. Из романтических соображений, а, Вась?

— Нет, — буркнул Меркурьев. — Из детективных.

— Я видела их, видела Васю в кустах. Слышала, как этот тип в кепке назначал ей новую встречу — послезавтра в это же время. И отправилась в лес — в то же время послезавтра. Всё остальное вы знаете.

Последовало некое смятение, во время которого все говорили разом, а Жека Онегин отчаянно брехал, потом Меркурьев спросил:

— Нет, подожди. Ты была в лесу. Тоже в кустах сидела? Я, между прочим, никого не видел!

— Ещё не хватает, чтобы ты меня видел, — перебила его Софья. — А сам наследил, как... как бегемот! Там кругом трава примята, ветки поломаны и отогнуты. Конечно, сообщник Лючии тебя засёк.

— Засёк, засёк, — подхватил Василий торопливо, — и попёр на меня с ножом. А ты на него бросилась?! Просто так?!

Софья засмеялась.

— Вася. Я офицер, работаю в МВД. На моих глазах преступники пытались убить человека. Я должна была вмешаться!.. Я присягу давала.

— Боже мой, — сказала Мура негромко.

— Но из всей этой возни ничего не вышло, да? — спросил Стас и вновь отошёл к буфету. Все повернулись в его сторону. — Кольцо пропало! Героизм пошёл псу под хвост, а? Вот этому псу, — он ногой показал на Онегина, — вот под этот хвост!..

Софья поставила свой стакан на стол и полезла в передний карман джинсов.

У Меркурьева перехватило дыхание, словно вот-вот он должен был увидеть нечто необыкновенное.

Софья с трудом выпростала из тесного кармана увесистое кольцо.

Нинель Фёдоровна ахнула. Мура закрыла глаза, стиснула Меркурьеву руку, а потом захлопала в ладоши. Кристина завизжала и бросилась Сане на шею. Он подхватил её и закружил. Жека загавкал. Виктор Захарович перекрестился.

— Откуда оно у тебя? — спросил Меркурьев.

— Оно всё время было у меня.

— Как?!

— Я забрала кольцо, когда поняла, что украсть его проще простого, — сказала Софья совершенно хладнокровно. — Я решила, что лучше забрать и спрятать, чем потом его искать. И ещё неизвестно, найду ли.

Кристина оторвалась от Сани, ринулась к Софье и обняла её.

— Мне маме нужно позвонить!!! — кричала она во всё горло. — Прямо сейчас! Она же не знает! Она ночей не спит! Они с папой там пропадают от ужаса!.. Саня, оно нашлось, нашлось!..

Кольцо переливалось на ладони Софьи, словно внутри у него горела лампочка. Василий Васильевич не мог оторвать от него глаз.

— О господи, — пробормотала Нинель Фёдоровна и закрыла глаза, — великий Боже...

— Держи. — Софья сунула изумруд Кристине. — Я не знаю, зачем ты его везде таскаешь!.. Такие вещи существуют не для того, чтобы их носить.

Кристина, пританцовывая на месте, трепетно пристроила кольцо на руку и полюбовалась на него.

— Его нельзя не носить, Сонечка, дорогая, — сказала она умоляющим голосом. — Оно должно быть всё время на свету, на людях! Так положено.

— Я тебе говорю, как профессионал, его положено хранить в банковской ячейке.

— Какое счастье! — повторяла Кристина, приплясывая. — Как хорошо, что оно нашлось, спасибо тебе, Сонечка!.. Я так боялась, что оно пропало, а оно на месте!..

— Истребление женщин нам больше не угрожает? — спросил Василий Васильевич, и Софья посмотрела на него как на сумасшедшего. — Святая инквизиция потерпела поражение?

— Ты зря шутишь, Вася. — Кристина подбежала и потрясла его за руку, будто поздоровалась. — Мне правда маме нужно позвонить!.. Сань, где мой телефон? Или свой дай!..

— Ты ловко притворялась, — сказал Меркурьев Софье. — Никаких сомнений! Глупая девица, несёт всякий вздор то про семь цивилизаций, то про Коляна, который на прииск уехал.

— Работа такая, — пояснила Софья.

Она прошлась по гостиной туда-сюда, подёргала чугунный засов и распахнула дверь на террасу. По комнате пронёсся холодный балтийский ветер, всколыхнул занавески, море близко сказало:

— Шу-уф!

Жека Онегин встопорщил несуразные уши.

— Спасибо тебе, — сказал Виктор Захарович Софье. — Такую тяжесть с наших плеч сняла! Где бы мы его искали, камень этот, если бы жуликам он достался?.. У меня в доме сроду ничего не пропадало, а тут такая оказия случилась! Спасибо. По гроб жизни тебе обязан!

— Обязаны?

Софья стояла в дверном проёме, кулачки засунуты в карманы, вид решительный.

— Так и есть, — подтвердил Виктор Захарович. — Чем отплатить, не знаю. Кабы не обстоятельства, позвал бы тебя приезжать в любое время, живи на здоровье, а сейчас и этого не могу.

— Хорошо, — согласилась Софья. — Раз уж вы обязаны!.. Ответьте мне на один вопрос, только честно.

— Спрашивай, на всё отвечу!.. Врать смолоду не приучен.

Мура глубоко вздохнула, Меркурьев посмотрел на неё. Щёки у неё горели.

— Почему вы взялись меня искать только после смерти матери? И почему, когда я вам написала, вы ничего не ответили? Даже не захотели со мной встречаться?

Нинель Фёдоровна вскрикнула.

Виктор Захарович посидел молча, потом полез во внутренний карман, медленно извлёк таблетку, кинул её в рот, закрыл глаза и опёрся о спинку дивана.

— Вам плохо? — осведомилась Софья, не делая ни малейшего движения, чтобы подойти к нему.

— Ничего, ничего, — пробормотал старик. Губы у него посерели и утончились. — Сейчас отпустит. Посижу немножко...

Все молчали, прятали глаза, только Жека Онегин восторженно смотрел на хозяина и время от времени принимался молотить хвостом по ковру.

— Во как, — сказал наконец Саня. — А ты мне, Вась, дочь, дочь! Где дочь? А она — вот где!..

— Я напросилась на это задание, когда узнала, кому принадлежит дом, — продолжала Софья. — А принадлежит он моему так называемому отцу!..

Она взяла стул, подтащила к дивану и устроилась напротив Виктора Захаровича, положив локоть на колено, а подбородок на ладонь.

— Когда пришёл запрос, я сразу вам написала, — сказала она, рассматривая старика. — Мама была против нашего общения, но мне всегда хотелось узнать... — Она махнула рукой. — С тех пор прошёл год, больше даже! Почему вы мне не ответили?.. Нет, я просто хочу это знать.

Виктор Захарович открыл глаза. Софья дрогнула, но не отступила.

— Почему вы мать выставили из дома, почему ни копейки ей ни дали, почему вам все эти годы на нас было наплевать, — мне неинтересно. — Она улыбнулась. — Это всё давно отболело. Но ведь я вам не навязывалась! Это не я вас разыскивала, а вы разыскивали меня! И не захотели даже поговорить! Почему?

— Соня, — вымолвил Виктор Захарович.

— Сериал, просто мыльное мыло, — воскликнул Стас. — Слушай, а может, ты память потеряла? Или пластическую операцию сделала? Так в сериалах положено!..

— Заткнись, — велел Саня. — Иди в буфет!..

— Виктор Захарович, — проговорила Кристина и оглянулась на остальных. — Вам плохо, да? Может, «Скорую» вызовем? А, Сань?..

Нинель Фёдоровна, безвольно сложив руки на коленях, смотрела в стену и молчала, и странно было, что она не говорит, не суетится, не предлагает помощь!..

— Я сейчас, — сказал старик и тяжело поднялся. — Я мигом...

Он оступился, Мура поддержала его под локоть, но он отстранился и направился в коридор, стараясь идти твёрдо.

Василий Васильевич разглядывал Софью. Она молчала, у неё было замкнутое, отстранённое лицо.

— А... кто тебе сказал, что отец вас выставил и никогда ничем не помогал? — спросил он наконец. — Мать?

Софья твёрдо взглянула на него.

— Я, Вася, не без ума на свет родилась, — сказала она. — Мне ничего не нужно было рассказывать. Я с малолетства по интернатам жила, матери меня кормить не на что было. И на хорошую работу не устроишься, когда на руках ребёнок, а ты одна! Я, Вася, в сказки даже в детстве не верила и знала, что рассчитывать можно только на себя. Никто не придёт и не спасёт. Нет желающих!..

Она перевела дыхание и облизнула губы.

— Когда запрос пришёл, я решила, хоть посмотрю на него, на этого с позволения сказать отца. Но даже из этого ничего не вышло. Он мне не отвечал! И я приехала сюда.

— Понятно, — сказал Меркурьев, сделал резкое движение, чтобы сесть, и не смог — в боку сразу стало горячо и больно.

Он застыдился своей беспомощности и этого героического движения, вспотел даже. Всё же он сел прямее и попросил:

— Ты его просто послушай. Он тебе расскажет, а ты послушай.

— Я за этим и приехала. Задержать Огородову мог любой опер, но я настояла...

— Саня, — попросила Кристина, — сходи посмотри. Что-то его нет слишком долго!

Саня тут же послушно вышел из гостиной, за ним потрусил Жека.

— Дети, — сказал из угла молчавший всё это время Емельян Иванович. — Дети всегда смотрят на себя как на жертв родительского произвола. И часто ошибаются.

Софья усмехнулась.

— Ну уж нет. Никакая я не жертва!.. Мама — да. Маме нелегко пришлось. А я сильная.

Из коридора зазвучали шаги, в гостиную вошёл Виктор Захарович, еле передвигавший ноги, за ним Саня, тащивший какой-то деревянный сундучок, следом бежал Онегин.

— Ставь сюда, — сказал старик, и Саня опустил сундучок на стол.

Виктор Захарович, пошарив по карманам, разыскал небольшой ключик и вставил его в замочную скважину, попав не с первого раза. После этого откинул крышку — сундучок издал незатейливую мелодию, — и тяжело опустился на стул. Вид у него был неважный.

— Вот тут всё, — сказал он и больными собачьими глазами посмотрел на Софью. — Может, не до последней бумаженции, но видишь, как много накопилось!.. В самом низу квитанции, какие сохранились, это когда я вам с матерью деньги отправлял. Уведомления, что перевод получен, что бандероль дошла. Я бандероли тоже слал, думал, вещички всегда пригодятся. Письма мои там, которые твоя мать мне обратно отсылала. Какие вовсе не вскрытые, а на некоторых сверху написано, чтобы не приставал, чтобы только деньги на дочку поступали, и дело с концом. А сверху, — он вздохнул и снова полез в карманчик за таблеткой, — сверху всё запросы. Сколько я их разослал!.. Страшное дело. И ни ответа, ни привета. Как в воду канула дочка моя, словно и не было её никогда.

— Как не было? — спросила Софья машинально, подошла и заглянула в сундучок. — Вот же я.

Она наугад вытащила несколько бумажек и быстро, профессионально их пролистала. Потом отложила и вытащила ещё несколько. Никто не говорил ни слова.

Софья вдруг одним движением перевернула сундучок, и на столе вырос бумажный курган. Какой-то жёлтый от времени бланк спланировал на пол. Она подобрала его и прочитала.

— Как же так? — требовательно спросила она у старика. — Что это такое?

Он понурился и ссутулил плечи.

Василий Васильевич, кряхтя, встал, хватаясь рукой за полосатую оттоманку, подошёл и взял Соню за плечо.

— Есть такие заблуждения, — сказал он, — которые нельзя опровергнуть. Это высказывание принадлежит Иммануилу Канту. А здесь, — он кивнул на бумажный холм, — опровержение всех твоих заблуждений.

— Этого быть не может, — пролепетала Софья и вдруг шмыгнула носом. — Нет. Не может быть.

— Почему на запросы ответы не приходили, понятно, — продолжал Василий Васильевич. — Потому что Нинель Фёдоровна их прятала или даже уничтожала. Если найдётся дочь, рассуждала она, дом уж точно уплывёт. Дочь — законная наследница, она на законных основаниях может сделать с ним всё, что пожелает — продаст, снесёт, перестроит! А Нинель Фёдоровна очень любит этот дом! Ничего на свете она не любит так, как его! Правильно я говорю, Нинель Фёдоровна?

Домоправительница пошевелилась, вздохнула и расправила плечи.

— Правильно, Вася, — с горечью сказала она. — Всё ты правильно говоришь.

— Нинуля! — воскликнул совершенно уничтоженный Виктор Захарович. — Ты-то что? Быть не может, чтоб ты... чтобы ты так! Я же всю жизнь тебя знаю!

— Вот именно, — подхватил Меркурьев и опустился на стул, всё же стоять ему было трудно. — Вся жизнь у вас прошла в этом доме и на маяке, и это была прекрасная жизнь! Всё, что наступило потом, было хуже! От вас уехала жена с ребёнком, Нинель работала в конструкторском бюро и была не с вами. А потом опять наступило счастье — вы вышли в отставку и решили жить здесь. Да ещё и гостиницу придумали, и дело, и доход! Жизнь началась сначала. Но в Москве умерла ваша жена, и по её просьбе вас поставили об этом в известность. Вы сразу решили найти дочь. При жизни жены это было невозможно, а тут вдруг стало возможным!..

— Эх, Вася, Вася, — выговорила Нинель и покачала головой. — На беду мою ты сюда приехал. Вы все приехали на беду!..

— Конечно, дочь тут была совсем не к месту! Счастье Нинель Фёдоровны оказалось под угрозой, но тут всё было просто — она не передавала вам ни писем, ни телеграмм, ни звонков. На звонки ведь тоже отвечает Нинель!.. И вдруг новая беда, как назло!

Василий Васильевич перевёл дух и посмотрел по очереди на всех слушателей.

— Виктор Захарович, который не мог найти дочь, решил искать её самостоятельно. То есть продать дом и поехать в Москву.

— Правда?! — вдруг вскрикнула Софья. — Это правда?!

Виктор Захарович кивнул — так и есть.

— Покупателей было двое. Наш Саня, Александр Фёдорович, и второй, Иван...

— Николаевич, — подсказал насупленный Саня.

— Вы оба приезжали сюда и вели переговоры с Виктором Захаровичем.

— Это так.

— Нинель Фёдоровна всё придумала. Она выбрала Ивана Николаевича, он показался ей более подходящим для её целей, и убедила его, что дом вам не принадлежит и вы не имеете права его продавать.

— Нинулька! — воскликнул Виктор Захарович. — Что он говорит?!

— Ты слушай, — велела Нинель Фёдоровна хладнокровно. — Сам-то ведь ни за что не догадался бы! Так тебе умный человек растолкует!..

— Она сказала, что всю жизнь прожила в этом доме, это, между прочим, чистая правда, знает каждый закоулок, знает, где бумаги, в которых сказано, кому на самом деле принадлежит дом. Допустим, ей!.. И пообещала документы передать — за деньги, конечно!.. Но передавать в доме опасно, она боится, что хозяин их застанет, узнает, что-то такое! Она умеет быть убедительной, наша Нинель Фёдоровна. А Иван Николаевич был не самого большого ума человек! Да и сама идея ему понравилась — встречаться ночью на маяке по секретному делу!.. Интересно ведь, а он пацан рисковый! И друга обставить можно! Дорогого друга Саню, у которого за спиной он всю жизнь прожил!.. А тут раз! Пусть Саня у Захарыча дом купит, вложится по полной программе, а у него, Ивана, документики готовы, что продажа-то липовая, дом другому лицу принадлежит!.. Доверчивый и глупый Ванюшка даже рыбу договора прикинул, нового, на себя!.. В тот вечер он почти ничего не пил, только другу подливал и веселился от души. Все разошлись по комнатам, он вооружился фонарём и отправился на маяк. Наверху, на площадке, никого не было. Он постоял-постоял, а потом Нинель Фёдоровна столкнула его вниз. Она вышла из потайного хода. Иван не ожидал — ну совсем! Там же никого не было, а про ход он не знал, и никто не знал. Она вернулась в дом и сделала ошибку, заперла за собой дверь. Всё, конец истории.

— Вася, Вася, — пробормотала Нинель Фёдоровна. — Ничего ты не понимаешь. Нет мне другой жизни, кроме как в этом доме. Умру я без него. А я не хочу.

— Не хотите, — повторил Меркурьев. — Понятно, кто же хочет.

— Не, я не понял, — подал голос Саня. — Ну хорошо, спихнула она Ванюшку, а я чего? Я дом всё равно купил бы!..

Василий Васильевич покачал головой:

— Тут затея такая, что вроде ты его и спихнул, Саня.

— Я?!

— А в кармане у Ванюшки бумажка была, из записной книжки вырванная! «Встречаемся на маяке, дело есть, приходи, хуже будет», я наизусть не помню. Твоим почерком написанная, всё как следует.

— Ты сдурел, братух?! Не писал я Ванюшке никаких записок! Я ему по телефону звонил!

— Да какая разница, Саня?! Нашли бы у него в кармане, решили бы, что ты его столкнул! Ну не поделили вы чего-то!.. И в кутузку тебя на долгие счастливые годы! Так Нинель Фёдоровна предполагала.

— А записка откуда взялась?

— Она сама её написала! Она прекрасно умеет почерки подделывать и за Виктора Захаровича счета подписывает!

— Так куда записка потом делась? Не было при Ванюшке никаких моих записок!

— Я забрала, — неожиданно сказала Мура, и все посмотрели на неё. — Я вытащила листок у него из кармана.

— Вот, — согласился Василий Васильевич.

— Зачем? — поразился Саня. — Зачем вытащила?!

— Я знала, что ты его не убивал, — ответила Мура. — И решила, что будет лучше, если записку никто не увидит.

— Ну ты даёшь.

Все помолчали. Виктор Захарович взялся за сердце.

— И что нам теперь делать? — спросила Кристина. — Опять полицейских вызывать?

— Можно не вызывать, — сказала Софья. — Вернее, не нужно вызывать! Всё это домыслы, а не доказательства преступного умысла или преступного деяния.

— Вот именно, — согласился Меркурьев.

— Нет, а что нам делать?! — повторила Кристина с нажимом. — Так нельзя это оставить!..

— Витя, — сказала Нинель, и губы у неё затряслись, — прости меня, Витенька!.. Я не могла! Никак не могла! Когда ты решил дом продать, у меня сердце перевернулось!

Виктор Захарович тяжело встал, зашаркал к ней, сел рядом на диван и обнял её. Нинель горько заплакала.

— Бедолага, — сказал Захарыч, гладя её по голове. — Ты бы со мной поговорила. Ты бы мне открылась, неужели я б не понял!..

— Ничего бы ты не понял, Витенька, — прорыдала Нинель. — Разве ж я могла!..

— Человека погубила, — покачал головой Виктор Захарович, — натворила дел...

— Витенька, прости!..

— Да я-то что! Я прощу, а вот... люди простят ли?..

Саня вдруг встал, словно принял какое-то решение. У него как-то заострилось лицо, и по лицу и по движениям стало понятно, что он сильный, опытный, жёсткий человек — совсем не такой, к какому они привыкли за последнее время.

— В тюрягу вас не примут, это точно, — сказал он, и Василий Васильевич усмехнулся. — Да и старая вы уже!

Нинель Фёдоровна перепуганно уставилась на него.

— Доказательств у нас нету, а те, что есть, — фуфло. Придётся вам отсюда съехать, из вашего драгоценного дома. Я прослежу за этим.

— Куда съехать? — спросила Нинель с ужасом.

— А в рыбхоз. У меня хозяйство небольшое на косе, рыбу там разделывают, консервы крутят. Там доживать будете. Без права переписки.

— Я не хочу рыбу разделывать, я не могу, — Нинель вновь зарыдала. — Я здесь хочу, я за этот дом жизнь отдам!

— Да вы уже отдали, — сказал Василий Васильевич. — Разве вы так и не поняли?..

— Сериал, — провозгласил Стас. — Ну, прям мыльное мыло!.. Не поверит никто!..

— Заткнись! — хором велели ему Кристина и Софья.

— Я друга потерял, — продолжал Саня хмуро, — хотя не разобрать теперь, кто мне он был-то, друг ли, враг ли!.. — Он пошевелил складками на лбу, словно на что-то решаясь, и почти крикнул Василию Васильевичу в лицо, словно именно он, инженер Меркурьев, был во всём виноват: — Я как стал бумаги смотреть, так и понял, что есть я последний лошара!.. Всю жизнь, веришь-нет, Ванюшка у меня деньги тырил! Я с ним по-братски, как с родным, а он!.. И ведь порядочно натырил! Самой малости не хватило, чтоб дом купить, мои капиталы понадобились, ёшкин-матрёшкин! Кабы чуть больше натырил, купил бы он дом этот, и дело с концом!

Василий Васильевич сочувственно смотрел на страдальца. Мура поднялась и потянула Меркурьева за руку. Он с трудом встал.

— Ты что?

— Выйдём на минуточку.

— Куда?

— Пойдём, пойдём!..

Василий Васильевич зашаркал ногами почти как Виктор Захарович, и уже из коридора услышал, как Софья сказала:

— Пап, можно я внимательно посмотрю бумаги?

— Мура, куда ты меня тащишь, — зашипел Меркурьев. — Сейчас самое интересное начнётся! Трагедия закончилась, сейчас будет марш энтузиастов и воссоединение любящих сердец!

— Успеешь, — буркнула Мура и подтолкнула его в спину.

Они вышли в вестибюль с готическим окном и круглым столиком. За столиком сидели двое, совсем незнакомые. Василий Васильевич оглянулся на Муру. Она приложила палец к губам.

Он опять посмотрел.

Двое, он и она, пили кофе. Большой медный кофейник стоял на спиртовке посреди стола, тонкие чашки были наполнены до половины. В вестибюле приятно пахло.

— Ну вот, — говорил он. — Всё и закончилось. А ты всё — времени мало, времени мало!

— Так его и было мало, — она улыбнулась. — Если бы мы их не торопили, они до сих пор бы спали!

Он протянул руку и дёрнул её за нос. Она захихикала.

— И дом пропал бы, — сказала она, посерьёзнев.

— Камень не мог пропасть, — возразил он. — Он ведь оказался у хозяйки! У хозяйки дома!..

— Хорошо, что она здесь, — согласилась женщина. — Кофе добавить?

Меркурьев ещё раз оглянулся на Муру, наклонился к её уху и прошелестел:

— Кто это?

— Старик со старухой, — ответила Мура. — Которые жили у самого синего моря!

— Так они молодые совсем! Как мы!

— Ну да, — согласилась она. — Молодые.

— Подожди, — сказал Василий Васильевич. — Сейчас, сейчас! Это смотритель маяка и его жена?

Мура кивнула.

— Это они там пили кофе и слушали музыку?

Мура опять кивнула.

— А «Философия Канта» их рук дело?

Она опять кивнула.

— А богдыхан с отломанной башкой?

— Они не могли допустить, чтобы дом пропал, — прошептала Мура. — И помогали нам, как умели.

Зазвучали шаги, Меркурьев оглянулся. Мимо них прошёл Иммануил Кант в пальто и с ковровым саквояжем.

Увидев сидящих за кофе, он приподнял шляпу, приветствуя их, а потом повернулся к Василию Васильевичу и Муре.

— До свидания, молодые люди, — сказал он галантно и зашагал к двери.

— Вот и всё, — задумчиво произнесла Мура, когда Кант шагнул за порог.

За столиком уже никого не было.

Василий Васильевич помолчал.

— Мы их больше не увидим? — спросил он наконец.

Мура вздохнула:

— Я пока не знаю. Я многого ещё не знаю, Вася.

Вокруг Кафедрального собора лежал снег, и это было очень красиво — чистый снег на изумрудной траве! Липы, ещё не совсем облетевшие, время от времени роняли на снег холодные жёлтые листья.

Мура фотографировала листья на снегу, и ей казалось — это самое прекрасное, что она видела в жизни.

Василий Васильевич слепил слабый снежок, кинул и попал ей точно в серединку того места, в которое метил.

— Вася!

— А?

Мура возмущённо поднялась с корточек, отряхивая сзади пальто.

— Ты бы лучше по сторонам смотрел — ведь так красиво!

Василий Васильевич подошёл, смачно поцеловал её в губы и согласился, что красиво и он смотрит как раз куда надо.

— А где наши? — вырываясь и поправляя шапку, спросила Мура. — Только что здесь были!

— Жека! — позвал Меркурьев. — Жека, Жека!.. Сейчас он их приведёт.

Тотчас же из-за поворота аллеи выскочил несуразный пёс с разлетающимися ушами и помчался к ним. За ним мчались две таксы, кудлатая болонка и неопределённое существо размером с крысу.

Жека Онегин имел уникальную способность сразу же сколачивать вокруг себя компании.

Он подбежал, с разгону прыгнул Меркурьеву на джинсы, завилял хвостом и заулыбался. Остальная шайка развалилась, недоумевая, зачем они все мчались за Жекой. Последним свернуло в сторону существо, похожее на крысу.

— Как ты думаешь, это кто? — спросила Мура про существо.

Василий Васильевич не знал.

— Жека, где хозяева?! Веди их! Веди давай!..

— Мы здесь, Вась!

Кристина подбежала, очень озабоченная. Рукой, на которой сиял громадный изумруд, она поправляла волосы, засовывала их под капюшон. Саня приближался неторопливо, как нефтеналивной танкер.

— Мур, вы ещё гулять хотите, да? Мы, наверное, поедем! Там Соня одна зашивается!..

— Ничего она не зашивается, — перебил танкер. — И не одна она вовсе!.. Маманя моя приехала, а она конь-огонь! Вот только, — он погрустнел, — собак не любит.

— Да пусть не любит, — быстро сказала Кристина. — Это же наша собака, и живёт с нами! А мама твоя Жеку уже почти любит!..

— Мур, мы поедем, да?

— Мы с вами, — тут же вызвалась Мура. — Я тебе помогу.

— А спиритический сеанс? — спросила Кристина. — Будет? Ты мне обещала!

— Будет тебе сеанс! Хотя я не понимаю — зачем? На суженого гадать уже поздно, ты замуж давно вышла...

— Вот именно, — вставил Саня. — Чего теперь гадать, только время зря тратить, когда всё и так ясно!

— Я хочу, — сказала Кристина. — Может, мне надо!

— В новогоднюю ночь положено телевизор смотреть, шампанское пить, оливье есть и петарды запускать! И никаких спиритических сеансов!

— Санечка, — Кристина поцеловала его в щёку, — ты можешь смотреть телевизор, чего ты там не видел! Или дрыхнуть! А мы с Мурочкой проведём сеансик!.. Мы поедем, ладно?

— Ну конечно.

— И вы подъезжайте! Но не поздно! Виктор Захарович ещё три дня назад на улицу два ящика шампанского вынес! У него теория, что его нужно охлаждать долго!..

— Очень правильная теория, — похвалил Меркурьев. — Сань, мы обойдём собор и за вами двинем. Может, заехать чего купить?

— Я у Сони спрошу, — озабоченно сказала Кристина. — И тогда позвоню. Жека! Жека, поехали!..

Онегин вылетел из-за кустов, за ним мчались давешние приятели.

Мура взяла Меркурьева под руку.

— Никогда не была в Калининграде зимой. Хорошо, что мы из Бухары улетели, правда? Там у нас и зима какая-то чудная.

— Там пустыня рядом, — сказал Меркурьев, прихватывая её руку в тонкой перчатке, — а здесь море! Ты правда хочешь сегодня разговаривать с духами?

Она вдохнула холодный и вкусный воздух и помотала головой — нет, не хочу.

Перед входом в собор сияла огромная ёлка, широко растопырившая ветки, самая настоящая, не синтетическая.

— А мы с тобой ёлку наряжать опоздали! — огорчилась Мура. В глазах у неё плавали отражения ёлочных огней. — Саня с Кристиной без нас нарядили. А я так люблю наряжать! И гирлянды вешать!..

— Мы на следующий год пораньше прилетим, — пообещал Василий Васильевич.

— Ну-у, следующий год ещё когда будет!..

Они пошли вдоль стены собора.

— Зачем Саня купил у Виктора Захаровича дом, да ещё переписал его на Соню? Что за благотворительность? — задумчиво спросил Меркурьев. — И теперь все там живут — и они с Крыской, и сам Захарыч, а Соня из Москвы наезжает!

— Так для этого и купил, — удивилась Мура. — Чтобы у Кристины был дом — раз, и чтоб он уж точно никуда не делся от Сони — два! Помнишь, что нам говорили Кант с Бесселем? Что дом должен принадлежать наследнице, а наследница — Соня. И всё логично! Соня хозяйка, но она в Москве, Кристина здесь и просто живёт в доме, не даёт ему пропасть, а Саня всё это дело сторожит. Наш Саня человек простой, без затей. Сказано — сделано!.. Условия выполнены, все довольны, включая призраков.

— Это точно, — согласился Василий Васильевич.

— И пока он сторожит, Соня дом уж точно не потеряет. Ты же знаешь, как он сочувствует всем бездомным и беспризорным!.. А Соня всё детство такой была!..

Василий Васильевич придержал её за руку.

— Что ты? — спросила она.

— Могила Канта, — он показал подбородком. — С мемориальным портиком.

— Прекрасное место, правда? — спросили рядом. — Да ещё с мемориальным портиком!

Василий Васильевич, чувствуя дрожь в груди, оглянулся. Мура оглянулась тоже.

Позади них стояли двое — сухонький пожилой человек в длинном тёплом пальто с меховым воротником и второй, молодой, в джинсах и короткой дублёнке. Он был кудряв, явно мёрз, и прятал покрасневший нос в воротник.

Меркурьев узнал обоих сразу же — ещё бы!

— Добрый вечер, господин Кант. Здравствуйте, господин Бессель.

Кант дотронулся до шапки, а Бессель шутливо поклонился.

— Вот я и говорю, — продолжал он, — везёт некоторым! Можно прийти и полюбоваться на собственную могилу! А моя пропала! Так и не найдена!

— Да на что она вам, Фридрих? — спросил Кант с некоторым раздражением. — Какая разница, есть могила или её нет! Вы же всё равно умерли!

— А если я желаю, чтобы мне поклонялись? Чтоб возлагали цветы? И молодожёны произносили на ней клятвы верности?

— На могиле? — уточнил Кант. — На вашей? Клятвы верности?

— Но на вашей произносят!

— Это просто глупая причуда, — уверил Кант.

Меркурьеву показалось, что он всё же немного гордится своей могилой.

— Рад, — сказал Кант, поворачиваясь к Меркурьеву и Муре. — Рад вас видеть вновь. Как давно мы не встречались?

— Больше года.

— Вы освежили в памяти моё неравенство? — осведомился Бессель.

Меркурьев замялся. Ему показалось, что Бессель говорит язвительно!..

— Честно сказать, — смутился он и отвёл глаза, — я собирался, но...

— Вам было не до того, я понимаю, — перебил его Бессель. — Так всегда! Вы были увлечены личными делами, а вовсе не моим неравенством.

— Я повторю, — пообещал Меркурьев. — Обязательно!..

— Итак, новогоднее застолье и увеселения, — продолжал Кант. — Струнный квартет приглашён?

— Боюсь, что нет, — сказала Мура тоже немного виновато.

— Ерунда! А гости? Гостей должно быть не меньше трёх — по числу граций, и не больше девяти — по числу муз.

— Нас получается больше, — призналась Мура.

— Это не слишком удобно для беседы, — огорчился Кант. — Но в новогоднюю ночь любые увеселения идут на пользу душе!..

— Да, — поддержал его Бессель, — кругом веселье! Смотрите, какие украшения из лампочек на соборе. В наше время...

— В наше время, — перебил Кант, — и лампочек-то никаких не было!..

— Холодно, — заметил Бессель. — Пройдёмся? Впрочем, у меня припасено кое-что!

И он вынул из-за пазухи плоскую фляжку с завинчивающейся крышкой.

— Первоклассный кёнигсбергский шнапс! — объявил знаменитый математик. — Старые запасы. Ну? За Новый год?

— За Новый год, — согласился Василий Васильевич растерянно.

И они выпили — по кругу, как студенты.

— Фрейлейн, — начал Бессель, вытирая рот тыльной стороной ладони, — то есть, прошу прощения, к вам нынче следует обращаться фрау! Фрау инженер, вы в самом деле хотите вызвать нас с Иммануилом сегодня ночью?

Мура опустила глаза.

Бессель переглянулся с Кантом.

— Нет, мы придём к вам потолковать, если пригласите, но всё же не в новогоднюю ночь!

— Извините меня, — прошептала Мура. — Я ещё многого не знаю.

— Ничего, ничего! — Кант ободряюще похлопал её по руке. — Вы постепенно всё узнаете!.. Мы придём завтра! Завтра будет отлично, вы согласны, Фридрих? Мы посидим у камина при свете зимнего дня, выпьем горячего пунша и потолкуем о приятном!

— Спасибо, — сказала Мура. — Спасибо вам!..

— Я люблю свой старый дом, — признался Бессель, — это прекрасно, когда в старом доме празднуют! Это значит, что дом живёт! Впрочем, вам нужно идти, молодые люди. Сейчас вам будут звонить с новогодними поручениями.

— Забыли хлеб, — пояснил Кант, деликатно понизив голос. — И зелёный горошек. Он был куплен заранее, но его только что съел пёс. Баночку поставили на самый край стола, а пёс вскочил на стул, и вот, вышел конфуз.

— Нам нужно идти! — Мура потянула за рукав Василия Васильевича, который стоял, как вкопанный. — Слышишь, там Жека что-то съел!..

— До завтра, — пробормотал Меркурьев.

Они пошли к мостику, соединяющему остров Канта со всей остальной планетой.

— Они завтра явятся к нам выпить и посидеть перед камином? — уточнил Меркурьев.

— Ну да, — согласилась Мура.

В кармане у Василия Васильевича затрясся мобильный телефон. Он вытащил его, взглянул — звонила Кристина, — и посмотрел в сторону собора.

Двое стояли у портика и горячо дискутировали о чём-то.

— Призраков не существует, — сказал Василий Васильевич Муре.

И тотчас же Кант обернулся и помахал ему рукой.

END THE

Литературно-художественное издание

ТАТЬЯНА УСТИНОВА. ПЕРВАЯ СРЕДИ ЛУЧШИХ

Устинова Татьяна Витальевна

ПРИЗРАК КАНТА

Ответственный редактор *О. Рубис*
Младший редактор *П. Рукавишникова*
Художественный редактор *С. Груздев*
Технический редактор *Н. Духанина*
Компьютерная верстка *Л. Панина*
Корректор *Е. Сербина*

В коллаже на обложке использованы фотографии:
Captblack76, conrado, Sashkin / Shutterstock.com
Используется по лицензии от Shutterstock.com

ООО «Издательство «Э»
123308, Москва, ул. Зорге, д. 1. Тел.: 8 (495) 411-68-86.
Өндіруші: «Э» АҚБ Баспасы, 123308, Мәскеу, Ресей, Зорге көшесі, 1 үй.
Тел.: 8 (495) 411-68-86.
Тауар белгісі: «Э»
Қазақстан Республикасында дистрибьютор және өнім бойынша арыз-талаптарды қабылдаушының
өкілі «РДЦ-Алматы» ЖШС, Алматы қ., Домбровский көш., 3«а», литер Б, офис 1.
Тел.: 8 (727) 251-59-89/90/91/92, факс: 8 (727) 251 58 12 вн. 107.
Өнімнің жарамдылық мерзімі шектелмеген.
Сертификация туралы ақпарат сайтта Өндіруші «Э»
Сведения о подтверждении соответствия издания согласно законодательству РФ
о техническом регулировании можно получить на сайте Издательства «Э»
Өндірген мемлекет: Ресей
Сертификация қарастырылмаған

Подписано в печать 26.01.2018. Формат 84×108 $^1/_{32}$.
Гарнитура «Ньютон». Печать офсетная. Усл. печ. л. 16,8.
Тираж 75 000 экз. Заказ № 917.

Отпечатано с готовых файлов заказчика
в АО «Первая Образцовая типография»,
филиал «УЛЬЯНОВСКИЙ ДОМ ПЕЧАТИ»
432980, г. Ульяновск, ул. Гончарова, 14

Оптовая торговля книгами Издательства «Э»:
142700, Московская обл., Ленинский р-н, г. Видное,
Белокаменное ш., д. 1, многоканальное тел.: 411-50-74.

**По вопросам приобретения книг Издательства «Э» зарубежными оптовыми
покупателями обращаться в отдел зарубежных продаж**
*International Sales: International wholesale customers should contact
Foreign Sales Department for their orders.*

**По вопросам заказа книг корпоративным клиентам,
в том числе в специальном оформлении,** *обращаться по тел.:*
+7 (495) 411-68-59, доб. 2261.

**Оптовая торговля бумажно-беловыми
и канцелярскими товарами для школы и офиса**:
142702, Московская обл., Ленинский р-н, г. Видное-2,
Белокаменное ш., д. 1, а/я 5. Тел./факс: +7 (495) 745-28-87 (многоканальный).

Полный ассортимент книг издательства для оптовых покупателей:
Москва. Адрес: 142701, Московская область, Ленинский р-н,
г. Видное, Белокаменное шоссе, д. 1. Телефон: +7 (495) 411-50-74.
Нижний Новгород. Филиал в Нижнем Новгороде. Адрес: 603094,
г. Нижний Новгород, ул. Карпинского, д. 29, бизнес-парк «Грин Плаза».
Телефон: +7 (831) 216-15-91 (92, 93, 94).
Санкт-Петербург. ООО «СЗКО». Адрес: 192029, г. Санкт-Петербург, пр. Обуховской Обороны,
д. 84, лит. «Е». Телефон: +7 (812) 365-46-03 / 04. **E-mail:** server@szko.ru
Екатеринбург. Филиал в г. Екатеринбурге. Адрес: 620024,
г. Екатеринбург, ул. Новинская, д. 2щ. Телефон: +7 (343) 272-72-01 (02/03/04/05/06/08).
Самара. Филиал в г. Самаре. Адрес: 443052, г. Самара, пр-т Кирова, д. 75/1, лит. «Е».
Телефон: +7(846)207-55-50. **E-mail:** RDC-samara@mail.ru
Ростов-на-Дону. Филиал в г. Ростове-на-Дону. Адрес: 344023,
г. Ростов-на-Дону, ул. Страны Советов, д. 44 А. Телефон: +7(863) 303-62-10.
Центр оптово-розничных продаж Cash&Carry в г. Ростове-на-Дону. Адрес: 344023,
г. Ростов-на-Дону, ул. Страны Советов, д. 44 В. Телефон: (863) 303-62-10. Режим работы: с 9-00 до 19-00.
Новосибирск. Филиал в г. Новосибирске. Адрес: 630015,
г. Новосибирск, Комбинатский пер., д. 3. Телефон: +7(383) 289-91-42.
Хабаровск. Филиал РДЦ Новосибирск в Хабаровске. Адрес: 680000, г. Хабаровск,
пер. Дзержинского, д. 24, литера Б, офис 1. Телефон: +7(4212) 910-120.
Тюмень. Филиал в г. Тюмени. Центр оптово-розничных продаж Cash&Carry в г. Тюмени.
Адрес: 625022, г. Тюмень, ул. Алебашевская, д. 9А (ТЦ Перестройка+).
Телефон: +7 (3452) 21-53-96/ 97/ 98.
Краснодар. Обособленное подразделение в г. Краснодаре
Центр оптово-розничных продаж Cash&Carry в г. Краснодаре
Адрес: 350018, г. Краснодар, ул. Сормовская, д. 7, лит. «Г». Телефон: (861) 234-43-01(02).
Республика Беларусь. Центр оптово-розничных продаж Cash&Carry в г. Минске. Адрес: 220014,
Республика Беларусь, г. Минск, пр-т Жукова, д. 44, пом. 1-17, ТЦ «Outleto».
Телефон: +375 17 251-40-23; +375 44 581-81-92. Режим работы: с 10-00 до 22-00.
Казахстан. РДЦ Алматы. Адрес: 050039, г. Алматы, ул. Домбровского, д. 3 «А».
Телефон: +7 (727) 251-58-12, 251-59-90 (91,92,99).
Украина. ООО «Форс Украина». Адрес: 04073 г. Киев, ул. Вербовая, д. 17а.
Телефон: +38 (044) 290-99-44. **E-mail:** sales@forsukraine.com

**Полный ассортимент продукции Издательства «Э»
можно приобрести в магазинах «Новый книжный» и «Читай-город».**
Телефон единой справочной: 8 (800) 444-8-444. Звонок по России бесплатный.

В Санкт-Петербурге: в магазине «Парк Культуры и Чтения БУКВОЕД», Невский пр-т, д. 46.
Тел.: +7(812)601-0-601, www.bookvoed.ru

Розничная продажа книг с доставкой по всему миру. Тел.: +7 (495) 745-89-14.

ISBN 978-5-04-091624-5

ТАТЬЯНА УСТИНОВА

ЖДИТЕ НЕОЖИДАННОГО

В этом путешествии
все тайное станет явным